Dafür gibt es aber kein Wort mehr

Holger Niederhausen

Dafür gibt es aber kein Wort mehr

Das Menschenwesen hat eine tiefe Sehnsucht nach dem Schönen, Wahren und Guten. Diese kann von vielem anderen verschüttet worden sein, aber sie ist da. Und seine andere Sehnsucht ist, auch die eigene Seele zu einer Trägerin dessen zu entwickeln, wonach sich das Menschenwesen so sehnt.

Diese zweifache Sehnsucht wollen meine Bücher berühren, wieder bewusst machen, und dazu beitragen, dass sie stark und lebendig werden kann. Was die Seele empfindet und wirklich erstrebt, das ist ihr Wesen. Der Mensch kann ihr Wesen in etwas unendlich Schönes verwandeln, wenn er beginnt, seiner tiefsten Sehnsucht wahrhaftig zu folgen...

1. Auflage Dezember 2024

© Holger Niederhausen · Alle Rechte vorbehalten
Verlag: BoD · Books on Demand GmbH, In de Tarpen 42, 22848 Norderstedt
Druck: Libri Plureos GmbH, Friedensallee 273, 22763 Hamburg
ISBN: 978-3-7693-1988-0

Hilflosigkeit und Hingabe
sind die heiligen Schlüssel
zur Seele

Sie fiel ihm auf den allerersten Blick auf. Er hatte noch nie so ein schönes Menschenkind gesehen – Menschenkind im Sinne der Gattung, aber sie war tatsächlich auch noch ein Kind. Und so unglaublich schön...

An dem Tag, als er sie das erste Mal gesehen hatte, hatte er den ganzen Tag an sie denken müssen. Er hatte einen Job als Software-Entwickler und war erst vor zwei Wochen umgezogen. Mit Mitte dreißig war es Zeit, der viel zu kleinen Heimatstadt endlich zu entfliehen, zumal er seine Eltern satthatte, die sich immer noch in sein Leben mischten – und seine letzte Beziehung ebenfalls vor vier Monaten in die Brüche gegangen war.

Genug Umbrüche also, um einen gehörig durcheinanderzubringen. Der Umzug war ein weiteres Chaos gewesen, mit dem neuen Vermieter hatte er gleich einigen Ärger gehabt, seine Wohnung war noch immer nicht eingerichtet, und er hatte sich von dem Umzug in ein völlig anderes Umfeld wesentlich mehr versprochen, dann aber hatte ihn die *Einsamkeit* erschlagen. Nicht nur, dass er niemanden kannte – er spürte, dass man sich nicht einfach mal eben ‚verpflanzen' konnte. Alles war ihm unvertraut.

Aber nun war da dieses *Mädchen* gewesen. Sie war auf ein Schulgelände eingebogen, wie mehrere andere Kinder und Jugendliche, aber vorher war sie ihm entgegengekommen, und er hatte sie für einen Moment *gesehen*. Und dieser Moment war irgendwie einzigartig gewesen. Er hatte noch nie so ein schönes Menschenkind gesehen...

Eigentlich war es der Klassiker: Langes, blondes Haar, geradezu ein Engel... Sie konnte garantiert nichts dafür, dass sie so schön war. Vielleicht litt sie sogar darunter. Mussten nicht tausend Leute sie anstarren? Andererseits ... war sie erst etwa dreizehn. Noch hatte sie diesbezüglich vielleicht eine kleine Schonfrist. Aber wie konnte man so schön sein? Sie war *so* schön, dass allein dieser eine Moment ihm irgendwie das Gefühl von *Heimat* gegeben hatte. Eine Stadt, in der *so* ein Mädchen lebte, konnte nicht wirklich fremd sein...

*

Und dann musste er auch die nächsten Tage immer wieder an sie denken. Ertappte sich dabei, dass er sie *vermisste*. Dass er versuchte, die gleiche Uhrzeit zu erwischen und ihr auf demselben Weg wieder zu begegnen, was etwa zweihundert Meter lang oder aber ungefähr eine Minute eine Möglichkeit war – aber es geschah nicht. Und nach drei Tagen wusste er, dass er sie *wirklich* vermisste.

Und dann begann er, auf der anderen Straßenseite unauffällig herumzulungern und auf sie zu warten. Ihm fiel sogar das englische Wort dazu ein: loitering, herumlungern, sich herumdrücken und so tun, als sei man mit irgendetwas beschäftigt, während man in Wirklichkeit darauf wartete, dass ein ganz bestimmtes Mädchen des Weges kam.

Und so begegnete er ihr *tatsächlich* wieder – aber nun war eine ganze Straße dazwischen! Sie ging wieder denselben Weg entlang, bog wieder auf das Schulgelände ein – und war von neuem verschwunden. Und wieder hatte sie diesen unauslöschlichen Eindruck in seinem Inneren hinterlassen – diesen einzigartigen Eindruck, den er bis dahin gar nicht kannte.

Den Eindruck, dass einen etwas *anspringt* und sich in einem festsetzt. Dabei hatte sie das gar nicht getan – nichts dergleichen. Sie war einfach nur friedlich zur Schule gegangen. Wie konnte er an ‚anspringen' denken? Während er seiner nun erst recht trostlosen Arbeit nachzugehen versuchte, versuchte er zugleich, Sprachanalyse zu betreiben. Anspringen... Ihm fiel auf, dass es eine direkte Nähe zum ‚Bespringen' gab, einem Wort mit unmittelbar sexueller Note. Männchen bespranen die Weibchen im Tierreich.

Da wusste er, dass er sich von ihr auch *angezogen* fühlte... Nicht, dass er sie gleich bespringen wollte – aber daran denken konnte man schon, bei so viel Schönheit... Und Gedanken kosteten ja nichts. Niemand würde ihm einen Vorwurf machen, dass er daran dachte, eine Dreizehnjährige zu bespringen, denn es würde nie jemand erfahren...

Aber der Punkt war ... die Anziehung ging ja wesentlich *weiter* – und in Wirklichkeit hatte er ja erst einmal gar nicht daran gedacht. Tat es auch jetzt nicht weiter, dachte aber immer noch an *sie*. Nein, sie hatte ihn weiß Gott nicht ‚angesprungen'. Dennoch hatte ihre Schönheit ihn gewissermaßen erschlagen. Sehr wohl attackiert. Aber nicht *sie* hatte das getan, sondern nur ihre Schönheit... Wie wollte man es auch ausdrücken? Sie hatte ihn wirklich erschlagen! Anders konnte man es doch nicht erklären, dass er jetzt ‚loitering' sich vor einer Schule herumdrückte, um einem Mädchen wieder begegnen zu können, wieder einen Blick auf ihre Schönheit erhaschen zu können.

Eine Schönheit, die einen *berauschen* konnte. Und schon wieder ein Vergleich. Erschlagen. Berauschen. Was *war* mit diesem Mädchen...? Er kam immer nur zu den gleichen Schlüssen. Sie war unbeschreiblich schön... Aber was war mit diesen Standards? Langes, blondes Haar, glatt, weich, seidig... Engelhaar... Aber war das nicht etwas *sehr* altmodisch? Hatte er sich je dafür interessiert? Interessierte es ihn bei anderen Frauen? Vielleicht, ja... Aber hatte es je solche Wirkung gehabt? Nicht wirklich. Nicht *diese*...

Aber warum um Himmels willen wollte er dann dieses Mädchen unbedingt wiedersehen? Auch am nächsten Morgen wieder? Warum wollte er sie für diese wenigen Sekunden wiederum erblicken? Wie wenn er sonst nicht leben könnte? Was war dies für eine grandiose Abhängigkeit? Von einer Dreizehnjährigen mit blondem Engelshaar?

*

Als er sie an einem weiteren Morgen weitere zwei Sekunden erblickt hatte, schenkte ihm dieser lange Moment eine Schlüsselerkenntnis. Etwas begriff er auf einmal. Etwas sehr Entscheidendes. Über das Engelshaar. Denn es war nicht etwa Engelshaar, weil es lang und blond war – sondern weil es lang und blond und *ihr* Haar war. Sie sah nicht wie ein Engel aus, weil sie lange blonde Haare hatte, sondern ihre Haare sahen wie Engelshaar aus, weil es nicht die Haare eines *anderen* Mädchens, sondern ihre waren...

Mit anderen Worten: Es lag nicht an den Haaren, sondern an ihr selbst. *Sie* machte ihr Haar zu Engelshaar. Der eigentliche Engel war *sie*.

Doch diese Erkenntnis verschob das Problem nur – auf weitere Morgensekunden. Denn er verstand es noch immer nicht. Zumal er mit Engeln eigentlich gar nichts am Hut hatte. Engel hatten ihn noch nie interessiert – wieso interessierte ihn jetzt ein Mädchen, das diesen Begriff geradezu in ihm ausgelöst hatte? Wenn ihn sonst junge Frauen interessierten, dann, weil sie sehr deutlich etwas Erotisches ausstrahlten – und davon hatte dieses Mädchen nun rundweg *gar nichts*...

Aber nach einem weiteren Morgen und einer sehr ernsthaften Selbstprüfung wurde ihm klar – oder musste er sich eingestehen –, dass auch die erotischen jungen Frauen, die ihn anzogen, eigentlich immer auch etwas Unschuldiges hatten, und wenn es nur eine Nuance war. Und nachdem der Anblick des Mädchens einen weiteren Morgen auf ihn eingedrungen war, war er sich endgültig sicher, ja im Klaren darüber, dass es etwas mit der Unschuld zu tun hatte.

Und als er den ganzen restlichen Tag darüber nachgedacht hatte, wusste er, dass es die Unschuld und die Schönheit gemeinsam waren, die einen bei diesem Mädchen erschlugen – und zwar wirklich nicht getrennt voneinander, sondern weil sie geradezu *eins* waren, untrennbar voneinander, und wo sie vielleicht getrennt werden *könnten*, da steigerten sie sich gegenseitig...

Dieses Mädchen war wie ein Engel, weil sie so *schön* war – und sie war so schön, weil sie so unschuldig war. Man *sah* das. Sie war schön und unschuldig *zugleich* – und eins nur wegen dem anderen. Sie war nicht schön *und* unschuldig. Sie war nur schön, *weil* sie unschuldig war. Natürlich war sie auch sonst schön. Aber das Unschuldige von ihr leuchtete geradezu hinaus – und erst das machte sie wirklich schön.

Sonst wäre sie ihm nicht einmal aufgefallen. So aber hatte sie ihn erschlagen. Der heimtückische Engel... Sie hatte ihn nicht einmal vorgewarnt.

Was sollte er tun? Er konnte nicht immer wie ein Blöder in der Nähe einer Schule herumlungern – über kurz oder lang würde das *auffallen*, und was sollte er dann sagen? Dass er für wenige Momente den Anblick einer Dreizehnjährigen erhaschen wollte? Dass er ihn *brauchte*? Diese Schönheit...

Selbst wenn man ihm nicht wegen Stalkings den Prozess machen konnte, denn er tat ihr nicht das Geringste, sie bemerkte es nicht einmal, und auch nicht wegen Hausfriedensbruchs, denn er betrat das Schulgelände überhaupt nicht, könnte es sich in kürzester Zeit herumsprechen. Dass da ein Verrückter war, der einer Dreizehnjährigen nachstellte – und möglicherweise noch anderen... Aber die anderen *interessierten* ihn überhaupt nicht. Nicht ein bisschen. Kein Mädchen von zwölf bis achtzehn interessierte ihn – nur dieses *eine*...

Und wenn sich das herumsprach, wäre er das Gespött der Straße. Alle Oberstufenschüler und Schülerinnen würden sich über ihn lustig machen, er wäre sozusagen in kürzester Zeit vogelfrei. Nie würde er wissen, wer sich im nächsten Moment über ihn den Mund zerreißen und ihn ‚anmachen' und mobben würde, bloß weil er ... eine Dreizehnjährige liebte...

Ja, er brauchte sich nichts vorzumachen. Er hatte sich in die unbeschreibliche Schönheit dieses Mädchens verliebt. Konnte man es überhaupt als Schönheit bezeichnen? War das nicht absolut missverständlich? Musste man nicht ein anderes Wort finden? *Ausstrahlung* vielleicht...? Eine unfassbare Ausstrahlung von Schönheit ... und Unschuld. Aber wieder war dies falsch, denn ihre Ausstrahlung *war* Unschuld, ihre Schönheit *war* Unschuld.

Aber wieso hatte sie, die Unschuld, an ihr, diesem Mädchen, so eine Ausstrahlung? War sie etwa die *Einzige*, die eine solche Unschuld besaß – oder *überhaupt* Unschuld? Und worin bestand sie eigentlich? Worin bestand ihre Unschuld?

Sein Inneres konnte sich diese Fragen alle sofort beantworten. Trotzdem war es unglaublich schwer, sie klarer zu fassen. Fest stand, dass er, wohin er auch blickte, *niemanden* sonst sah, der diese Unschuld hatte, diese Art von Ausstrahlung, die einen sofort gefangen nahm – ihn zumindest. Die anderen schienen es ja nicht einmal zu bemerken. Wieso eigentlich nicht? Das war schon wieder die nächste Frage... Wieso tat jeder so, als *sei* da nichts? Als sei da nicht diese umwerfende Ausstrahlung, diese Schönheit... Wie konnte man so ignorant sein?

In seinem Bedürfnis, dieser Unschuld tiefer auf den Grund zu kommen, fielen ihm die anderen Menschen stärker auf. Er ertappte sich dabei, dass er die Gesichter anderer Menschen anschaute, beobachtete, sie auf sich wirken ließ, sich in sie vertiefte ... was dann auch wiederum zu viel gesagt war, denn diese anderen Gesichter berührten ihn gar nicht, ja mehr noch, die meisten stießen ihn leise ab, regelrecht dies, während er sie mit jenem *einen* Mädchen verglich...

Warum taten sie das? Weil er diese Eine vor sich sah, ihr Bild ... und dann diese anderen. *Alle* anderen. Und der Unterschied war erschreckend. Je mehr er ihm auffiel, je mehr er ihn bemerkte, je mehr er ihn *verstand* ... umso erschreckender wurde er.

Jeder andere ,war' irgendetwas, wollte etwas *darstellen*, kam sich sogar toll dabei vor. Er bemerkte es auch, wenn sich Menschen unterhielten. Alle ruhten irgendwie in sich und waren von sich überzeugt – und je überzeugter sie waren, umso hässlicher wurde etwas an ihnen, jetzt, wo er den *Vergleich* hatte. Den Kontrast... Schönheit ... und das andere. Das andere, das alle hatten, aber nicht *sie*... Und was hatte sie dann? Worin bestand die Hässlichkeit der anderen?

Und konnte er sich etwa ausschließen? Aber an sich dachte er zunächst lieber nicht...

Aber indem er dieses Mädchen liebte, indem ihr Bild sich ihm unauslöschlich eingeprägt hatte, begann er, zu sehen, dass andere Menschen hässlich waren – hässlich im Sinne von: etwas an ihnen machte sie hässlich, von *innen* her...

Es war wirklich dieses ... Selbstgewisse. Was selbstverständlich alle hatten. Außer die eher Wenigen, die es vielleicht nicht hatten, aber schön waren sie auch nicht, sie waren auch nur gewöhnlich. Schön war nur sie... Denn selbst die, die nicht diese Selbstgewissheit hatten, hatten sie in gewisser Weise doch. Jeder war viel zu sehr er selbst. Was seltsam klang, wenn man es so ausdrückte – und doch war es so.

Indem er darüber nachdachte, kam ihm das Bild, dass sich jeder in sich ,vergrub'. Jeder war im Grunde eine Art Egoist. Die wunderbar Selbstgewissen sowieso, ihnen sah man es ganz direkt an, jetzt auf einmal, wo er einen *Maßstab* hatte... Oder vielleicht sollte man es einfach bei dem anderen Begriff belassen: die Selbstgewissen. Aber es hatte mit Egoismus zu tun.

Nicht im üblichen Sinne von andere ausnutzen und nur als Mittel zum Zweck benutzen – und doch war es subtiler gesehen sehr wohl so. Jeder dieser Selbstgewissen brauchte ständig sein ganzes Umfeld, um sich bespiegeln zu können. Denn wer sonst sollte ihm bestätigen, wie toll er war? All diese Selbstgewissen brauchten ihr *Umfeld*. Um sich zu präsentieren. Sehen und gesehen werden. Darauf lief es bei ganz vielen irgendwo doch hinaus...

Und die anderen? Waren auch vor allem bei sich, selbst ohne Selbstgewissheit. Bei sich waren *alle*. Bei ihren eigenen Sorgen, ihren eigenen kleinen Problemen, ihren eigenen Gedanken. Selbst wenn man nett zueinander war ... war man doch ganz schnell wieder bei sich. Er *sah* das jetzt, er sah es bei allen – auf der Arbeit, sogar auf der Straße.

Wenn er es recht betrachtete, war sogar seine letzte Beziehung eigentlich auch daran gescheitert. Sie war Ende zwanzig gewesen, aber hatte sich auch sehr für sich selbst interessiert... Und vielleicht er ja genauso? Vielleicht waren die *meisten* Partnerschaften heute eine Katastrophe, weil sich alle immer mehr nur noch für sich selbst interessierten? Während man es den Männern inzwischen bequem vorwerfen konnte, wohingegen es bei den Frauen aufgrund der ,Emanzipation' ja geradezu *Programm* war?

Aber er wich ab... Er wollte sich ja darauf besinnen, warum dies hässlich war – und warum dies niemand bemerkte. Auch er ja offensichtlich bis jetzt nicht. Die Antwort, warum es niemand bemerkte, schien sehr schnell auf der Hand zu liegen: Wenn man so sein *wollte*, wie würde man dies je als hässlich empfinden? Es schien ja geradezu eine Art Ideal zu sein. Das hieß: Man *wollte* so werden – so hässlich...

Den meisten gefiel es außerordentlich, so selbstgewiss zu sein – und wer wollte dies nicht? Wer wollte nicht jeder Art von Unsicherheit und damit verbundener Peinlichkeit entfliehen? Wer wollte *nicht* die Gelassenheit und Selbstsicherheit selbst sein? Nie eine Unsicherheit zeigen, nie eine Verlegenheit, was man sagen sollte, nie eine peinliche Wissenslücke oder die Unfähigkeit, diese schnell zu überspielen, cool und gekonnt...?

Aber so entstand etwas, was mit diesem Mädchen völlig kontrastierte, und er hatte begonnen, es hässlich zu finden, weil er dieses Mädchen so unglaublich schön fand... Hässlich war, dass man meinte, etwas zu ,sein', und selbst da, wo man innerlich wusste, dass es damit vielleicht noch gehörig haperte, wollte man es *darstellen*... Und selbst wenn dies nicht, so kreisten die eigenen Gedanken dennoch immer um das eigene Leben, die eigenen kleinen Sorgen, das eigene Klein-klein...

Kreisten hässlich um das Immer-Eigene, bis zur Erschöpfung. So sehr, dass sogar Partnerschaften inzwischen regelmäßig scheiterten, weil sie ja ohnehin nur noch ,Lebens-Abschnitts-Partnerschaften' waren. Bis auf Abruf. Bis man sich miteinander langweilte...

Und war er etwa anders? Hatte er Hollywood-Schnulzen etwa *nicht* stets abgelehnt, weil sie etwas vorspiegelten, was es gar nicht gab? Und doch kam jetzt, wie aus Urfernen, ein Schmerz wieder hoch, den er stets verdrängt hatte, fast eine Art Trauma... Er mochte etwa fünfzehn gewesen sein, wahrscheinlich sogar erst vierzehn. Er hatte sich in ein älteres Mädchen verliebt, sie war sechzehn oder siebzehn gewesen. Er hatte sie ganz schüchtern angesprochen – und sie hatte ihn kalt ,abserviert'. Möglicherweise hatte auch er seitdem Bindungsängste...

Jetzt, wo er sich dieses ganz frühen Erlebnisses wieder erinnerte, fragte er sich, ob es diesem Mädchen überhaupt möglich gewesen wäre, eine Beziehung zu ihm einzugehen. Wäre es nicht auch unter ihrer Würde gewesen? Hätte es ihr nicht bei jeder Begegnung mit ihren ,Peers' hochgradig peinlich sein müssen, mit einem *Vierzehnjährigen* ,abzuhängen' – wie man damals vielleicht gerade begonnen hatte zu sagen? Heute konnte er sie sogar verstehen. An seinem Trauma änderte das aber rein gar nichts...

Er erinnerte sich, dass er danach dann mit älteren Jungen ,abhing', um möglichst schnell erwachsen zu werden. Dass er begann, sich für alles zu interessieren, was ,cool' schien – um mitreden zu können, um akzeptiert zu werden von jenen, zu denen er dazugehören wollte, und auch von Mädchen, die vielleicht schon ein halbes oder ein Jahr älter waren als er, weil diese ihn damals interessierten – was ihn anzog, war dieses Reife, dieses Erotische, dieses Selbstbewusste. Dieses unglaublich *Weibliche*, was sechzehn-, siebzehnjährige Mädchen hatten...

Doch im Laufe der nächsten Jahre scheiterten auch seine nächsten Beziehungen immer recht schnell – und sein Trauma vertiefte sich. Er fragte sich nicht, ob auch andere Beziehungen scheiterten, jedenfalls schienen andere damit hervorragend klarzukommen. Spätestens mit Anfang zwanzig jedenfalls war ihm das ‚Hollywood-Ideal' hochgradig fragwürdig vorgekommen. Weil es eine *Lüge* zu erzählen schien. Etwas, was in der wirklichen Welt nicht vorkam. Nicht für ihn...

Aber jetzt *sah* er es in den Gesichtern... Er sah es den Leuten an, wie sich jeder selbst der Nächste war. Und vielleicht war er in den letzten zehn Jahren und bei den paar Beziehungen, die er dann noch gehabt hatte, selbst auch auf gewisse Art so ein Idiot geworden, der vor allem darauf achtete, was *er* bekam, während er sich gar nicht mehr wirklich einlassen konnte... Auf die Frauen, die dann auch weiterhin irgendwann mit ihm Schluss machten... Er hatte nie Schluss gemacht. Aber vielleicht hatte er auch gar nicht mehr wirklich begonnen... Er wusste es einfach nicht. Es war auch egal, denn es war vorbei.

*

Aber dieses *Mädchen* war nicht vorbei. Es wurde nur immer stärker. Ihr Bild hatte sich in seine Seele regelrecht eingebrannt. Und noch immer konnte er nicht anders, als mindestens – mindestens! – jeden zweiten Tag alles zu tun, um ihr für jene wenigen Sekunden zu begegnen. Und nur dann hatte er das Gefühl, dass sein Tag Sinn habe. So schlimm war es inzwischen schon! Einzig dieses Mädchen machte diese ihm sonst völlig fremd bleibende Kleinstadt zu einer Art Heimat, einzig sie verlieh seinen Tagen Sinn – einzig ihre Schönheit überleuchtete seine Stunden... In der bloßen *Erinnerung*...

Aber so konnte es nicht bleiben. Irgendwann würde man ihn auch an jedem *zweiten* Tag bemerken. Und außerdem wurde der Wunsch, sie irgendwie kennenlernen zu können, längst überlebensgroß. Er verzehrte ihn regelrecht, oder vielmehr: Er verzehrte *sich* vor Sehnsucht nach diesem Mädchen. Nur, was sollte er tun? Sie etwa ansprechen, mit den

15

Worten: ‚Hallo, ich bin der Noah, und ich würde dich gerne kennenlernen...' Was sollte sie machen? Sie war *dreizehn* – und er war Mitte dreißig! Es war verrückt...

Allein schon sein Name. Er hatte sich mit ihm nie wirklich anfreunden können. Wie konnte man sein Kind Noah nennen? Da hätte man auch gleich Adam oder Hiob nehmen können! Noah... Warum keinen vernünftigen Namen? Alles von Alex bis Uli. Aber es spielte ja keine Rolle. Egal, wie er hieß, er konnte sie nicht ansprechen, wie denn!

Aber er konnte diesen Gedanken nicht ertragen: Dass er sie *nie* würde kennenlernen können. Dann wäre das Leben *wahrhaftig* sinnlos – denn was sollte er noch? Lieber hätte ihm das Schicksal völlig *versagt*, ihr zu begegnen – aber warum hatte es ihre Wege kreuzen lassen? Warum hatte er sie *sehen* müssen, sehen *dürfen* ... nur, um ihr nie begegnen zu können? Dieser Gedanke war unerträglich, weil die Sehnsucht inzwischen unerträglich war.

Er *musste* ihr einfach begegnen dürfen. Er musste es jedenfalls wagen, sie anzusprechen. Würde sie ihn verurteilen, vielleicht sogar auslachen, so hätte das Schicksal gesprochen – und er könnte von der Brücke springen. Das würde er nicht tun. Er würde sein Leben weiterführen wie eine elende Küchenschabe, aber Sinn hätte es nicht mehr. Was sollte dann noch kommen? Weitere krampfhafte Versuche, jemanden kennenzulernen und so zu tun, als könne es länger als zwei, drei, vier Jahre halten?

Nicht, dass er mit diesem Mädchen zusammenleben wollte – was ja völlig illusorisch war, zudem war auch schon das Ansprechen scheinbar völlig illusorisch –, aber er *musste* ihr begegnen, er musste einfach. Sie war das Schönste, was ihm je begegnet war, und er konnte es keinen Tag länger aushalten. Außerdem verfolgte ihn der Gedanke, dass es mit jedem Tag *noch* aussichtsloser werden würde.

Erstens wurde *sie* älter – und würde immer abwehrender werden, wie die anderen Mädchen es von vornherein wären, gegenüber einem Dreißigjährigen! Und zweitens würde sie sehr bald, vielleicht morgen schon, einen Freund finden, und dann war es ohnehin alles vorbei. Es war unausdenkbar. Wenn er *gar* keine Chance hatte, konnte er gleich von der Brücke springen – oder als Küchenschabe weiterleben. Jetzt hatte er zumindest noch die *theoretische* Chance, dass er mit ihr reden dürfe und dass sie vielleicht sogar *zuhören* würde... Die theoretische! Mehr als das malte er sich gar nicht aus. Außer in seinen völlig illusionären Träumen. In denen sie *nicht* weiterging, durch das Schultor, so tuend, als höre sie ihn nicht, wie man in der Bahn Bettler ignorierte, damit sie endlich weitergingen...

O ja, er hatte Träume! Seit Tagen hatte er Tagträume ... die allerdings wirklich kaum weiter gingen – selbst dies nicht wagten – als wirklich nur bis zu der Vorstellung, dass sie tatsächlich zuhören könnte, zumindest kurz, einfach stehenbleiben könne und ihn ansehen... Und schon dies würde ihn erschlagen, dass sie *ihn* ansah... Und nur seine allerkühnsten Träume gingen dann noch etwas weiter – und er wusste, dass er sich hier in völligen Illusionen bewegte.

Aber was sollte er tun? Seine Sehnsucht ging inzwischen soweit, dass er sie den ganzen Tag nicht mehr vergessen konnte. Dass ihr blondes Haar sich zwischen seine Finger wob, während sie auf der Tastatur tippten. Und er hatte sogar schon daran gedacht, dass er wirklich ein Vermögen darum geben würde, sie einmal streicheln zu dürfen... Ihre Haare... Und woran sein Unterbewusstsein noch alles dachte, das wollte er lieber nicht so genau wissen...

Sie war sein absolutes Ideal geworden. Irgendwo registrierte er in seinem Halb-Unterbewusstsein auch noch, dass sie möglicherweise zu einem Ausgleich für alle gescheiterten Erfahrungen und alle Traumata hochstilisiert wurde, von ebendiesem Unterbewusstsein – aber er war demgegenüber wehrlos. Vor allem aber ging es um viel mehr. Denn sie *war* kein Ausgleich. Sie war etwas Absolutes.

Er mochte sich Illusionen darüber machen, dass eine Begegnung möglich wäre – aber er machte sich keine Illusionen darüber, dass sie eine Art Ideal *war*. Sie war das völlig Andere – das, was niemand sonst war. Und deswegen *überwältigte* ihn die Sehnsucht inzwischen regelrecht. Sie war absolute Schönheit... Sie war in aller Unschuld das Schönste, was er je gesehen hatte – und das redete er sich nicht ein. Es *war* so. Mit Abstand. Mit *absolutem* Abstand...

Er brauchte noch den ganzen nächsten Tag, um endlose Leiden zu durchleiden. Er hatte wieder ihre ganze Erscheinung in sich aufgenommen, die ihn innerlich nach wie vor *umwarf*, mehr denn je, wirklich erschütterte, die Sehnsucht regelrecht zu einem Flächenbrand werden ließ – und doch hatte er nicht einen Sekundenbruchteil gewagt, sie anzusprechen.

Es war alles so *jenseits* von aller Realität! Wie denn überhaupt? Und neben ihr, vor ihr, hinter ihr gingen ja andere – und alle würden es mitkriegen! Und sie würde es wissen, dass tausend andere alles mitkriegten, jedes Wort. Was sollte sie tun? Ihn zu *ignorieren*, wäre noch das Mildeste!

Er war so verzweifelt, dass seine Gedanken regelrecht zu kreisen begannen. Er konnte einfach nicht weiterkommen. Aber wie auch weiter? Mit einem Patentrezept? Das gab es nicht. Immer wieder flüchtete er sich in jene Tagträume, in denen es ganz *einfach* war – weil sie zuhören würde... Aber wenn sie nicht zuhörte? Dann war es vorbei... Es gab eigentlich nur diese zwei Möglichkeiten. Obwohl, selbst dann, wenn sie zuhören würde, würde sie nicht wissen, wie sie reagieren sollte – und auch dann wäre es schnell vorbei...

Und nur seine Tagträume verhießen ihm noch eine dritte Möglichkeit ... die so aussichtslos schien wie irgendetwas ... und doch damit zu tun hatte, dass sie so unschuldig war. Dies allein bedeutete überhaupt die *Möglichkeit*, dass sie zuhören würde – und sogar mehr. Und dennoch war es so illusionär ... wie ja auch ihre Unschuld selbst. Wie kam ein Mädchen dazu, so unschuldig zu sein?!

Vielleicht war selbst das Illusion... Vielleicht würde auch sie ihn kurzerhand ‚abservieren', weil sie nichts mit einem Dreißigjährigen zu tun haben wollte, warum auch? Wie auch? Aber ... ihre Unschuld würde das nicht tun können. Vielleicht aus Scham, aber nicht aus Böswilligkeit. Er hatte ja nicht umsonst das Ideal *gesehen*. Oder stellte er es sich nur vor? Aber er sah es doch an ihr! Er sah doch ihre Schönheit, die Unschuld war, geradezu leuchtete...

Aber *konnte* ein Mädchen so unschuldig sein? Machte er sich nicht noch immer rettungslose Illusionen über die Art, wie sie reagieren *könnte*?

War dies überhaupt möglich? Spätestens, wenn vor und hinter einem andere gingen...? War nicht völlig klar, was passieren musste? Und wieder drehten sich seine Gedanken verzweifelt im Kreis...

*

Am Abend war er schließlich so erschöpft, dass er einfach nicht mehr konnte. Er ergab sich gewissermaßen. Er würde morgen seinen ganzen Mut zusammennehmen und sie ansprechen. Und wenn das Unvermeidliche geschah ... dann würde er wissen, dass nichts anderes möglich war, dass er sich schlicht tatsächlich Illusionen gemacht hatte, zwei Wochen lang, gleichsam von etwas überhaupt nicht näher Sagbarem geträumt, was aber gar nicht *möglich* war. Und dann würde er das Leben einer Küchenschabe weiterleben...

Und er würde wissen, dass auch Unschuld etwas höchst Relatives war. Und er würde Hollywood für immer hassen. Einen Mittelweg gab es nicht. Dieses Mädchen war sein Schibboleth. So hieß doch das Schicksal, das sich entschied? Er hatte keinen Plan B und keine Arche. Morgen würde er untergehen – oder es würde ein Wunder geschehen. Aber das hatte er noch nie erlebt. Er hatte immer nur davon geträumt...

An diesem Morgen wagte er es kaum, in den Spiegel zu schauen. Er wagte es nicht, sich in sie hineinzuversetzen, um sich nicht mehr als nötig hassen zu müssen. Er wagte gar nichts außer dem verzweifelten Gedanken an die Begegnung ... und der Anstrengung, sich dafür Mut zu machen – wenn er schon nicht wusste, was er sagen sollte, denn es *gab* nichts, was man sagen konnte.

Er bekam nicht einmal etwas zu essen herunter. Er hatte ein ganz flaues Gefühl im Magen. Es erinnerte ihn entfernt an seine Angst damals, mit vierzehn, als er jenes andere Mädchen anzusprechen wagte, aber jetzt schien die Angst noch wesentlich größer. Nicht nur, weil er diverse Traumata hinter sich hatte, vielleicht war das alles halb so schlimm – sondern auch, weil man mit vierzehn das ganze Leben noch vor sich hat, während man mit Mitte dreißig längst bemerkt hat, dass dem nicht mehr so ist.

Vor allem aber mochte ihm mit vierzehn dieses drei Jahre ältere Mädchen wie ein Ideal vorgekommen sein, vor allem natürlich ein erotisches Ideal. Bei *diesem* Mädchen allerdings wusste er, dass sie etwas Ideales an sich hatte. Sie *entsprach* diesem Ideal wirklich. Und es gab nur zwei Möglichkeiten: Entweder dies hatte eine Wahrheit – oder es *gab* keine Ideale. Und es ging *nicht* um Erotik. Obwohl es auch darum ging, weil sie einfach wunderschön war. Aber sie warf ihn nicht mit irgendeiner Erotik um. Es war eher das völlige Gegenteil. Was ihn erschütterte, war etwas völlig anderes.

Er hätte nie ein dreizehnjähriges Mädchen angesprochen, nur weil sie ihn *erotisch* anzog. Das wäre ja Wahnsinn gewesen. Aber Wahnsinn war es so oder so. Er hatte also gar keine Chance. Aber ohne sie konnte er auch nicht weiterleben. Er musste sie also nutzen. Die Chance, die er nicht hatte...

*

Er wartete früher als je zuvor an der frühesten Stelle, die sie definitiv entlangkommen musste, um sie noch möglichst unbelastet ‚abfangen' zu können – mit vielleicht noch etwas weniger anderen Kindern und Jugendlichen um sie herum.

Jetzt erst, während das Herz ihm im Halse schlug, kam ihm der Gedanke, dass er auf diese Weise innerhalb einiger Tage hätte herausfinden können, wo sie eigentlich *herkam*, und sie so direkt an ihrer Haustür ansprechen könnte. Aber er verwarf diesen Gedanken – nicht nur, weil sie sich dann *noch* viel beobachteter vorgekommen wäre, sondern auch, weil er es nicht mehr aushielt; weil er auch nicht noch planvoller vorgehen wollte und überhaupt, weil *dieser* Tag der Tag seines Schicksals war. Er konnte das Schicksal sowieso nicht mehr ändern...

Als er dann sah, aus welcher Straße sie kam, und ihm nur noch wenige Sekunden blieben, war ihm dies erst recht klar, und er konnte keinen anderen Gedanken mehr fassen, als dass die nächsten Sekunden über sein Leben entscheiden würden... Fast zögernd ging er ihr entgegen, um irgendwie noch einige Meter zu gewinnen, nicht wissend, ob dies nicht überhaupt ganz sinnlos sein würde.

Und dann war die Begegnung auch schon unvermeidbar geworden. Er hörte sich gleichsam selbst wie ein Fremder, stand fast neben sich, so aufgeregt war er...

„Ähm, Entschuldigung...?"
Sie sah ihn an, und blödsinnigerweise, um sie nicht zu belasten, hatte er sich an ihren Gang angepasst, sodass auch sie weiterging.
„Ja?"
Ihr Blick erschlug ihn wirklich.
„Ich wollte dich etwas fragen... Mein Name ist Noah..."
„Ja?"
Ihre zweite Antwort machte ihn regelrecht hilflos. Sie war so lieb... Als ob er fragen *dürfte*...!
„Ich, ähm, es ... es ist etwas kompliziert..."
Er zögerte anscheinend etwas, jedenfalls blieb sie stehen, was ihn völlig verunsicherte.
„Ja...?", fragte sie ein drittes Mal, wie man jemanden fragt, um ihn zum Sprechen einzuladen.
Ob sie dachte, er wolle nach einem Gebäude fragen, das nicht ganz in der Nähe lag? Was *glaubte* sie?

„Darf ich...", brachte er hervor, fast stotternd, „fragen, wie du heißt...?"
Sie sah ihn erstaunt an.

„Wieso...?", fragte sie fast überrascht lachend, es war nur eine Nuance, aber sie erschlug ihn von neuem – weil sie so *lieb* und so unschuldig war, ihre Antwort...

„Weil ich sonst nicht weiterreden kann...", gestand er, ohne zu wissen, woher er diese Worte genommen hatte.

„Josephine..."

Er war völlig überrascht, nicht so sehr von dem Namen, als vielmehr von der Tatsache, dass sie ihn ihm tatsächlich sagte. So unschuldig...

Sie sah ihn ihrerseits überrascht an, weil er anscheinend noch immer nicht reden konnte.

„Ich ähm ... es ist so, dass ... dass ich dich gerne kennenlernen würde, Josephine..."

„Mich? *Wieso*...?"

Sie schien weniger erschrocken als überrascht. Sie schien völlig vergessen haben, weiterzugehen. Einzelne Jungen und Mädchen gingen an ihr vorbei. Noch schienen die Wenigsten sich etwas zu denken – nicht, wenn sie gar nicht hörten, worum es ging.

„Hallo, Fine, was machst du denn?"

Ein anderes Mädchen hatte sie erreicht und sah sie und, wie er meinte, vor allem ihn erstaunt, ja argwöhnisch an.

„Nichts, ich komm gleich!"

„Okay..."

Das andere Mädchen ging weiter, nicht ohne ihn noch einmal anzusehen.

Die ganze Situation hatte ihn völlig hilflos gemacht.

Sie wandte sich ihm wieder zu.

„Wieso wollen Sie mich kennenlernen?"

Er konnte es nicht fassen, dass sie immer noch mit ihm redete – sogar ohne ihn zu verurteilen. Aber wahrscheinlich nur, weil sie noch gar nicht verstand...

„Weil ... weil ich dich immer gesehen habe... Und ... ich wusste nie, wie ich es machen soll..."

Er sah sie hilflos an, und sie erwiderte etwas unsicher:

„Und ... was *heißt* das, ‚mich kennenlernen'? Ich meine ... *wieso*...?"

„Willst du", brachte er hervor, „dass ich es dir nach der Schule erkläre? Hättest du dann noch Zeit? Vielleicht eine halbe Stunde? Ginge das...?"

„Ja...?", erwiderte sie verwundert. „Aber ... so lange brauchen Sie, um mir zu sagen, warum Sie mich kennenlernen wollen?"

„Ja, ich glaube schon...“

„*Okay*...“, erwiderte sie, wie man etwas hinnahm, was noch immer reichlich seltsam klang.

„Wann hast du denn Schluss?“, fragte er schnell.

„Um halb zwei...“

„Okay...“, erwiderte er mit leisem Zögern bei dem Gedanken an seinen Arbeitstag.

„Können Sie da?“

„Ja ... ja!“

„Und dann ... wieder *hier*?“

„Ja, hier ist gut... Ja...“

„Okay... Ich muss dann jetzt los...“

„Ja, klar ... okay ... also bis um halb zwei ... vielen *Dank*, Josephine!“

„Okay...“

Er war völlig überwältigt. Erst nach und nach drang wieder in sein Bewusstsein, wie idiotisch er völlig planlos gehandelt hatte. Er konnte sich heute nicht einmal krankmelden, weil er am Vormittag eine wichtige Präsentation machen musste. Allenfalls danach konnte er vorgeben, dass er Magenbeschwerden habe – und hoffen, dass sein Chef ihn einfach so gehen ließ. Wenn alles gutging, war das möglich, in dem Fall sogar ohne Attest. Idiotisch war es trotzdem. Er hatte schlicht an *nichts* gedacht...

*

Er konnte seine Präsentation durchführen, weil er einfach radikal umschaltete, in ein stures Funktionieren. Es war, als ob er in zwei Welten lebte. Er schaltete um auf ‚Arbeit‘, weil es ja ohnehin nicht zu ändern war, und weil er es sich nicht leisten konnte, an diesem Vormittag unkonzentriert zu sein. Und es funktionierte. Das Paralleluniversum ‚Arbeit‘ existierte, und er existierte in diesem. Bis er die Präsentation hinter sich gebracht und auch sonst noch das Notwendigste erledigt hatte und dann plötzlich Magenbeschwerden einsetzten.

Sein Chef war nicht begeistert, aber er ließ ihn, sicherlich *auch*, weil die Präsentation so überzeugend gelaufen war, gehen, ohne ein Attest zu erwähnen. Es lief also alles wie geplant. Und mit einem einsetzenden Herzklopfen ließ er das Paralleluniversum hinter sich und trat in die *wirkliche* Welt ein...

Er konnte es nicht ändern – es fühlte sich wirklich so an. Die einzige Brücke zwischen beiden Universen war, dass er noch immer ein Gefühl restloser Dankbarkeit verspürte, dass alles so gut *abgelaufen* war – so gut und so glückvoll, dass er jetzt um kurz nach eins ‚frei' hatte, um einem Mädchen zu begegnen, das seit zwei Wochen weit über die Hälfte aller seiner Gedanken absorbiert hatte...

Aber das war vielleicht falsch ausgedrückt, seine Gedanken waren ja stets *von sich* aus zu ihr gewandert... Und doch wie von einer geheimen Anziehung geleitet, als hätten sie gar nicht anders gekonnt, und vielleicht war auch dies völlig wahr. Vielleicht waren sie freiwillig einer Anziehung gefolgt, gegen die sie sich sowieso nicht hätten wehren können...

Aber er hatte im Grunde gar keine Zeit, solchen merkwürdigen Gedanken nachzuhängen, denn wieder wusste er nicht, was er sagen konnte – wusste es nicht im Geringsten, jetzt noch weniger als je zuvor. Was sollte er tun? Im Grunde fühlte er sich völlig hilflos. Das namenlose Glück, dass er dieses *Mädchen* treffen durfte, ging einher mit einer namenlosen Furcht, dass sie spätestens jetzt seinem Ansinnen, ihr begegnen zu dürfen, ein Ende machen könnte. Ein rasches und endgültiges Ende. Wozu sie alles Recht hätte, vielleicht sogar die Pflicht ... in einer Zeit, in der Missbrauch und Gewalttaten an der Tagesordnung waren, zumindest aber sexuelle Belästigung noch immer jedes zweite oder dritte Mädchen betraf, mindestens einmal in ihrem jungen Leben...

Wieder schienen Paralleluniversen zu existieren. Ein Universum, in dem sein Kopf ratlos versuchte, irgendwelche *Lösungen* zu finden, zumindest Formulierungen, die halbwegs die völlige Sinnlosigkeit vermeiden würden, die irgendwie *nachvollziehbar* klingen würden, vielleicht sogar sogar verständlich, wenn das überhaupt denkbar war ... und dann gab es da ein ganz anderes Universum, vielleicht das Universum der Seele ... die einfach nur restlos verzweifelt war, dass sie anscheinend nur *eine* einzige Chance haben würde und selbst diese eigentlich gar nicht existierte, jedenfalls nicht, wenn man mit Maßstäben der Vernunft und der Wahrscheinlichkeit maß... Ein Paralleluniversum der Verzweiflung und der verzweifelten Sehnsucht...

Wie konnte es sein, dass ein Mädchen zwei Wochen lang fast jeden Gedanken von einem besetzt und besessen hatte, sodass er *ihr* gehörte, dass sie ihn sanft an sich gezogen hatte ... und dass dies vielleicht schon in wenigen Minuten alles *zerschellen* würde! Nicht, weil sie nicht so wäre, wie er sie jeden Morgen wieder *gesehen* hatte, sondern weil sie es schlicht und einfach nicht *zuließ*. Nicht, weil sie ihn ‚abservieren' würde, sondern weil sie einfach nur keine Möglichkeit hatte, es zulassen zu *können*. Sie würde einfach nicht wissen, warum sie einem Mittedreißigjährigen begegnen *sollte* – und würde nicht das geringste Bedürfnis empfinden und empfinden *können*, während seine ganze Seele aus Bedürfnis und Sehnsucht zu *bestehen* schien.

Warum eigentlich? Darüber nachzudenken, war es jetzt zu spät. Er hatte zwei Wochen lang darüber nachgedacht, und die Antwort war immer gleich gewesen: Weil es so *war*. Weil er noch nie eine solche Schönheit gesehen hatte. Weil diese Schönheit gleichsam sein ganzes Inneres erfüllt hatte – und in Sehnsucht *verwandelt* hatte. Wie wenn sie, die Schönheit dieses Mädchens, in seine Seele eingedrungen wäre, sich sanft umgeschaut hätte und dann entschieden gesagt hätte: ‚Dies ist *meins*...'

Und es stimmte: Obwohl *er* es war, der sich nach diesem Mädchen sehnte, hätte man mit dem gleichen Recht behaupten können, dass seine Seele ihm gar nicht mehr gehörte... Dass nicht er sich nach ihr sehnte, sondern irgendetwas in ihm, dem er nur willenlos folgen konnte. Aber natürlich war *er* es – und das Gefühl des ‚Absoluten' entstand nur, weil er sich noch *nie* so sehr nach etwas gesehnt hatte... Noch nie so sehr wie nach der Möglichkeit, diesem Mädchen begegnen zu dürfen.

Er hatte sich auch danach gesehnt, die Stelle zu bekommen, die er jetzt hatte – allein schon, um seiner Geburtsstadt endlich entfliehen zu können. Er hatte den Job bekommen, gegen ungefähr dreißig Mitbewerber. Er konnte also stolz sein, und auch seine Sehnsucht war erfüllt worden. Dennoch war er in einer Fremde gelandet. Aber das mit diesem Mädchen ging viel tiefer. *Diese* Sehnsucht war etwas, was er bisher überhaupt nicht gekannt hatte. Es war nicht nur etwas Existenzielles. Es war etwas, wofür er bisher gar kein Wort hatte...

Und die Panik stieg in ihm hoch, als er die Straßenecke wieder erreichte und auf seiner Uhr sah, dass es nur noch zwei Minuten waren. Oder wenn sie dann Schulschluss hatte, vielleicht noch maximal fünf Minuten... Er kam sich völlig verloren vor. Wieder würden hier viele andere herumlaufen, vielleicht sogar wieder das Mädchen, das ihr heute Mor-

26

gen zugerufen hatte. Und wie würde er dann dastehen? Er fühlte sich schon jetzt wie ein halber Entführer, Stalker, Belästiger, wie einer jener Männer, vor denen Eltern ihre Kinder stets warnten – und war er denn besser? Er wurde völlig verzweifelt. Es war so aussichtslos wie nur irgendetwas. Er manövrierte sich in eine Lage hinein, in der man quasi nur die *Polizei* holen konnte... Es war so furchtbar. Sein Herz klopfte längst bis zum Hals. Das Paralleluniversum der Verzweiflung, der verzweifelten Sehnsucht war völlig hilflos...

Und dann sah er sie schließlich kommen, und er kam sich schrecklich vor...

„Hallo...", würgte er fast hervor, während sein Puls vielleicht längst über zweihundert lag.
„Hallo ... ähm ... mussten Sie lange warten?"
Er war völlig erschüttert von ihrer Frage.
„Nein ... äh, nein..."
„Sie hatten mir heute Morgen gar nicht Ihren *Nachnamen* gesagt..."
Er hatte überhaupt keine Zeit zu überlegen, sein Kopf war ein einziges Karussell.
„Hatte ich nicht? Oh, das tut mir leid, ich, ähm, Steinig ... ist mein Nachname..."
„Steinig? Okay ... und ... warum wollten Sie mich jetzt kennenlernen?"
Er blickte nervös auf die Minderjährigen, die an ihnen vorbeigingen.
„Können wir ein bisschen laufen?", fragte er zögernd.
„Ja, klar."
„Und ... wo lang würdest du gerne ... die halbe Stunde, vielleicht...?"
„Ich geh sonst immer hier lang."

Er setzte sich mit ihr in Bewegung.
Etwas in ihm verschwieg im letzten Moment den Einwand, dass sie dahin nicht gehen *müsse*. Ihm war der Gedanke fast unangenehm, dass sie ihn fast freiwillig in Richtung ihres Zuhauses führte. Aber was sollte er tun? Es ablehnen?
„Und...", fragte sie nach wenigen Schritten, „wollen Sie es *jetzt* sagen?"
„Wollen ja...", gestand er – oder etwas in ihm – hilflos. „Aber ich weiß nicht, wie..."
„Was *meinen* Sie? Was heißt, Sie wissen nicht, wie..."

Er hoffte, dass ihnen niemand mehr zuhörte. Dass jeder, der vielleicht noch in Hörweite war oder diese erreichte, mit sich selbst beschäftigt war.

„Ich weiß nicht, was ich sagen soll, damit du es nicht *komisch* findest...“

„Wieso...“

„Na ja ... findest du es nicht schon *jetzt* komisch ... und merkwürdig ... und seltsam ... und alles zusammen...?“

„Ein bisschen schon, ja.“

Sie lachte fast verlegen, es war ein *halbes*, sanftes, unschuldiges Lachen. Und die Unschuld erschlug ihn fast. Zum wievielten Mal eigentlich...

„Josephine...“, sagte er hilflos. „Ich möchte dich einfach *kennenlernen*... Ich *weiß* nicht, wie ich es erklären soll...“

„*Versuchen* Sie es doch einfach...“

Sie hatte ihn fast überrascht angesehen. Jetzt war sie ihm fast zu Hilfe geeilt. Er wurde immer hilfloser.

„Versuchen? Damit du mich für verrückt hältst? Aber vielleicht *bin* ich ja verrückt... Ich weiß es selbst nicht mehr...“

„Aber warum *möchten* Sie mich denn kennenlernen?“

Hilflos wiederholte sie ihre Frage.

„Weil ich noch nie so jemandem wie dir begegnet bin... Weil ich ... vor ungefähr einem Monat hierhergezogen bin ... und ich hab’ hier jetzt einen Job, aber ich kenne niemanden sonst ... aber das ist natürlich nicht der Grund, wenn auch *ein* Grund... Aber der Grund ist ... dass du es *sowieso* nicht verstehen wirst...“

„Was?!“, lachte sie auf ihre zarte Weise, die immer nur ein *halbes* Lachen war – oder man musste Lachen völlig neu definieren.

Sie sah ihn wieder von der Seite an.

„Aber dafür brauchten Sie doch keine halbe Stunde... Jetzt *sagen* Sie es doch schon...“

„Aber wenn du es dann ablehnst?“

„Was denn?“

„Dass ich dich kennenlernen darf...“

„Aber ich muss doch wissen, *warum*...“

Er ergab sich hilflos.

„Du hast mich einfach *berührt*, Josephine... Ich wollte noch nie jemanden so sehr kennenlernen wie dich... Seit zwei Wochen muss ich an dich denken. Ich komme jeden Morgen an eurer Schule vorbei ... und fast immer habe ich dich gesehen ... und ich hab versucht, dass du es nicht bemerkst, damit du dich nicht schlecht fühlen musst, dich nicht belästigt fühlst oder so etwas... Aber ich konnte nicht aufhören, an dich zu denken. Obwohl ich einfach nicht wusste, *wie* ich dich *kennenlernen* könnte..."

„Aber wieso konnten Sie mich denn nicht vergessen?"
Sie fragte fast so unschuldig wie ein Kind. Und es machte ihn erst recht hilflos. Er konnte ihr niemals sagen, dass er sich verliebt hatte. Er konnte es nicht *offen* sagen – wie denn?
„Vielleicht ... kann ich es dir erklären, wenn ich dich kennenlernen darf..."
„Und wie?"
„Na ja... Wir ... wir könnten so spazieren gehen wie jetzt... Ab und zu eine halbe Stunde ... oder so etwas..."
„Aber dann können Sie es mir doch auch *jetzt* erklären."
„Aber ich habe Angst, dass ... du es gar nicht möchtest... Dass dies ... das einzige Mal sein wird ... dass ich mit dir sprechen darf..."

„Sie haben Angst davor?", fragte sie erstaunt. „Aber warum ist es Ihnen denn so *wichtig* ... mich kennenzulernen?"
„Es ist einfach, dass ich so große Angst habe, was passiert, wenn ich versuche, darüber zu sprechen..."
„Wieso denn? Was *könnte* denn passieren?"
„Josephine...", sagte er hilflos. „Könntest du ... könntest du es verstehen, wenn man sagt, man hätte sich in dich verliebt...?"
Sie sah ihn völlig überrascht an.
„Sie? Sie haben – – sich in mich verliebt?"
„Ich ... glaub ja...", gestand er.
Sie verstummte ratlos.
„Es muss dich überhaupt nicht *stören*, Josephine!", beeilte er sich zu erklären. „Ich will dich nur ... einfach nur *kennenlernen* ... gar nicht mehr ... weißt du, ich ... ich will dich wirklich nur kennenlernen... Nur das... Einfach nur..."

„Aber warum...?", fragte sie irritiert und ratlos. „Ich meine ... *warum* haben Sie sich in mich verliebt? Weil Sie mich schön finden?"
„Ja, ich finde dich wunderschön ... aber das *ist* es nicht ... allein ... oder sagen wir ... es ist nicht die äußere Schönheit ... die ich nicht vergessen konnte ... sondern wie du bist... Niemand sonst ist so wie du ... so un-

glaublich schön... *So* unglaublich schön, dass man sich hilflos wünscht, sie kennenlernen zu dürfen...“

„Sie?“

„Ja, dich...“

„Aber was finden Sie denn so schön?“

„Josephine, wie ist es *möglich*, dich kennenzulernen? Ich habe solche Angst, dass ich es nicht darf...!“

„Warum...?“, fragte sie etwas zögernd.

„Weil es dir unangenehm sein könnte... Weil du es einfach nicht möchtest vielleicht... Weil ... es tausend Gründe gibt...?“

„Wieso...?“

„Na ja, der Punkt ist ... *du* willst mich *nicht* kennenlernen... Du weißt vielleicht gar nicht, was du mit mir sollst ... einem erwachsenen Mann Mitte dreißig, der einfach so mit dir sprechen möchte, nichts lieber möchte als das ... während du vielleicht nichts *weniger* möchtest...“

„Na ja, so *ist* es ja nicht...“, wandte sie ein.

„Aber vielleicht ist es dir sehr schnell langweilig...“

„Wir könnten es ja mal *versuchen*...“

„Würdest du das wirklich tun, Josephine?“, fragte er zutiefst dankbar.

„Aber warum *haben* Sie sich denn in mich verliebt?“

„Wir könnten darüber sprechen, wenn wir uns das erste Mal wiedersehen... Würde das gehen? Dürfte ich das? Es dir *dann* versuchen zu beschreiben? Würdest du dich wirklich mit mir verabreden? So wie jetzt? Würdest du, Josephine?“

Sie lachte wieder sanft.

„Wenn Sie so fragen...!“

„Okay! Ich bin so unglaublich dankbar – wirklich!“

„Aber wo dann? Wieder an der Ecke?“

„Nein, lieber irgendwo, wo es etwas *ruhiger* ist... Ich meine, wo es weder dir noch mir peinlich sein muss ... wo man ruhiger miteinander reden kann. Hier zum Beispiel ... oder *wo* du willst...“

„Und was schlagen *Sie* vor?“

„Ich weiß nicht ... wir könnten einfach hier losgehen und wieder eine halbe Stunde laufen...“

„Aber das war jetzt keine halbe Stunde“, lächelte sie.

„Es hat mich aber so glücklich gemacht...“

Sie lächelte verlegen.

„Und wann?"

„Wann du möchtest, Josephine..."

„Aber wann möchten Sie?"

„Mich darfst du nicht fragen... Ich würde sofort sagen *morgen*..."

„Okay, ich hab morgen auch nichts vor..."

„Meinst du wirklich...", brachte er hervor. „Aber ... ich muss noch arbeiten. Ich kann erst immer so um fünf..."

„Gut, dann um fünf."

„Okay...", erwiderte er fast fassungslos.

„Und mussten Sie heute nicht arbeiten?"

„Doch, aber ich ... hab dann behauptet, ich fühle mich nicht gut."

„Was?! Wegen *mir*...?"

„Ich hatte noch nie einen wichtigeren Grund..."

Sie schwieg verlegen.

„Okay, dann...", sagte sie zögernd, „also bis morgen..."

„Ja, bis morgen, Josephine. Ich danke dir vielmals!"

„Wohin müssen Sie jetzt?", fragte sie verlegen.

„Ich weiß nicht genau, wo ich bin. Aber ich muss eh wieder zurück. Vor der Schule komme ich dir immer entgegen. Ich wohne fünf Minuten in die andere Richtung..."

„Ach so... Ich wohne gleich hier..."

„Okay..."

*

Er war völlig überwältigt. Sie war so schön, wie er es sich nie vorgestellt hatte, nie hatte vorstellen *können*. Wenn er mit ihr sprach, begann eine *Sanftheit*, ihn einzuhüllen, die identisch war mit ihrer Art von Unschuld, die er aber nie hatte kennenlernen können, ohne mit ihr zu *sprechen*. Ihre Art zu sprechen war ... unaussprechlich. Sie war so unfassbar schön. Wie *konnte* ein Mädchen so schön sein? Wie war das möglich? Es brachte ihn tatsächlich an die Grenzen seines Verstandes. Vor allem, weil er gleichzeitig nicht fassen konnte, wie es möglich war, dass er ihr *begegnen* durfte...

Dabei war dies gerade eins. Dass sie dies zuließ, war Teil ihrer absoluten Schönheit und ihrer fassungslos machenden Unschuld... Es machte ihn *wirklich* fassungslos. Es ging über seinen Verstand. Und seine Liebe wurde nun erst recht grenzenlos, allein schon aus Dankbarkeit, aber über allem stand die Fassungslosigkeit – die Begegnung mit ihr sprengte alle Grenzen dessen, was man normalerweise fassen und begreifen konnte. Dieses Mädchen zerschlug die Grenzen einfach sanft ... indem es sie auf seine Weise schlicht ignorierte... Es machte sie fast zu einer Art Engel... Und hatte er diese Assoziation nicht bereits öfter gehabt? Ein sanfter Engel, der unerkannt mitten unter den Menschen wandelte, obwohl die Schönheit dieses Mädchens *unübersehbar* war?

Noch immer verstand er kaum, dass er sich in ein dreizehnjähriges Mädchen verliebt hatte – und gleichzeitig erschien ihm nichts natürlicher ... oder *begreiflicher*. Denn wie konnte man sich nicht in einen Engel verlieben, *wenn er erschien*? Und mehr und mehr wurde ihm begreiflich, dass ein Engel der Unschuld dreizehn Jahre alt sein *musste* – denn was war überhaupt anderes möglich? War nicht schon dies grenzenlos unwahrscheinlich gewesen? Er sah ja, von welchen Nicht-Engeln sie umgeben war. Schon Dreijährige waren heute weniger unschuldig als sie!

Aber warum hatte er sich *verliebt*? Warum war die Unschuld ihm nicht auch gleichgültig? Diese Frage konnte er nicht beantworten. Nicht anders, als er es schon zwei Wochen lang getan hatte... Ihre Schönheit war überwältigend. Er hatte noch nie etwas Schöneres gesehen. Das aber hieß offenbar: Die Unschuld war das Schönste, was auf dieser Welt existierte. Die Unschuld eines dreizehnjährigen Mädchens... Er hatte sich verliebt, weil er *Augen* im Kopf hatte. Und den Mut, sich einzugestehen, dass es so war...

Hier konnte nichts mithalten. Keine Frau. Kein Erfolg im Beruf. Kein Auto, kein Haus, kein Nichts. Selbstverständlich – wenn man nicht den *Mut* hatte, sich in ein dreizehnjähriges Mädchen zu verlieben, erschien alles davon viel attraktiver ... aber das war es ja nicht. Das war es ja nur, wenn man diesen Mut nicht hatte ... sich einzugestehen, dass nichts anderes an Schönheit auch nur in die *Nähe* kam...

Wenn es einem allerdings um *andere* Dinge ging... Aber was waren Erotik und Sex oder Erfolg oder Geld ... gegen eine *ergreifende* Schönheit ... eine Schönheit, die einen so unschuldig, so sanft, aber so hilflos ergriff...? Und was die Erotik anging: Auch *küssen* würde er lieber diesen Engel als irgendeine Frau. Aber er wusste, dass sie das nicht wollen würde. Gut, Sex mit einer süßen Achtzehnjährigen wäre auch nicht zu verachten, war im Gegenteil eine extrem attraktive Vorstellung. Aber wenn er vor der Wahl stand ... wäre vielleicht sein Körper hin und her gerissen, aber seine Seele würde nie auf die Möglichkeit verzichten wollen, dieses Mädchen kennenlernen zu dürfen.

Letztendlich *wusste* er aber nicht, warum nur *er* ihre Schönheit sah oder so tief empfand oder diesen Mut hatte – oder was genau es war. Lag es daran, dass die meisten anderen wirklich nur an Sex dachten? Oder nicht den Mut hatten, die *Augen* aufzumachen? Oder wirklich den Mut, sich von einer Dreizehnjährigen überwältigen zu lassen? Die Schönheit zu erblicken? Die Schönheit dieser sprachlos machenden Unschuld? Lebten alle nur noch *stumpf* vor sich hin?

Er begriff nur so viel: Dass er am Anfang in Zusammenhang mit ihr noch an Worte wie ‚bespringen' gedacht hatte, erfüllte ihn längst mit tiefer Scham. Darum ging es hier *überhaupt* nicht. Ja, er liebte sie auch erotisch. Aber es war viel mehr. Er liebte sie viel aufrichtiger. Es ging viel tiefer. In Geheimnisse, die er selbst noch nicht begriff. Abgesehen davon, dass er in den letzten zwei Wochen sehr viel begriffen hatte – mehr als die meisten anderen offensichtlich.

Er *wusste*, dass er einen Engel kennenlernen durfte. Und das erfüllte ihn fast mit Demut. Das Gefühl der Dankbarkeit erreichte in jedem Fall die Grenze dieser noch tieferen Empfindung. Und dass dieses Mädchen ihm heilig war, war ihm ebenfalls längst deutlich.

Er konnte nach der Arbeit nur kurz nach Hause kommen und sich besinnen, bevor er wieder losgehen musste. Er stellte fast nüchtern, aber auch hilflos fest, wie aufgeregt er war. Auch jetzt wieder. Aber er konnte es nicht ändern.

Hätte er sich mit einer Frau getroffen, hätte er nicht so aufgeregt sein müssen, *wäre* er nicht so aufgeregt gewesen. Aber er traf sich mit einem *Mädchen*. War es das gesellschaftliche ‚No Go', das ihn so aufgeregt sein ließ? Nein, dies spielte keine Rolle – nur da, wo er sich beobachtet fühlte, auf der Straße ... aber er war aufgeregt in Bezug auf *sie*, *ihr* gegenüber. Und er begriff, dass er sie ‚überhöhte', wie man so sagte. Wieder wurde ihm deutlich, wie sehr er sie idealisierte, ohne dass er anders konnte...

Hätte er eine Frau je so idealisiert? Es war fast unmöglich – und er hätte es nie getan. Warum aber dieses Mädchen? Warum...? Er hatte nur eine Antwort: Sie *war* so... Vielleicht gab es das Ideal überhaupt nicht, aber sie war das Berührendste, was er je gesehen hatte, also war es das, was man als etwas erleben *musste*, was ... fast eine Art Ehrfurcht auslöste, eine Art ehrfürchtige Liebe.

Natürlich gerade deshalb, *weil* sie ein Mädchen war. Gerade deshalb auch, weil nichts darauf hindeutete, dass sie sich für ihn interessieren würde – sie *musste* das überhaupt nicht, eben schon auch in der Form nicht, in der sich Frauen für Männer interessierten und umgekehrt. Zwischen einem Mädchen und einem Mann gab es einfach *keinerlei* Verbindung ... und die Ehrfurcht – oder vielleicht sollte man besser sagen Scheu? – wurde bereits dadurch geboren, dass es fast das Unwahrscheinlichste von der Welt war, dass ein solches Mädchen einen auch nur beachten würde. Allein schon aus *Vorsicht* nicht. Von irgendeinem Interesse gar nicht zu reden...

Er hatte umso mehr das Bedürfnis, sich über seine Empfindungen klar zu werden, als sie ihm selbst völlig unbekannt waren. Noch nie hatte er so empfunden. Vielleicht gegenüber jenem ersten Mädchen, das er damals als Junge begonnen hatte zu lieben – aber sie hatte es innerhalb kürzester Zeit vernichtet... Mit wenigen Worten hatte sie es völlig zertreten. Und beim nächsten Mädchen war es schon weniger gewesen, wenn überhaupt, hatte er doch eben unter Gleichaltrigen gelernt, sich

‚abzuhärten' und das Coole und Starke zu suchen – das ihm zwar nie gelegen hatte, das er aber doch versucht hatte, sich irgendwie etwas anzueignen. Und so waren seine nächsten Beziehungen ‚normal' geworden – bis auch sie jeweils scheiterten.

Aber bei diesem Mädchen war alles anders... Nicht nur gab es keinerlei Anlass, irgendetwas ‚darstellen' zu müssen. Es gebot geradezu, das Gegenteil zu tun, allein schon, weil man ein Mann war. Konnte er hoffen, ihr auch nur zartestes Interesse zu gewinnen, wenn er etwas völlig anderes war als sie? Ein plumper Idiot, der vielleicht noch versuchte, etwas darzustellen? Was *sollte* sie damit? Nur die heiligste Annäherung – und er hatte keine Ahnung, woher diese Worte kamen, wenn nicht durch das, wie es nun einmal war, in Wirklichkeit – würde dazu führen, dass sie es *vielleicht* zuließ...

Und genau das war der Punkt. Er idealisierte sie *sowieso*. Aber die scheueste Annäherung entsprach genau dem, was als einziges eine Chance hatte. Und es machte ihn glücklich, dass er diese Scheu nicht etwa spielte. Er *empfand* sie. Er wusste, dass seine Liebe absolut aufrichtig war. Wäre sie es nicht, hätte er sich zudem auch sofort gefragt, was er mit so einem Mädchen ‚wolle' – und ein Blick auf die Außenwelt hätte ihm dieselbe Frage gestellt, er hätte sich lächerlich finden können und an seinem Verstand zweifeln. Aber wenn er sein Innerstes prüfte, so zweifelte er am Verstand der anderen. Dass sie nicht sahen, was er sah... Dass sie nicht liebten, was er liebte...

*

Sehr nervös erreichte er die Straßenecke, die der seltsame Punkt ihrer Verabredung war. Es war sozusagen der unverbindlichste Ort überhaupt – und wiederum deshalb, um ihr jede nur mögliche Sicherheit zu geben, allein schon die Sicherheit, nichts zu ‚müssen' ... außer aus ihrem geschützten Zimmer wieder herauszukommen, auf die Straße zu treten und ... einen völlig unbekannten Mann zu treffen, was bereits viel zu viel verlangt war, wodurch ihre Bereitschaft schon jetzt ein Wunder war. Und auch dies empfand er scheu. Für seine Dankbarkeit war sie schon jetzt ein Engel – und nicht nur für sie.

Als er sie kommen sah, schlug sein Herz wieder bis zum Hals. In nervösem Glück begrüßte er sie.

„Hallo Josephine...“

„Hallo, ähm ... es gibt leider ein kleines Problem...“

Sie sah ihn an, mit ihrem wunderbaren Gesicht, ihren Augen.

Sein Herz fiel in eine Art Abgrund.

„Ja...?“, fragte er zitternd.

„Meine Oma will mit Ihnen sprechen...“

„Deine – –“

„Ich habe keine Eltern mehr...“, sagte sie schlicht, ihm aus seiner Verlegenheit helfend.

„Aber –“

„Kommen Sie?“, fragte sie fast scheu.

„Aber was wird sie *sagen*?“, fragte er in innerlicher Panik.

„Ich weiß nicht...“, erwiderte sie. „Sie will Sie, glaube ich, einfach kennenlernen.“

„Aber was soll ich *sagen*...“, brachte er verzweifelt hervor, voller Angst vor der Begegnung mit einer Erwachsenen, die offenbar für dieses Mädchen verantwortlich war und es nicht *verstehen* würde.

„Sagen Sie ihr einfach, was sie mir gesagt haben...“, erwiderte das Mädchen schlicht.

„Aber was wird sie denken? Ich kann doch nicht – –.“

„Sie müssen es schon so sagen, wie es ist...“

Nun war er völlig hilflos.

„Haben Sie Angst, was sie denken wird, wenn sie hört, dass Sie sich in mich verliebt haben, wie Sie sagen?“

„Nicht nur das... Ich habe vor *allem* Angst...“

„Aber wieso? Ich dachte, wir wollen nur reden...“

„Na ja, aber ... schon *das* ist ja ... schon das wird ja deine Oma ... nicht erlauben wollen...“

„Hier wohne ich...“

Sie waren vor einem Mietshaus angekommen, einem Haus wie jedes andere, nur dass hier dieses Mädchen wohnte, wodurch es sich von allen Häusern auf der Welt unterschied.

Verzweifelt hielt er an.

„Ich weiß nicht, was ich sagen soll, Josephine!“, wiederholte er noch einmal bestimmt, hilflos.

„Ich hab doch schon gesagt, Sie sollen einfach sagen, wie es ist. Ich hab ihr doch *auch* schon gesagt, was Sie mir gesagt haben!“

„Sie weiß es schon?!“

„Ja – ist das schlimm?"

„Es ist furchtbar!"

„So ein Unsinn! Wenn es furchtbar wäre, würde sie Sie ja nicht kennenlernen wollen. Sie will einfach mit Ihnen *sprechen* – so wie Sie mit mir. Es kann also gar nicht furchtbar sein!"

„Du verstehst das nicht...", murmelte er.

„Oder *Sie* verstehen es nicht. Kommen Sie jetzt?"

Er folgte ihr wie ein Verurteilter...

Sie erreichten den zweiten Stock viel zu früh.

Das Mädchen schloss auf, und er durfte eintreten.

Kurz darauf stand im Flur eine Frau um die siebzig, die ihn musterte.

Sie reichte ihm die Hand, und fast linkisch erwiderte er den geradezu unerwarteten Gruß.

„So, Sie sind also..."

„Noah Steinig."

„Schön. Siebert. Rosa Siebert. Kommen Sie doch rein."

Er wusste nicht, ob es ein gutes oder schlechtes Zeichen war, dass er jetzt offenbar zu einem längeren ‚Verhör' gebeten wurde.

Er erinnerte sich daran, dass es immer ein schlechtes Zeichen war, wenn sein Vater nicht sofort zur Sache kam, sondern einen erst einmal aufforderte, sich hinzusetzen...

Sie betraten ein schlichtes, etwas altmodisch eingerichtetes Wohnzimmer, das aber natürlich sehr viel wohnlicher war als seine eigenen vier Wände.

„Setzen Sie sich!"

„Hier?", fragte er zögernd und zeigte auf den erstbesten Stuhl eines gleich neben der Tür an der Wand stehenden Esstisches.

„Wo Sie wollen."

„Gut", sagte er ergeben, „dann nehme ich gleich diesen Stuhl..."

Die alte Frau ging daraufhin auf die andere Seite, und das Mädchen nahm den Stuhl an der freien Stirnseite, und er stellte fast erstaunt fest, dass sie dem Gespräch ‚beiwohnen' durfte, was ihn vielleicht noch mehr beunruhigte, denn wie sollte er in ihrem Beisein *über* sie und seine Gefühle ihr gegenüber sprechen? Aber offenbar musste er es...

„So – also Sie wollen meine Enkelin also kennenlernen?"

„Ja", gestand er fast beschämt.

„Weil Sie sich in sie *verliebt* haben?"

Er warf dem Mädchen einen kurzen Blick zu, das ihn offen und geradezu rein in all seiner Unschuld ansah, während er sicher war, dass er hoffnungslos rot wurde, weil ihm das Blut in den Kopf stieg.

„Ich – –", begann er hilflos, dann fand er schon keine weiteren Worte mehr, blickte noch einmal hilflos zu dem Mädchen, das ihn noch immer so unschuldig ansah, dann wieder zu der Frau...

„Ja...", sagte er hilflos. „Ja, habe ich..."

„Und – was genau stellen Sie sich nun vor?"

„Nichts!", sagte er erneut hilflos und beteuernd. „Ich ... ich möchte sie einfach nur kennenlernen ... dürfen... Josephine kennenlernen dürfen..."

„Und warum? Mit welcher Absicht?"

„Mit welcher Absicht?", wiederholte er, wie in eine Ecke gedrängt. „Ich weiß nicht, mit welcher Absicht – da ... da *ist* keine Absicht... Da ist einfach nur ... dieses *Bedürfnis*..."

„Aber was *versprechen* Sie sich davon?"

„Nichts! Ich weiß nicht, was Sie meinen...", erwiderte er hilflos.

„Sie wollen sich *einfach* nur mit ihr unterhalten?"

„Ich will ihr einfach nur begegnen dürfen ... ja..."

„Und also mehr nicht?"

Wieder warf er dem Mädchen einen scheuen Blick zu.

„Nein..."

„Aber wie *kommt* ein Mann wie Sie dazu..."

„Das weiß ich auch nicht...", gestand er leise.

Nun wandte sich die Frau an das Mädchen, ihre Enkelin.

„Und du, Josephine? Was sagst *du* dazu?"

Das Mädchen erwiderte den Blick ihrer Großmutter.

„Ich hab ja schon gesagt..."

„Was hast du gesagt?"

Nun warf auch sie ihm einen scheuen Blick zu.

„Dass ich es versuchen wollte..."

Wieder sah die alte Frau ihn an.

„Und wenn Josephine aber *nicht* mehr möchte – –"

Die Frau blickte ihm in die Augen. Er wartete wie ein Gefangener.

„Was machen Sie dann?"

Hilflos blickte er kurz zu dem Mädchen.

„Dann lasse ich Sie in Ruhe...", sagte er.

Es war mehr, dass er sich diese Worte sagen hörte, dass sie aus ihm herausgezwungen wurden. Er konnte diesen Gedanken gar nicht *denken*. Er konnte sich nicht vorstellen, dass er gezwungen werden würde, sie in Ruhe zu lassen, weil sie es nicht mehr *wollte*. Es war wie der Gedanke an den Tod. Man *konnte* ihn nicht denken.

„Okay...", seufzte die alte Frau fast. „Also meinetwegen... Dann lass dich also darauf ein, Josephine. Wohl ist mir dabei nicht..."
Das Mädchen schwieg fast beschämt.
Er erst recht.
Jetzt warf sie ihm einen scheuen Blick zu.
Dann wandte sie sich ihrer Großmutter zu.
„Aber er will mich nur *kennenlernen*...!"
„Ja – weil er sich in dich verliebt hat! Weißt du überhaupt, was das heißt?"
Wieder warf sie ihm einen kurzen Blick zu ... und verstummte erneut beschämt.
Dann sagte sie leise:
„Aber *darf* er das denn nicht?"
„Das musst *du* ja wissen", erwiderte die alte Frau. „Ob *du* damit klarkommst..."
Wieder schwieg das Mädchen.

„*Jetzt* kannst du noch nein sagen...", sagte die Hausherrin und Hüterin des Mädchens.
Wieder sah das Mädchen ihn an, und er erwiderte ihren Blick hilflos.
„Aber er will mich kennenlernen..."
„Das kann er ja wollen! Aber wichtig ist doch, was *du* willst..."
„Ich bin ja nicht dagegen...", murmelte das Mädchen.
„Du bist ja nicht dagegen!", wiederholte die alte Frau. „Josephine, aber was *willst* du? Das ist doch die Frage! Du kannst nicht immer nur alles zulassen. Die Frage ist, ob es dir überhaupt *passt*, dass dieser Mann dich kennenlernen will, sich in dich verliebt hat und – mein Gott, auch *mehr* will, auch wenn er es nicht sagt!"
Das Blut schoss ihm erneut in den Kopf, und der Blick des Mädchens traf ihn, einmal mehr völlig wehrlos.

Und dann geschah, bevor er überhaupt weiter denken konnte, was er ohnehin nicht gekonnt hätte, eine Art Wunder, denn das Mädchen sagte:

„Er will mich *nur kennenlernen*...“
Die alte Frau atmete einmal hörbar aus.
„Natürlich, Mädchen... Du musst es ja wissen...“
Nun warf sie ihrer Großmutter einen hilflosen Blick zu. Er verstand fast gar nichts mehr...
Noch einmal atmete die alte Frau aus.
„Gut – mach, wie du denkst. Ich hab es dir gesagt... Du weißt also, worauf du dich einlässt. Wenn es dir aber *nicht* mehr recht sein sollte, sag es ihm einfach – und wenn es Probleme gibt, komm zu mir. Und Sie“, damit wandte sie sich an ihn, „geben mir in jedem Fall mal Ihre Adresse...“

*

Als sie wieder auf der Straße standen, blickte das Mädchen ihn fast schuldbewusst an:
„Meine Oma macht sich immer irgendwelche Sorgen – –“
Er empfand eine Art ungläubige Betroffenheit.
„Ich kann sie ja verstehen...“, murmelte er. „Sofort kann ich sie verstehen...“
„Trotzdem war es ja nicht nett, Ihnen gegenüber...“
Er konnte fast nicht mehr sprechen. Irgendetwas nahm ihm sogar die Worte. Etwas, was man nur ‚heilig‘ nennen konnte.
„Wollten Sie jetzt...“, fragte sie zögernd, „einfach wieder wie gestern die Straßen entlanggehen?“
„Mir ist alles recht, Josephine...“, sagte er ergeben. „Hauptsache, ich habe etwas Zeit mit dir...“
Sie lächelte.
„Dann ... können Sie vielleicht *losgehen*...?“

Er verstand ihre Worte erst wirklich, als er sich in Bewegung gesetzt hatte und sie mit ihm.
Mit seinem Herzen, oder vielmehr mit seiner ganzen Seele, begriff er, dass dieses Mädchen tatsächlich wie eine Art sanfter Engel sich allem *anpasste* und gar nichts anderes wollte als dies. Er begriff so viel, dass dies in Übereinstimmung stand mit ihrer *Unschuld*, die er vom ersten Moment an wahrgenommen hatte.
Und so schwieg sie auch jetzt, ging schweigend neben ihm her, während er vor Glück und Berührtsein über ihre Gegenwart schwieg ...

41

nicht ohne zu bemerken, dass dieses Schweigen ihr natürlich schnell unangenehm werden würde, was ihn sofort wieder hilflos machte.

„Ich ... kann gerade noch wenig sagen...", brachte er hervor. „Ich bin gerade etwas zu glücklich..."
Sie schien leise zu lächeln, was ihn immerhin erleichterte.
„‚Zu glücklich'?", wiederholte sie. „Kann man überhaupt zu glücklich sein?"
„Zu glücklich, um sprechen zu können..."
„Ach so..."
Sie gingen eine Weile schweigend.
Dann sagte sie:
„Ich weiß gar nicht, ob ich irgendwen schon mal glücklich gemacht habe..."
Sie sagte es vielleicht nur, um das Schweigen zu überbrücken, dennoch erschütterten ihn ihre Worte, als er sich ihrer Bedeutung ganz klar wurde.
Er konnte noch immer nichts sagen.

Einige Momente später fragte sie:
„Sind Sie noch immer ‚zu glücklich'?"
„Ich denke...", brachte er fast stammelnd hervor, „dass eigentlich *jeder* glücklich sein müsste, der dich sieht..."
„Wieso?", erwiderte sie.
Sie verstand es wirklich nicht...
„Weil du so schön bist...", sagte er leise. „Innerlich, meine ich..."
„Wieso...", wiederholte sie. „Wieso sollte das jemanden glücklich machen?"
„Weil es so schön ist... So unglaublich wunderschön..."
„*Na ja...*", sagte sie, wie ein deutliches Signal, dass sie den Wunsch hatte, das ‚Thema' zu wechseln.
Ihre scheuen Signale waren ihm alles. Sofort versuchte er, darauf einzugehen. Er wechselte das Thema.

„Wieso...", fragte er selbst scheu, „hast du ... eigentlich keine Eltern mehr, Josephine?"
„Sie starben bei einem Autounfall...", erwiderte sie schlicht. „Ich war erst vier..."
„Oh, das tut mir leid...!"
Sie sah ihn kurz an.

„Muss es ja nicht... Ich ... kann mich noch an sie erinnern. Sie waren sehr lieb... Ich hatte sehr, sehr liebe Eltern ... aber dann hatte ich sie nicht mehr... Aber meine Oma ist auch sehr lieb – Sie haben sie ja kennengelernt."

„Ja..."

Die Frage schien für sie erledigt. Aber er konnte es noch immer nicht fassen. Da war so ein wunderschönes Mädchen – und es hatte noch nicht einmal Eltern! Er realisierte jetzt erst, dass dies für ihn vielleicht sogar ein absoluter Glücksfall war, die einzige *Möglichkeit*, dieses Mädchen überhaupt kennenlernen zu dürfen, ja, sein Denken setzte fast aus, als er sich dessen klar wurde, aber darum ging es jetzt gar nicht. Es ging darum, dass *sie* keine Eltern mehr hatte, fast nie gehabt hatte...

„War das nicht unglaublich schwer für dich?", fragte er voller Mitgefühl, und er *sehnte* sich ja nach einer Verbindung zu ihr.

„Ja, am *Anfang* natürlich... Aber irgendwann war es einfach so... Ich konnte es ja auch nicht *ändern*..."

Ihr Wesen hinterließ in seinem Inneren fortwährend eine leuchtende, geradezu schmerzliche Spur. Da spürte er endgültig, dass Schönheit *wehtun* konnte ... *absolute* Schönheit, die dieses Innere nicht wirklich fassen konnte.

„Hast du eigentlich Freundinnen, Josephine?", fragte er leise.

Sie sah ihn an.

„Ja, natürlich!"

Noch einmal sah sie von der Seite an ihm hoch.

„Machen Sie sich keine Sorgen..."

Er schwieg fast beschämt. Jetzt, im Nachklang, wurde ihm deutlich, dass etwas in ihm es regelrecht bedauerte, dass sie Freundinnen hatte und also nicht einsam war. Denn eine weitere Brücke zu ihr brach so in sich zusammen, ja hatte nie existiert...

Nach einer kleinen Weile fragte sie:

„Was wollen Sie *noch* von mir kennenlernen?"

Sein Herz bekam sofort die Empfindung einer tickenden Uhr ... obwohl es von ihrer Seite wahrscheinlich nur die unglaublich liebe *Bereitschaft* war, ihm ihr Wesen zu öffnen, bis er zufrieden sein würde, sein Wunsch erfüllt sein würde, sie kennengelernt zu haben...

Er musste mit ihr sehr vorsichtig sein, wenn sich ihrer beider Art so unterschied – oder, besser gesagt, die Sprache kaum fähig war, etwas auszudrücken, was eigentlich die *Zartheit selbst* sein musste, weil man ... einem *Mädchen* begegnen wollte...

„*Alles*, Josephine...", sagte er leise. „Ich meine ... ich will nur sagen ... es ist so wunderschön mit dir ... hier so langzugehen ... und ich will nicht ... dass ... du jemals das Gefühl hast, ich *hätte* dich kennengelernt! Am liebsten würde ich dich *nie* kennenlernen – um dich immer neu kennenlernen zu dürfen..."
Sie musste kurz lachen, ganz angedeutet.
„Sie *dürfen* mich ja kennenlernen", erwiderte sie. „Das habe ich doch schon gesagt..."
„Ja... Vielleicht kann nur ich es einfach immer wieder nicht glauben."
„Aber *warum* eigentlich nicht?"
„Weil *kein* anderes Mädchen das so erlauben würde..."
Jetzt hatte er es einfach gesagt...
Sie dachte kurz darüber nach.
„Ja, aber dafür kann *ich* ja nichts...!"

Ihre Antwort erschütterte ihn auf zarte Weise ein weiteres Mal.
„Nein", wiederholte er leise. „Dafür kannst du ja nichts..."
„Sehen Sie?", lächelte sie. „Jetzt haben Sie es verstanden..."
Ihr Lächeln traf ihn wie ein Sonnenstrahl.
„Aber", fragte er scheu, „wie kommt es, dass du so bist, Josephine? Ich meine... Du allein... Wie ... wie geht das?"
„Ich bin, wie ich bin...", erwiderte sie schlicht. „Wieso fragen Sie nicht die anderen...?"
Er musste über ihre Antwort nachdenken. Dann fragte er:
„Also ist dir der Unterschied schon sehr bewusst?"
„Mir ist bewusst, dass die anderen anders sind..."
Ihm war das Thema auch unangenehm, er wollte mit ihr eigentlich gar nicht *über* sie sprechen – was ihr notwendig unangenehm sein musste.
Hilflos sagte er leise:
„Ich liebe gerade, dass du *anders* bist..."

Sie lächelte etwas scheu. Schließlich aber fragte sie vorsichtig:
„Und was machen Sie, wenn Sie *doch* alles kennengelernt haben?"
Ihre Frage bestürzte ihn.
„Was machst *du* dann, Josephine?"

„Ich? Wieso ich?"

„Es ist wunderschön, mit dir zusammen zu sein, Josephine. Nur deshalb will man jemanden doch überhaupt kennenlernen. Aber natürlich auch, *um* ihn kennenzulernen. Es ist *alles* wunderschön. Jedenfalls für mich..."
Sie schwieg verlegen.

„Und was wollen Sie von mir noch *wissen?*"
Irgendetwas trieb ihm wieder eine Enge in die Brust. Es war die Angst, dass es irgendwann doch vorbei sein könne – vielleicht sogar sehr schnell.
„Ob ich...", sagte er zögernd, „eine Chance habe, dass ... du dich *wohlfühlst* ... wenn wir uns so treffen..."
Sie sah ihn überrascht an.
„Aber ich fühle mich doch wohl!"
„Okay...", sagte er leise, dankbar.
Sie sah ihn noch einmal an, fast besorgt.
Da begriff er erneut, dass sie es *ihm* rechtmachen wollte. Auch mit der Frage von eben. Wie sollte er es ausdrücken, dass auch sie keine Sorge zu haben brauchte?

„Josephine ... darf ich ... darf ich dich *langsam* kennenlernen?"
„Was meinen Sie?"
„Dass es einfach schön ist mit dir..."
Wieder sah sie ihn von der Seite an.
„Okay..."
Er wusste nicht, wieviel sie verstanden hatte.
„Ich weiß nicht, was ich dir zurückgeben kann...", erwiderte er leise.
„Wie – –"
„Du schenkst mir deine Gegenwart ... und ich habe nichts, was ich *dir* geben könnte..."
„Das macht ja nichts..."
Eine unsagbare Hilflosigkeit bemächtigte sich seines Innersten. Oder es war wieder diese schmerzliche Schönheit ... die einen aber hilflos *machte*, weil es nichts gab, womit man sie erwidern konnte...

„Wie soll ich Sie eigentlich nennen?", fragte sie.
Bestürzt begriff er, dass dies ihre Zusage war, dass sie sich *wieder* treffen würden. Mehrmals – wenn er nichts falsch machte.

„Du kannst mich Noah nennen...“, sagte er fast scheu. „Wenn du willst. Aber wie du willst, Josephine... Es ist alles völlig in Ordnung...“
Sie schwieg etwas verlegen. Dann sagte sie:
„*Mich* nennen in der Schule alle ‚Fine‘...“
„Soll ich dich auch so nennen?“, fragte er scheu.
„Ich weiß nicht genau...“
„Gefällt es dir besser als Josephine?“
„Ich bin es gewöhnter...“
„Aber deine Oma nennt dich Josephine.“
Sie lachte.
„Ja.“

Sie schwiegen eine Weile. Dann sagte sie:
„Machen Sie, wie Sie denken. Es ist alles völlig in Ordnung...“
Er musste lachen.
„Aber was wäre *dir* lieber?“
„Mir? Vielleicht doch Fine...“
„Okay... Fine...“
Sie lachte leise.
„Was?“
„Wenn Sie es sagen, klingt es komisch...“
„Wieso?“
„Oder vielleicht muss ich mich erst daran gewöhnen.“
„Ich kann auch Josephine sagen.“
„Nein, sagen Sie ruhig, was Sie wollen.“
„Aber *du* hast damit angefangen.“
„Ja...“
„Also was ist dir lieber...?“
„Ja ... doch ... Fine...“
„Okay...“

„Sie sind irgendwie sehr lieb...“
Ihre Worte erschütterten ihn erneut.
„Wieso?“
„Weiß nicht. Sind Sie eben...“
„Aber warum...“
Sie lachte.
„Weiß ich doch nicht, warum...“
„Aber was *findest* du lieb?“

„Dass Sie sich so viele Gedanken machen und so...“
Geradezu betroffen erwiderte er:
„Gedanken?! Aber ich möchte dich *kennenlernen!* Muss ich mir nicht Gedanken machen, damit ... damit du dich wohlfühlst...? Und ich es überhaupt darf...? Wieso bist *du* so lieb, Jos– Fine...?“
Sie schwieg etwas beschämt oder verlegen.
„Ich finde dich so *unglaublich* lieb“, sagte er entschuldigend. „Und ich finde es so unglaublich schön ... dass ich dich kennenlernen darf.“
Er wollte nicht wieder direkt sagen: ‚mit dir‘.
Sie lächelte schüchtern.

„Fanden Sie das jetzt *dumm*, was ich gesagt habe?“
Er fand sie immer wieder nur *berührend*, ihr Wesen ergriff ihn immer wieder zutiefst, eigentlich ohne Pause.
„Dumm? Nein, überhaupt nicht! Nur ... nur ganz ungerechtfertigt. Ich meine ... muss ich nicht ‚lieb‘ sein, um dich kennenzulernen? Muss nicht *jeder* lieb sein, um jemanden so Liebes wie dich kennenlernen zu dürfen? Ich bin überzeugt, dass jeder das *müsste!*“
Sie lachte leise.
„Eigentlich sind ja auch alle lieb... Ich meinte nur...“

„Wieso“, fragte er leise, „darf ich dich eigentlich kennenlernen, Josephine? Nur, weil ich *gefragt* habe...?“
Sie sah ihn an.
„Ist das zu wenig?“, fragte sie.
„Wie meinst du – –“
„Ob das zu wenig ist... *Reicht* das nicht...?“
Er war betroffen.
„Na ja...“, brachte er hervor. „Normalerweise reicht es nicht...“
„Vielleicht bin ich ja nicht normal...“
„Nein...“, erwiderte er berührt. „Du bist besonders. In allem...“

Sie schwieg wieder verlegen. Er musste dringend etwas an seinen Sätzen ändern.
„Ich habe schon wieder vergessen, Fine zu sagen...“, gestand er verlegen.
Sie lachte wieder leise.
„Dann sagen Sie doch vielleicht lieber Josephine.“
„Nein, ich geb’ mir Mühe... *Fine*...“
Wieder schwieg sie. Vielleicht hatte er es zu zärtlich gesagt...

47

„Was machst du sonst so, Fine?", fragte er, noch immer zärtlich, aber ohne ihren Namen zu betonen.

„Ich weiß nicht... Was man so macht... Hausaufgaben, Lernen..."

„Ja? Macht ‚man' das heute noch?"

Sie lachte wieder auf diese etwas schüchterne Art.

„Ja?"

„Okay... Und was noch?"

„Ich gehe gerne spazieren. In der Natur, meine ich..."

„*Das* macht ‚man' garantiert nicht!"

„Ja, das vielleicht nicht..."

„Und wo *gehst* du dann?", fragte er voll innerer Liebe zu ihr.

„Überall... Ich nehme die Buslinien bis zum Ende und laufe dann los..."

„Das ... machst du sicher am liebsten immer *allein*, oder?"

Sie warf ihm einen kurzen Blick zu.

„Warum fragen Sie?", fragte sie mit dieser leisen Schüchternheit.

„Weil es ... mir eine Ehre wäre, dich einmal begleiten zu dürfen..."

„Eine Ehre?"

„Ja."

„Wieso, Ehre...?"

Er blieb stehen, und sie sah ihn verwundert an. Sie war einen ganzen Kopf kleiner als er.

„Weil du für mich etwas *Besonderes* bist, Fine... Und weil es *dein* Leben ist ... und weil es in keiner Weise selbstverständlich ist, dich begleiten zu dürfen... Du sollst *wissen*, dass es für mich besonders ist."

„Können wir jetzt weitergehen...?", bat sie fast.

Erschrocken erfüllte er ihr ihren Willen sofort.

Es hatte sie, wie er begriff, in dem Moment fast gequält, derart im Mittelpunkt zu stehen. Da begriff er, dass er *noch* viel vorsichtiger sein musste...

„Ich wollte dir auch nicht zu nahetreten, Fine...", murmelte er.

„Sind Sie ja nicht..."

„Okay...", sagte er leise.

Als sie schwieg, fragte er schließlich scheu:

„Oder ... habe ich etwas falsch gemacht?"

„Nein..."

„Aber es ist *schwer* mit mir, oder?", fragte er vorsichtig.

„Oder vielleicht mit mir..."

„Nein, Fine! Ich will ... dir nur gerecht werden, verstehst du? *Das* ist höchstens schwer! Ich will nichts falsch machen...“

„Das machen Sie ja auch nicht.“

„Aber eben hätte ich zum Beispiel nicht stehenbleiben sollen...“

Sie schwieg beschämt oder verlegen.

„Verstehst du?“, fragte er leise. „Ich will auch *das* nicht falsch machen.“

„Haben Sie ja nicht...“

„Aber ich will auch nicht, dass du dich *unwohl* fühlst...“

„Das war ja nicht *Ihre* Schuld...“

„Ich will es aber trotzdem nicht.“

„Das konnten Sie ja nicht wissen...“

„Nein... Aber vielleicht doch... Vielleicht sollte ich noch viel mehr *spüren*...“

„Wollen Sie mich wirklich kennenlernen?“

„Ja.“

„Auch wenn ich ... so kompliziert bin?“

Er war erschüttert.

„*Ja*, Fine...!“

Sie schwieg verlegen.

„Du *bist* nicht kompliziert!“, brachte er hervor.

Sie schwieg noch immer.

„Du bist etwas *Besonderes*... Das ... das Besondere kann auch einmal kompliziert sein, weil es ... vielleicht weil es gar nicht besonders *sein* will... Ich weiß auch nicht, es ist ... kompliziert...“

Sie lachte leise.

„Sehen Sie? Das sage ich ja...“

„Aber ich liebe sie, wie sie *ist*...“, sagte er leise. „Ich will sie unbedingt kennenlernen. Wenn sie anders wäre, hätte sie mich gar nicht berührt...“

Wieder schwieg sie befangen.

„Ich wollte“, sagte er scheu, „auch jetzt wieder nichts falsch machen, Fine...“

„Haben Sie ja nicht...“

„Okay... Aber ... vielleicht auch nicht *richtig*...“

Sie schwieg wieder. Dann sagte sie schüchtern:

„Manchmal kann sie einfach nichts *antworten*...“

Er war unglaublich berührt.

„Das macht nichts...“, flüsterte er fast nur. „Wenn sie sich nur wohl-fühlt...“

„Ja...“

„Ja, verstanden ... oder: ja, tut sie...?“

„Ein bisschen zwischen beidem...“

*

Als sie sich verabschiedet hatten, war er immer noch zutiefst berührt. Er hatte sie noch bis nach Hause gebracht.

Ihre Schüchternheit berührte ihn erst recht. Aber am Anfang war sie gar nicht *so* schüchtern gewesen. Hatte er vielleicht dazu beigetragen? Durch seine eigene Schüchternheit? Oder vielmehr dadurch, dass er sie so verehrte? *Wurde* sie vielleicht gerade dadurch schüchtern, dass er sie so ‚mit Samthandschuhen anfasste‘? Drängte er sie unbewusst in eine Rolle? Und dann hatte er ihr auch noch gesagt, er liebe sie so, wie sie *sei* ... aber vielleicht war sie gar nicht kompliziert und er drängte sie nur auf bestimmte Weise dorthin!

Aber das wollte er gar nicht! Er wollte nicht, dass sie ihm gegenüber etwas wurde, was sie gar nicht war. Er musste das nächste Mal unbedingt versuchen, das zu verhindern.

Und dann war da noch eine andere Stimme. Eine Stimme, die sagte, dass er das Mädchen doch jetzt kennengelernt habe – und was er von *diesem* Mädchen nun eigentlich noch wolle... Eine Stimme, die sagte, dass er gerade mit einem trotz allem ziemlich gewöhnlichen, in jedem Fall aber schlicht erst *dreizehnjährigen* Mädchen eine halbe Stunde verbracht habe – und ob dies sein Ideal sei: mit einem schlicht gestrickten, vielleicht sogar überschüchternen dreizehnjährigen Mädchen seine *Zeit* zu verbringen ... und ob er nichts Besseres zu tun habe... Ob er seine Lebenszeit wirklich mit hoch-heiligen ‚Begegnungen‘ mit *Kindern* vergeuden wolle...

Der Gedanke drängte sich so machtvoll auf, dass er sich schließlich fast brutal vor die Entscheidung gestellt sah: Wollte er weitermachen mit seinen seltsamen ‚Idealen‘ – oder wollte er noch irgendwie Bodenhaftung und Kontakt mit der Wirklichkeit behalten?

Aber er begriff, dass dieser andere Gedanke gerade das Urteil der Welt war – und er schämte sich dieses Gedankens mit seinem ganzen Inneren, das zuvor noch voller Dankbarkeit und Verehrung diesem Mädchen gegenüber gewesen war ... und jetzt war da ein Gedanke so voller Respektlosigkeit und geradezu Geringschätzung! War das der Gegenschlag? Hatte er sich mit seiner Idealisierung übernommen? Sorgte vielleicht seine Psyche jetzt für das richtige Gleichgewicht? Aber wie hatte er es wagen können, diesem Mädchen Verehrung vorzugaukeln, wenn er sie gar nicht empfand? Wenn er ihr jetzt so verachtenswert in den Rücken fiel? Nach dem Motto: *bloß eine Dreizehnjährige*...

Er konnte es nicht fassen, es war wie eine widerwärtige Fata Morgana, die er unbedingt wieder loswerden musste, wenn er sich noch im Spiegel in die Augen schauen wollte. Er musste sich *jetzt* entscheiden, ob er dieses Mädchen liebte oder nicht!

Aber dann sah er vor seinen inneren Augen wieder ihre Unschuld. Nicht nur jene, die er heute erlebt hatte, sondern alles, was er die letzten zwei Wochen gesehen hatte. Und ihm wurde wieder klar, wie *sehr* er dieses Mädchen liebte ... und dass es ein ganz bestimmter *Ort* in der Seele war, ganz nah bei dem bloßen Verstand, bei dem Intellekt, der in dem *Alter* eines Mädchens etwas *Minderwertiges* sah ... während der viel heiligere Ort der Seele, der unter anderem das Herz umschloss, nur sah, wie *schön* dieses Mädchen war, ja mehr noch. An diesem Ort sah seine Seele das Ideal... Sie sah, dass er sich nicht geirrt hatte. Und sie sah, dass die andere Stimme *gar* nichts sah...

Da war ein Engel...

Die andere Stimme spottete, dass er mit diesem dreizehnjährigen Engel ja wunderbar auf seine Kosten käme. Intellektuell sei da ja *gar* nichts... Er konnte dieser Stimme nur erwidern, dass das, was sie nicht sah, jedes intellektuelle Gespräch weit überwiegen würde. Intellektuellen Austausch konnte er überall haben. Aber die Schönheit ihres Wesens gab es sonst *nirgendwo*. Und gerade sie hatte ihn zutiefst berührt...

Die andere Stimme spottete, sich vom Geistigen zum Körperlichen wendend, dass er mit dem dreizehnjährigen Engel ja wunderbar auf seine Kosten käme. Körperlich sei da ja wiederum *gar* nichts... Er konnte ihr wiederum nur erwidern, dass das, was sie nicht sah, jede Erotik oder Sexualität mit einer Frau ebenfalls überwog. Dieses Mädchen war auf seine Weise auch erotisch wunderschön, süß in ihrer ganzen Unschuld, geradezu verführerisch, wenn es *darum* ging. Er brauchte gar nicht auf andere ‚Kosten' zu kommen, weil sie sich ihm im Grunde in jedem Moment ‚schenkte', den er bei ihr sein durfte. Ihre Unschuld war so groß, dass er gar nichts anderes brauchte, um auch erotisch beschenkt zu werden – ganz keusch, sozusagen. Es war eine Erotik, die diese andere Stimme gar nicht *kannte*. Es war eine Erotik zwischen Mann und Mädchen, die vielleicht überhaupt *niemand* kannte, der sich nie darauf eingelassen hatte.

Für ihn war dieses Mädchen vielleicht gleichzeitig auch die erotischste Begegnung, die er je gehabt hatte. Aber es war eine Erotik, die so zart war, dass es wie gesagt vielleicht überhaupt niemand auch nur *verstehen* konnte...

Aber gleichzeitig ging es um so viel mehr... Es ging darum, dass er dieses Mädchen unbedingt liebte. Sie liebte, wie sie war. Und er hatte überhaupt erst begonnen, sie kennenzulernen. Und dennoch liebte er sie schon so sehr... Die andere Stimme war einfach blind. Aber man durfte ihr auch nicht zuhören, denn es konnte sein, dass man selbst blind wurde. Und dann musste man erst wieder neu sehen lernen. Verbunden mit der Scham, wie man sich hatte so verführen lassen können – bis hin zu einer Art *inneren Verrates* an einem Mädchen, das man doch schon so sehr als das Schönste erkannt hatte, was einem je begegnet war...

Er musste sich gleichsam vor seiner eigenen Seele hüten, um nicht noch einmal seine innersten Gefühle und vor allem nicht noch einmal dieses *Mädchen* zu verraten. Mochte er mit seinen innersten Gefühlen umgehen, wie er wollte, aber dieses Mädchen, das voller *Aufrichtigkeit* auf seine scheue Bitte erwidert hatte, durfte er niemals verraten – niemals...

Sie hatten sich an der Bushaltestelle verabredet, da sie ohnehin den gleichen Weg gehabt hätten.

Nun saßen sie noch etwas sehr befangen nahezu ganz hinten in dem fast leeren Bus, denn es war noch sehr früh – *sie* hatte die Uhrzeit vorgeschlagen. Drei Tage hatte er sie nicht gesehen. Während er sich noch recht verschlafen fühlte, erschien sie ihm so schön wie eine Rosenblüte...

„Haben Sie gut geschlafen?", fragte sie schüchtern, wahrscheinlich, um überhaupt irgendetwas zu sagen.
„Es geht so... Vielleicht war ich etwas aufgeregt..."
„Warum?", lächelte sie.
„Weil es mit ihr so schön ist..."
Er hatte das eigentlich vermeiden wollen, jetzt fing er wieder damit an. Aber er fand keine anderen Worte – sie hatten etwas Wahres, und sie boten einen Schutz...
Sie schwieg verlegen, aber es schien ihr gut zu gehen.

Vorsichtig sagte er:
„Fine...?"
„Ja?"
„Ich ... wollte und will dich auch nicht schüchterner machen, als du bist... Vielleicht war ich das letzte Mal selbst ... etwas sehr kompliziert. Ich meine ... am Anfang ... als ich dich angesprochen habe ... *warst* du nicht so schüchtern... Irgendwie habe ich dazu *beigetragen*, dass du das letzte Mal unsicherer warst. Das *wollte* ich eigentlich gar nicht..."
„Mhm..."
„Irgendetwas war für dich das letzte Mal nicht so angenehm... Ich möchte den Fehler nicht wiederholen..."
„Sie haben ja nichts falsch gemacht..."
„Ja, aber du *auch* nicht. Trotzdem ist es irgendwie falsch *gelaufen* – weil du irgendwie so unsicher wurdest..."
„Das war ja nicht Ihre Schuld..."
„Aber deine auch nicht! Irgendwie habe ich versucht, auszudrücken, dass ich sehr viel für dich empfinde ... und natürlich konntest du darauf kaum reagieren... Ich will aber das richtige Maß finden, Fine... Ich will nicht, dass du dich irgendwie hilflos fühlst, das *sollst* du nicht..."

„Sie machen sich schon wieder so viele Gedanken...", murmelte sie.

„Ja, aber das *muss* ich, Fine", erwiderte er. „Das verdienst du – es ist *dein* Leben, *ich* bin darin ‚eingedrungen' und muss dir gerecht werden, nicht umgekehrt!"

„Das tun Sie ja..."

„Ja, vielleicht, aber nur, *weil* ich mir so viele Gedanken mache. Und selbst dann mache ich Fehler! Bleibe auf einmal *stehen*, was dir gar nicht recht ist, und all solche Sachen..."

Sie lachte leise.

„Ich kann Ihnen ja nicht verbieten, stehenzubleiben!"

„Doch, kannst du – hast du auch gemacht, und es war *richtig*..."

„Aber ich habe es Ihnen nicht verboten!"

„Nein, hast du nicht. Aber du hast gesagt, wir sollen weitergehen – und ich hätte es gar nicht bis dahin kommen lassen dürfen."

„Machen Sie sich nicht so viele Gedanken."

„Aber du hast ein Recht darauf, dich *wohlzufühlen*, Fine!"

„Das tue ich ja."

„Aber als ich da stehengeblieben war, hast du dich nicht wohlgefühlt."

„Doch – aber ich hab mich auch nicht *schlecht* gefühlt..."

„Aber du wolltest, dass wir weitergehen."

„Weil ich es vielleicht nicht gewohnt war..."

„Warum auch immer. Es tut mir leid, dass es überhaupt passiert ist."

„Mir auch."

„Okay, aber du weißt jetzt, was ich meine..."

„Und Sie auch."

„Ich? Nein, was meinst du denn?"

Sie musste lachen.

„Dass Sie sich zu viele Gedanken machen!"

Er war froh, dass sie jetzt so fröhlich war.

„Ich mache mir erst weniger Gedanken, wenn mir weniger Fehler passieren."

„Sie *machen* keine Fehler!"

„Aber dass ich stehengeblieben bin, war ein Fehler."

„Es *war* kein Fehler."

„Aber du hast dich unwohl gefühlt."

„Ich wusste nur nicht, was ich machen sollte..."

„Das reicht ja schon – das hätte ich nicht verursachen sollen."

„Das *tun* Sie aber manchmal... Aber es ist auch nicht *schlimm*..."

Er verstummte betroffen.

„Ich sagte ja", sagte sie nach einem kurzen Schweigen, „ich bin manchmal etwas kompliziert...

„Okay... Vielleicht können wir uns darauf einigen, dass ich trotzdem meiner Meinung nach letztes Mal ein paar Fehler gemacht habe..."

Sie lächelte.

„Ja, darauf können wir uns einigen. *Ihrer* Meinung nach..."

Er lächelte auch. Sie war so wunderschön.

„Hatte ich dich eigentlich letztes Mal überhaupt ausreden lassen...? Als ich dich gefragt habe, was du so alles machst? War Spazierengehen das Letzte gewesen?"

„Ja, es war das Letzte."

„Ja, was du *gesagt* hast. Aber war die Aufzählung damit beendet?"

„Was meinen Sie?"

„Ob du noch etwas hättest sagen wollen ... oder sagen können..."

„Ja, ich war noch nicht fertig... Ich ... schreibe noch Gedichte ... manchmal..."

„Und *das* hättest du mir verschwiegen? Wenn ich jetzt nicht noch einmal gefragt hätte?"

„Ich hab es ja jetzt gesagt..."

„Und das ist auch ... ‚was man so macht'? Ich hab das Gefühl, du machst *nur* Sachen, die man *nicht* mal eben so macht!"

„Ja, wie Hausaufgaben und Lernen und so..."

„Genau."

Sie lachte leise.

„Haben Sie wahrscheinlich auch nicht gemacht."

„Nein – nie."

Sie lachte wieder.

„Man soll nicht lügen."

„Mach ich auch sonst nicht."

„Ja, klar..."

„Okay... Aber das war eben nur ein kleiner Schwindel. Aus Spaß. In Wirklichkeit würde ich dich nie belügen, Fine..."

„Das weiß ich..."

„Wirklich? Woher weißt du das?"

„Ich weiß es eben."

„Okay...", sagte er leise.

Und danach schwiegen sie eine Weile. Eine ganze Weile, die aber überhaupt nicht unangenehm war, im Gegenteil...

Schließlich fragte er vorsichtig:
„Was für Gedichte schreibst du denn?"
„Alle möglichen", erwiderte sie zögernd. „Über die Natur besonders..."
„Über die Natur?"
Er konnte sich nicht vorstellen, dass man darüber viel schreiben könne – außer das, was vor zweihundert Jahren vielleicht geschrieben worden war.
„Darf ich vielleicht einmal ein Gedicht von dir lesen?"
Ihre Gedichte würden immerhin etwas Besonderes sein. Er würde sie lieben allein schon, weil sie von *ihr* waren.
„Vielleicht später mal..."

Ihre Antwort schmerzte ihn. Aber sie war ein Zeichen dafür, dass sie ihm noch nicht vertraute – und vielleicht mit Recht. Ja, vielleicht hatte er es noch überhaupt nicht *verdient*, ihre Natur-Gedichte zu lesen ... oder *überhaupt* irgendein Gedicht von *ihr*... Er schämte sich geradezu. Es tat ihm weh, dass es diesen *Abstand* gab. Aber die Ursache lag zweifellos in *ihm*...

„Ich zeige meine Gedichte auch *sonst* niemandem..."
Ihre weiche, fast entschuldigende Stimme erschütterte ihn völlig unerwartet. Sie war viel zu *gut* für diese Welt – und insbesondere auch für ihn.
„Du musst dich nicht entschuldigen, Fine...", sagte er leise.
Sie schwieg...
Er wollte noch etwas sagen, aber er fand die Worte nicht. Schließlich nahm er seinen Mut zusammen und sagte:
„Ich ... ich konnte mit der Natur immer wenig anfangen, glaube ich... Nein ... konnte ich. Ich schäme mich, das zu sagen, weil ... ich dich liebe und ... sehe, wieviel die Natur *dir* bedeuten muss ... und weil ich mich schäme, dass das bei mir nicht so ist... Es ist wahrscheinlich völlig richtig, dass du mir deine Gedichte nicht zeigst."

„*Warum* konnten Sie mit der Natur wenig anfangen?"
Er spürte, wie sie ihm geradezu lieb entgegenzukommen versuchte.
„Ich weiß nicht... Geht es nicht den meisten so? Ich meine ... sie ist einfach *da*, sicherlich oft ganz nett, ganz schön, manchmal sogar sehr schön und so weiter ... aber ... ich habe keinen tieferen *Bezug* dazu. Vielleicht kann man es so sagen... Aber – jetzt schäme ich mich dafür... Ich schäme mich sogar, es auszusprechen."

„Warum?"

„Weil ich Angst habe ... dass ... ich dich dadurch abstoße... Dass du dadurch eigentlich nichts mehr mit mir zu tun haben willst. Dass ... ich dir eigentlich so gleichgültig bin wie mir die Natur ... bisher war..."

„Sie war Ihnen ja nicht *gleichgültig*..."

Er schwieg. Er konnte nicht ausdrücken oder aussprechen, dass er für sie mehr sein wollte, als die Natur für ihn immer gewesen war...

„Hatten Sie denn nie ... irgendein schönes *Erlebnis* in der Natur?"

Er spürte wieder, dass sie ihm helfen wollte.

„Nein... Aber ... das nützt auch nichts, Fine ... ich glaube, ich darf gar nicht in die Vergangenheit gucken, sondern nur in die Zukunft. Wahrscheinlich wird sich schon heute einiges verändern, weil ich mit *dir* sein darf, während wir sie jetzt besuchen..."

„Besuchen?"

„Ja, ich ... wollte eine Art Wertschätzung ausdrücken."

Sie dachte nach.

„Das war irgendwie falsch, oder...", fragte er zögernd, fast beschämt.

„Nein", erwiderte auch sie noch im Nachdenken. „Das ist auch wahr... Irgendwo... Aber ich habe es nie so betrachtet..."

Er war erleichtert.

„Aber es ist auch wiederum *nicht* wahr, weil ... es ja einen *Abstand* bedeutet. Jemanden, den man besucht, bei dem ist man jedenfalls nicht zu Hause, nicht wahr...?"

„Ja, du hast Recht", erwiderte er bestürzt. „Aber das bin ich ja auch nicht."

Sie lächelte.

„Ja, stimmt – Sie besuchen sie..."

„Und du?", fragte er mit einer fast heiligen Hingabe.

„Ich? Ja, was tue *ich* eigentlich..."

Ihre zarte Frage berührte ihn tief. Sie war so *weich*, so berührend...

„Ich weiß dafür kein Wort...", sagte sie schließlich.

„Was? Aber du bist Dichterin."

Sie lachte leise.

„Nein, bin ich nicht."

„Aber du schreibst Gedichte", erwiderte er leise.

„Ja, aber gerade deshalb gibt es kein einzelnes *Wort* dafür. Sie besuchen die Natur. Ich habe dafür kein Wort..."

So konnte man es auch sagen. Sein Verhältnis zur Natur war *profan*. Es gab dafür ein Wort und fertig. Selbst wenn es Wertschätzung ausdrückte, war es etwas sehr Gewöhnliches. Sie hatte dafür kein Wort. Er hatte für seine Liebe zu ihr auch keines...

„Ich besuche die Natur, du *liebst* sie...“
„Ja. Sehen Sie? Man kann kein anderes Wort nehmen...“
Sie vereinigte sich auf ganz andere Weise mit der Natur. In gewisser Weise schlief sie mit ihr... Und er liebte *sie*, aber sie nahm ihn nur mit auf eine Busfahrt, wie wenn man jemanden besuchte. Das waren die wechselseitigen Unterschiede. Mit ihr zu schlafen, in zärtlichster Weise, würde einem den Atem rauben ... aber er wusste nicht, wie er die Natur lieben sollte. Wahrscheinlich ging es ihr mit ihm genauso.

*

Als sie schließlich ausstiegen, empfing sie eine Feldlandschaft mit einigen Büschen, Feldwegen, aufwachsendem Getreide... Es war Mitte Mai.

Er versuchte, sich vorzustellen, was sie jetzt allein hier gemacht hätte. Und wieder schämte er sich.

„Fine?“
„Ja?“
„Bin ich ... nicht nur ein Störfaktor jetzt? Hättest du ... allein diesen Spaziergang jetzt nicht unendlich genossen ... und mit mir wird es nur ein *Problem*...? Weil du dich auf die Natur gar nicht mehr einlassen kannst, sondern ständig *mich* am Bein hast...?“
Sie lächelte, fast dankbar, aber auch voller Mitempfinden.
„Denken Sie das so?“
„Na ja, es ist doch ganz sicher so, oder nicht?“
„Ich weiß nicht... Wir sind ja noch gar nicht *losgegangen*...“
Ihre Antwort versöhnte ihn gleichsam mit der ganzen Welt. Wie konnte ein Mädchen so lieb, so gutherzig sein...?

Als sie eine Weile gegangen waren, sagte sie:
„Außerdem wollten Sie ja *mich* kennenlernen...“
Ihre Worte überfielen ihn fast sanft, weil er sie gar nicht verstand.
„Was meinst du damit?“, fragte er scheu.

„Dass Sie für die Natur erstmal gar nichts empfinden müssen, weil das für Sie gar nicht im Vordergrund steht...“
Er war regelrecht bestürzt über ihr junges Einfühlungsvermögen.
„Und...“, stammelte er, „das ist ... für dich dann kein Problem?“
„Dass *ich* bei Ihnen im Vordergrund stehe, schon ... ein bisschen. Aber dass Sie die Natur nur ‚besuchen‘, dafür können Sie ja nichts...“

Er verstummte, weil er immer wieder spürte, wie zurückhaltend er zu sein hatte, um ihr den zarten Freiraum zu lassen, der ihr *Recht* war – und den er bedingungslos schützen musste, um ihr überhaupt in jeder Sekunde gerecht werden zu können, und anders ging es gar nicht...

„Machen Sie sich wieder Gedanken?“, fragte sie auf ihre weiche Art.
„Ja...“
„Worüber diesmal?“
„Darüber, wie *vorsichtig* Begegnung sein kann ... und sollte...“
„Mhm...“, sagte sie nachsinnend. „Schön...“
Ihm ging das Herz auf. Es klang wie eine zärtliche Ermutigung...
Auch sie griff es zart nicht weiter auf.
Dafür sah sie ihn nach einer kleinen Weile einmal von der Seite an. Ihr Blick erschütterte ihn, und er war froh, dass sie danach wieder auf den Weg schaute. Sein ganzes Inneres war in Aufruhr. Warum hatte sie ihn *angeblickt*...? Jede Faser seines Wesens *liebte* sie, und ihr Blick rührte alles in ihm auf, machte ihn unsicher, wie es nicht mehr zu beschreiben war. Sie hatte ihn kurz angeblickt... *Warum*...?

Nach einer Weile, sie waren mitten auf einem Feldweg mit viel Gebüsch auf der einen Seite, fragte sie:
„Hören Sie die Vögel?“
„Ja.“
Sie blieb stehen, wandte sich dem Feld zu und breitete einmal kurz die Arme aus, das Gesicht leicht zum Himmel gewandt, die Augen geschlossen und tief einatmend. Der Anblick senkte sich in seine Seele wie eine heilige Macht – welch eine *Anmut*...!
Als er wieder zu sich kam, traf ihn bereits erneut ihr Blick.
Bestürzt wandte er den seinen unwillkürlich ab. Hätte Sie sich mit dieser Geste nicht dem Feld zugewandt, sondern hätte er sie von vorne gesehen, er hätte sie unweigerlich küssen wollen. Sie war so unglaublich schön gewesen, wie sie so dastand, ganz kurz nur...

„Spüren Sie das nicht...?", fragte sie warm.

„Was denn?", fragte er zögernd, weil er Welten von *ihrem* Erleben entfernt war.

„Machen Sie es auch mal", forderte sie ihn fast zärtlich auf.

„Was?"

„Was ich eben gemacht habe..."

„Das kann ich nicht, Fine..."

„Aber machen Sie es doch mal..."

„Es ist bei mir nicht dasselbe...", erwiderte er zögernd. „Es sähe albern aus..."

„Aber Sie brauchen sich vor mir doch nicht zu schämen!"

„Das tue ich aber..."

„Darf ich Ihnen *helfen*...?"

„Wie denn?", fragte er noch immer zögernd.

„Stellen Sie sich mal hin..."

Sie kam zu ihm, und selbst das raubte ihm schon den Atem.

„Okay, ja...", sagte sie warm.

Er wagte kaum zu atmen.

„Jetzt strecken Sie Ihre Arme aus..."

Sie sagte es nicht wie eine Anweisung, sondern wie etwas Selbstverständliches. Er versuchte es.

„Ja..."

Sie nahm seinen linken Arm und hob ihn noch etwas höher, bewegte ihn vorsichtig noch etwas zurück in die Weite.

Ihre Berührung löste in seinem Inneren fassungslose Glücksgefühle aus, er fragte sich in dem Moment, ob er so etwas Schönes schon jemals erlebt hatte.

Dann war sie schon bei seinem anderen Arm und tat dort dasselbe. Ihre junge Hand, ihre Wärme, ihre Weichheit, sie waren so unfassbar schön.

„Und jetzt schließen Sie die Augen und schauen etwas zum Himmel – ich meine natürlich nicht ‚Schauen', Sie wissen, was ich meine..."

„Mhm..."

Er atmete einmal tief ein, und er spürte ein tiefes Glück, aber es war natürlich vor allem das Glück ihrer Gegenwart... Ihrer atemberaubenden Schönheit...

Als er sich ihr schließlich wieder zuwandte, lächelte sie.

„Und ... wie war es?"

„Es war wunderschön...“
„Sehen Sie?“
Er konnte es ihr nicht sagen...

Sie gingen langsamer weiter. Er spürte, wie sich etwas verändert hatte. Tatsächlich war man mehr ‚angekommen‘, nahm die Natur einen mehr auf, wie einen willkommenen Besucher...

Sie blickte vorsichtig zu ihm.
„Und was Sie *da* gespürt haben, müssten Sie eigentlich nur *immer* spüren. Verstehen Sie?“
‚Das tue ich...‘, dachte er.
„Aber ich bin kein guter Schüler, Fine...“, sagte er leise.
„Warum nicht?“
„Ich ... will dich nicht verlegen machen, aber ... aber deine *Hand* war schöner als alles andere...“
Sie verstummte.
Auch er schwieg hilflos. Dann sagte er leise:
„Ich kann es auch nicht *ändern*... Ich habe *tatsächlich* noch nie etwas so Schönes erlebt wie eben...“
Sie schwieg noch immer, und er murmelte:
„Tut mir leid...“

„Es muss Ihnen ja nicht leidtun...“, murmelte nun auch sie.
„Aber dass ich es dir so schwer mache, tut mir leid.“
Sie lächelte.
„Warum lächelst du?“
„Meine Oma sagt manchmal: ‚Wenn man meint, das Leben solle leicht sein, sollte man sich einen anderen Planeten suchen.‘“
„Okay...“
„Sie *machen* es mir ja nicht schwer...“
„Nicht?“
„Nein.“
„Okay... Dann bin ich erleichtert.“
„Aber *sich* machen Sie es doch schwer!“

„Ja...“, sagte er nachdenklich. „Wahrscheinlich...“
Sie sah ihn wieder mitempfindend an.
„*Ich* mache es Ihnen schwer...!“
„Du?! Nein – wieso du?“

„Na, weil Sie mich lieben?", erwiderte sie vorsichtig.

„Aber das ist ja nicht deine Schuld!"

„Nein!", lachte sie. „Das ist tatsächlich Ihre Schuld..."

Er war froh, sie so fröhlich zu sehen. Doch dann sagte sie wieder ernst:

„Aber verantwortlich bin ich ja trotzdem..."

„Du bist für nichts verantwortlich, Fine!"

„Ich meine, es hat ja untrennbar mit mir zu tun..."

„Das ist wohl wahr..."

„Sie machen es sich schwer, und *ich* bin der Grund..."

„Du bist der Grund dafür, dass ich glücklich bin."

„Hmm ... Sie machen es doch *mir* schwer. Sich *und* mir..."

„Oder nur dir..."

„Aber Sie sind auch nicht glücklich."

„Doch, sehr..."

„Sie wünschen sich so etwas wie eben nochmal..."

„Fine, darum geht es nicht, das ist alles nicht deine Sorge..."

„Aber wenn man es *merkt*...?"

Er war leise verzweifelt und vor allem beschämt.

„Ich will nicht, dass du es merkst", erwiderte er leise. „Ich will nicht mal, dass du merkst, dass ich *glücklich* bin. Ich will einfach nur, dass es für dich nicht schlimm ist, wenn du mir ein bisschen deine Gegenwart schenkst ... so wie jetzt..."

Sie atmete einmal aus, etwas ratlos.

„Aber Sie lieben *mich* und – –"

„Und das *reicht*, Fine... Ich will nur, dass es dich nicht belastet. Mehr will ich gar nicht..."

„Das glaube ich nicht."

„Du musst es aber glauben! Du musst glauben, dass es mich glücklich macht, dir zu begegnen, bei dir zu sein, von dir zu lernen – alles! Und du *musst* nichts, Fine, verstehst du? Du musst überhaupt nichts..."

„Aber irgendwas muss ich doch...", erwiderte sie.

„Nein. Du musst dich nicht einmal mit mir treffen. Wenn du es nicht mehr willst, würde ich es auch nie wollen können..."

„Aber sie wären unglücklich."

„Aber das ist nicht *deine* Sorge, Fine!", sagte er verzweifelt.

„Wissen Sie, warum die Natur kaputtgeht?"

„Nein, warum?", fragte er irritiert.

„Weil sich niemand *verantwortlich* fühlt..."

Ihre Antwort ließ ihn völlig verstummen. Schließlich aber brachte er hervor:

„Für die Natur *muss* man sich sicherlich verantwortlich fühlen ... sie ist darauf angewiesen ... aber ... ich bin ein erwachsener Mensch, Fine, ich bin für meine Gefühle ja selbst verantwortlich. Völlig...“

„Ich für meine ja auch.“

Wieder ließ sie ihn absolut verstummen. An die heilige Moralität dieses Mädchens war nicht heranzukommen. Sie verteidigte sie geradezu. Sie wollte nicht aus der Verantwortung entlassen werden, die sie gar nicht hatte. Er war machtlos...

„Was kann ich tun, Fine...?“, fragte er leise.

„Gar nichts...“

Betroffen und schuldbewusst ging er neben ihr.

„Sie sollten die *Vögel* hören...“, sagte sie weich. „*Das* können Sie tun...“

Ihre Worte erschütterten ihn einmal mehr. In diesem Moment schwor sich seine Seele, so aufrichtig wie möglich das Unmögliche zu versuchen: von ihr zu lernen. Sich nicht nur zu verändern, um aus seiner eigenen *Sehnsucht* heraus ihr Wohlwollen zu gewinnen, sondern bereits aus reiner *Dankbarkeit* heraus ein anderer Mensch zu werden – weil sie ihm ihre Nähe schenkte und er ihr nichts anderes *zurückgeben* konnte ... nur das, was ihn verändern würde...

„Ich höre sie...“, sagte er leise.

Sie blickte ihn kurz an, und wieder durchfuhr es ihn bis ins Innerste. Es gab Augen, die mit Schönheit verwunden konnten. *Ein* Mädchen hatte solche Augen...

„Das da ist eine Amsel...“, sagte sie, als ein schönes Flöten erklang, das auch er selbst wahrscheinlich gerade noch hätte benennen können.

„Die anderen Vögel kenne ich leider auch nicht...“

Ihre Worte machten ihn glücklich. Nicht, dass sie nicht mehr Vögel kannte als er, sondern *jedes* Wort von ihr.

„Außer die Feldlerche dort oben.“

„Wo?“

Er wandte sich der Richtung ihres Armes zu.

„Irgendwo dort oben“, lächelte sie. „Man sieht sie fast nie, höchstens als Punkt, trotzdem hört man sie immer – und ich liebe sie...“

Er blickte in den Himmel und entdeckte irgendwann tatsächlich ein winziges flatterndes Etwas, das seine Stimme weithin in die Landschaft verschenkte. Und *diesen* Vogel liebte dieses Mädchen. Wie schön wäre es, wenn man eine Feldlerche wäre...!

Aber der Gesang machte plötzlich auch ihn glücklich. Denn dieses Mädchen war glücklich, und er war bei ihr, und sie machte *ihn* glücklich, in jedem einzelnen Moment, und es war so wunderschön, alles... Und in diesem Moment liebte auch *er* die Feldlerche...

„Sie kennen wahrscheinlich auch keine Pflanzen?"
„Nein..."
„Ich auch nicht. Aber es geht ja auch nicht um die Namen. Sehen Sie einmal diese... Ist das nicht *schön*...?"
Sie deutete auf eine kleine Pflanze mit fast nur winzigen leuchtend rosa Blüten.
Er ließ sich vor dieser Pflanze nieder, und sie hockte sich neben ihn.
Wieder raubte ihm dies, ihre Nähe, fast den Atem. Es war, wie wenn eine unnennbare Schönheit *Substanz* annahm und alles einhüllte – man konnte nicht mehr atmen, weil alles eine zarte, hilflose *Sehnsucht* wurde.
„Fassen Sie mal an...", sagte sie weich.
Sie selbst hatte zuvor eines der Blätter berührt. Er tat es ihr nach.
„Unglaublich weich, oder?"
„Ja..."
Sie wusste nicht, dass nichts weicher und unglaublicher sein konnte als ihr eigenes Wesen...
Sie erhob sich wieder und hinterließ ihn noch immer fast benommen.

„Ich hab Sie wieder irgendwie abgelenkt..."
Es war ihre zart befangene Feststellung, während sie weitergingen.
„Ich wollte nicht, dass du es merkst...", erwiderte er beschämt.
„Es ist nicht so schlimm ... es ist nur schade für *Sie*..."
Er schwieg hilflos. Schließlich wagte er, leise zu erwidern:
„Du verstehst das Glück nicht... Wahrscheinlich wird mir auch diese Blume für immer mehr bedeuten, als sie es sonst je getan hätte. Außerdem habe ich *gespürt*, wie weich sie ist... Glaub mir, du ... hast mich nicht abgelenkt... Ja ... aber nur in die Tiefe..."
„In die Tiefe?"
„Alles, was ich mit dir erlebe, ist in Glück gehüllt... Ist das nicht vielleicht ein guter Anfang, um die Natur nicht mehr nur zu ‚besuchen'...?"

Sie schwieg nachdenklich – oder befangen...

Als er schon längst meinte, dass sie nichts mehr sagen würde, sagte sie:
„Ich bin noch nie so einem Menschen begegnet wie Ihnen.“
„Ist das gut oder schlecht?“, fragte er zögernd.
Sie lachte.
„Das ist erst einmal *seltsam!*“
Er schwieg etwas hilflos.
„Aber das heißt nicht, dass *Sie* seltsam sind. Das meinte ich gar nicht!“
„Okay...“
„Haben Sie sich wieder Sorgen gemacht?“
„Wie...“
„Nein, schon gut...“
Er liebte sie so unglaublich. Wie konnte jeder Moment, jedes Wort eines Mädchens einen mit einem so zarten, weichen, heiligen Glück erfüllen?

„Haben Sie eigentlich keine *Familie?*“
Die Frage überfiel ihn völlig überraschend.
„Nein...“, gestand er fast furchtsam.
„Und ... *wieso* eigentlich nicht?“
„Wie meinst du – –“, fragte er unsicher.
„Na ja, wieso nicht...“, wiederholte sie. „Oder *jemanden* einfach...?“
„Eine Freundin, meinst du?“
„Ja...“
Jetzt war sie doch etwas befangen.
„Ich weiß nicht...“
Das Thema war ihm verständlicherweise unangenehm. Dennoch hatte er das tiefe Bedürfnis, ihr gegenüber aufrichtig zu sein.

„Es hat sich nie ergeben... Nie wirklich lange...“
„Und wieso nicht?“
Auf einmal war sie wieder voller Empathie.
„Ich weiß auch nicht... Vielleicht war ich selbst nicht gut genug... Oder sie suchten etwas anderes... Vielleicht spielte vieles eine Rolle...“
„Ich verstehe...“
Ihre Antwort rührte ihn tief. Denn wieviel sie wirklich verstand, war immerhin die Frage. Dennoch *meinte* sie es absolut aufrichtig... Und sie wollte ihm ihr Mitgefühl *zeigen*. Und das berührte ihn mehr als alles andere und mehr, als ihn irgendein anderer Mensch je hätte berüh-

ren können. Und es führte dazu, dass sich seine Seele noch mehr öffnete, und er gleichsam sprach, ohne weiter nachzudenken...

„Ich weiß selbst nicht − − ich glaube, ich war ein ziemlicher Idiot... Ich habe mich schon früh mit anderen Jungs abgegeben, um ... na ja, um cooler zu werden und so, du kennst das... Es war dumm, aber so war es nun mal. Ich *war* nicht wirklich wie die anderen ... aber hab es leider doch sehr versucht. Na ja, ich weiß auch nicht, wie ich es beschreiben soll. Ich glaube nicht, dass es nur *meine* Schuld war, dass ... die Frauen mich dann immer irgendwann verlassen haben. Sie ... waren auch ziemlich auf *sich* bezogen, letztendlich. Aber das sind ja heute sowieso alle... Ich mache da vermutlich gar keine Ausnahme...“

Die lange Rede ließ sie völlig verstummen, und er schämte sich unmittelbar, sie damit überhaupt ‚überfrachtet‘ zu haben. Aber er hatte sich getäuscht. Sie hatte nur nachgedacht, über seine Worte nachgesonnen. Jetzt sagte sie:
„Ich finde nicht, dass Sie ‚auf sich bezogen‘ sind...“
Er musste ihr fast hilflos Recht geben.
„Bei dir ist es irgendwie *anders*, Fine... Aber glaub mir, ich war nicht immer so...“
„Und wie waren Sie dann?“
„Ich weiß nicht... Egoistischer wahrscheinlich...“
„Und *wie* zum Beispiel...?“
Das Thema war ihm unangenehm, aber er konnte nicht anders, als in einer tiefen Aufrichtigkeit zu verbleiben...

Er seufzte.
„Na ja, zum Beispiel ... zum Beispiel, beachtet werden zu wollen... Im Mittelpunkt stehen zu wollen, irgendwo... Aber auch, sich abgewertet zu fühlen, wenn man Haushaltsdinge machen muss, oder den Müll runterbringen...“
„Wieso fühlten Sie sich dann denn abgewertet?“
„Das ist so ein dummes Männerding... Man hat das Gefühl, als Mann würde man dadurch abgewertet...“
„Aber *wieso*?“
„Wahrscheinlich denkt man, die Frau achtet einen dann weniger...“
„Vielleicht achtet sie einen dann ja *mehr*...“
„Ja, wahrscheinlich... Ich weiß auch nicht, warum das in einem drin ist...“

„Weil man denkt, dass nur die Frauen das machen *sollten*?"

„Nein...", erwiderte er beschämt. „Das ist es nicht wirklich... Es ist eher ... das Gefühl, dass man es als *Mann* nicht machen sollte... Ich meine, das ist wirklich ein Unterschied. Als Mann hat man das Gefühl, dass man dann nicht mehr als Mann gesehen wird. Ich kann es nicht erklären. Es ist einfach so..."

„Aber das *bedeutet* doch, nur die Frauen sollen das machen... Es ist keine ,Männeraufgabe', sondern ,Frauenaufgabe'..."

„Ja, vielleicht... Ich sage ja, es ist blöd..."

„Aber es ist in Ihnen drin..."

„Ja", gestand er. „Aber nicht das Gefühl, dass die *Frau* das machen sollte, sondern das Gefühl, dass man sich nicht mehr als Mann fühlt, wann immer man so etwas macht... Das ist alles. Es ist eine Frage des Selbstwertgefühls. Aber auch die Angst, dass die Frau einen dann nicht mehr als ,Mann' sieht..."

„Vielleicht ist das ja auch gar nicht nötig..."

„Wie meinst du..."

„Na, was heißt das denn, ,als Mann sieht'?"

„Ich weiß nicht... Wahrscheinlich wünscht man sich als Mann immer irgendwo, auch ... keine Ahnung ... bewundert zu werden oder so... Ist schon wieder so etwas Blödes..."

„Aber vielleicht bewundert die Frau es ja gerade, dass der Mann den Müll *auch* runterträgt – wie sie..."

Er musste lachen.

„Ja, vielleicht..."

„Oder vielleicht spielt es für das Bewundern gar keine *Rolle*, ob jemand den Müll runterträgt, weil es *darauf* doch nun gar nicht ankommt..."

„Oder so... Ja, vielleicht..."

„Trotzdem ist es ... in Männern ,drin', dass man das nicht will?"

„Aus diesen Gründen... Ja. Man hat das Gefühl, dass es sehr wohl eine Rolle spielt."

„Aber warum?"

„Weil ... na ja ... weil ... woher soll die Bewunderung denn kommen, wenn ... wenn der Mann nicht für das Gröbere zuständig ist, also was Kraft braucht. Und die Frau für das andere..."

„Aber der Müll braucht doch Kraft...", lächelte sie.

„Ja, gut...“, erwiderte er besiegt.

„Aber ich verstehe schon, was Sie meinen.“
„Wirklich?“
„Ja ... der Müll ist ja auch ... ‚schmutzig‘, und das wollen Männer nicht machen...“
„Aber so *meinte* ich es nicht, Fine...“
„Aber es stimmt doch, oder nicht? Vielleicht ist es für Frauen einfach *weniger* ein Problem...“
„Na ja...“, erwiderte er beschämt.
„Die Männer *haben* ein Problem, die Frauen haben keines...“, lächelte sie.
„Die meisten Frauen haben sehr wohl ein Problem damit, dass die Männer eines haben...“, erwiderte er.
„Ja, *damit* schon.“

„Okay, du hast es verstanden. Ich sagte ja selbst, dass es blöd ist...“
„Aber es ist interessant. Ich habe noch nie darüber nachgedacht.“
„Ist vielleicht auch besser...“
„Sie schämen sich!“, lächelte sie.
„Ja“, lächelte er zurück, glücklich, dass sie es mochte.
Sie lächelte noch immer.
Voller Liebe sagte er leise:
„Für *dich* würde ich den Müll immer runtertragen, Fine...“
Sie wurde befangen.
„Und wieso?“
„Weil es bei dir ganz anders ist...“
„Aber wieso denn...“
„Du bist *auch* anders...“
„Nur deshalb?“
„Ja...“, sagte er nachdenklich. „Weil du *absolut* anders bist...“

Sie ließ das Thema auf sich beruhen. Stattdessen fragte sie:
„Und wie viele Freundinnen hatten Sie?“
„Fünf...“
„So viele?“
„Na ja ... es sind immerhin über fünfzehn Jahre. Und es hielt immer nur ein, zwei Jahre. Die meiste Zeit meines Lebens hatte ich *gar* keine Freundin...“
„Oh...“

Sie schwiegen eine Weile. Dann fragte sie:
„Und wie alt sind Sie eigentlich?"
„Fast fünfunddreißig."
„Also mit achtzehn ungefähr, hatten Sie Ihre erste Freundin..."
„Ja, achtzehn oder neunzehn. Ich glaube neunzehn. Und davor noch zwei oder drei Jahre, mehrere Versuche, aber die habe ich nicht mitgezählt."
„Und davor nicht?"

Jetzt kam die Wunde...
„Nein, davor nicht."
Sie schwieg. Irgendwie war er erleichtert.
Dann sagte sie:
„Ich bin erst fast vierzehn..."
Es traf ihn wie ein Schlag. Er schwieg nun seinerseits hilflos, weil er ahnte, was sie sagen wollte, und weil er darauf nichts erwidern konnte. Vielleicht sagte sie es auch nur ganz *unbewusst*...
Schließlich fragte er doch in hilfloser Sehnsucht und Scheu:
„Was *meintest* du damit, Fine...?"
„Na ja...", sagte sie leise. „Ich meinte nur ... Sie sollten nicht zu viel erhoffen..."
„Mhm..."
Seine Liebe war grenzenlos. Aber er konnte ihre Grenzen nur hinnehmen. Und das würde er immer tun...

Sie sah ihn wieder kurz an. Jedes Mal ging ihm ihr Blick bis ins Innerste, er konnte es nicht ändern. Er liebte sie so hilflos, und wenn sie ihn anblickte, traf ihn jedes Mal eine *Schönheit*, die er nicht nicht sehen konnte, selbst wenn sie nur sein eigenes Ideal sein sollte. Aber das war es nicht. Er sah eine Realität – und diese machte ihn immer wieder neu hilflos.

Sie blieb vor einem Busch stehen, der über und über mit fast weißen Blüten übersät war.
„Gucken Sie mal!", sagte sie weich. „Ist das nicht *schön*?"
„Ja..."
Sie roch daran, wie eine Prinzessin der Felder sah sie in diesem Moment aus.
„Riechen Sie mal..."

Er roch an dem Blütenbüschel, das sie ihm sanft hinbog. Es roch betäubend intensiv.

„Ja...", nickte er berührt. „Wunderschön..."

Sie sah ihn prüfend an.

„Oder *sagen* Sie das nur so ... ein bisschen?"

„Nein", erwiderte er hilflos. „Es ist wirklich wunderschön... Es ist nur ... dass jedes Mal etwas anderes *noch* viel schöner ist, worüber ich nicht sprechen kann und was mich ‚ablenkt', wie du sagtest... Vergiss es einfach wieder, Fine... Die Blüte *ist* wunderschön – und sie riecht auch so... Du musst das andere einfach übersehen..."

Sie ging etwas befangen weiter.

„Es ist ganz schön schwer mit Ihnen..."

„Ich weiß..."

Sie musste lachen.

„Aber es *geht*... Irgendwie..."

„Okay..."

Irgendwann machten sie eine Pause. Sie setzten sich dafür einfach an einen Feldrand auf die schmale Grasnarbe. Er bewunderte es, wie ein Mädchen sich *hinsetzen* konnte...

„Haben Sie Hunger?"

„Ein bisschen, ja..."

Sie holte aus ihrem kleinen Mädchenrucksack eine Blechbüchse und öffnete sie. Dann hielt sie sie ihm hin.

„Gucken Sie mal, das hat meine Oma für uns gemacht..."

Er erblickte einige belegte Brote.

„Oh, das ist aber nett..."

„Nehmen Sie sich eins..."

„Danke..."

„Ich werd's meiner Oma sagen."

„Ich habe auch dir für deine liebe *Geste* gedankt..."

„Na ja..."

„Du weißt gar nicht, wie schön du bist, Fine..."

„Jetzt fangen Sie nicht wieder damit an..."

„Das will ich auch gar nicht... Ich werde es sowieso nie in Worte fassen können. Du schreibst wenigstens Gedichte. Aber für manches gibt es einfach keine Worte..."

„Zum Beispiel, wie ich Ihnen die Brotdose gereicht habe..."

„Ja... Du verstehst das nicht...“
Sie lächelte.
„Ist vielleicht auch besser...“

Er blickte in die Ferne.
„Aber ich wollte Sie nicht verletzen...“, sagte sie leiser.
„Nein... Hast du nicht...“
„Aber Sie sehen auf einmal so nachdenklich aus...“
Hilflos hielt er noch immer das Brot in der Hand. Sie hatte sich noch gar keines herausgenommen. Er legte das seine vorsichtig ins Gras.
„Darf ich dir etwas erzählen?“
„Was denn? Ja... Dürfen Sie...“
„Ich war ... auch erst ungefähr vierzehn, als ich mich das erste Mal verliebte... Das Mädchen war sechzehn oder siebzehn. Sie war wunderschön... Das schönste Mädchen, das ich je gesehen hatte, bis dahin. Ich liebte sie sicher zwei Wochen lang aus der Ferne, bis ich allen Mut zusammennahm, um sie irgendwie kennenzulernen...“

Wieder blickte er vor sich hin.
„Und dann?“, fragte sie in innig gespanntem Zuhören.
„Dann hat sie es abgelehnt... Ich war ihr natürlich viel zu jung. Sie hat es sozusagen ‚abgeschmettert‘. Vielleicht hat sie überhaupt nur einen Satz gebraucht, ich weiß es nicht mehr...“
Sie verstummte völlig.
„Das tut mir leid...“, murmelte sie schließlich.
„Es ging sicherlich nicht anders.“
Sie schwieg noch immer nachdenklich.
„Wahrscheinlich war es für sie noch viel schlimmer – als für einen Mann, den Müll runterzubringen...“

Sie nahm sich auch ein Brot und biss nachdenklich hinein.
Er tat es ihr nun nach, und nachdenklich aßen sie eine Weile schweigend, während sie über die Felder blickten.
Dann sagte sie:
„Es ist irgendwie schwierig, oder...?“
„Ja...“
Gemeinsam schwiegen sie weiter.
„Ich“, sagte sie schließlich, „kann es mir gut vorstellen, wie Ihnen zumute war...“
„Danke...“

„Und *danach* wollten Sie ‚cooler' sein, wie andere Jungen...?"
Ihre Mädchen-Intuition hatte den entscheidenden Punkt mit schlafwandelnder Sicherheit genau erfasst.
Er nickte beschämt.
„Ja..."

„Aber geholfen hat es Ihnen nichts..."
„Nein..."
Wieder schwiegen sie nachdenklich.
„Das ist sehr seltsam...", sagte sie dann.
„Was?"
Sie war noch immer in ein halbes Nachdenken versunken.
„Dass das Mädchen mit einem einzigen Satz anrichten konnte, dass Sie in eine ganz falsche Richtung weitergegangen sind..."
„Ja..."
Die Feldlerche drang wieder in sein Bewusstsein. Sie jubelte da in der Luft mit ihrer Leichte, die keine Ermüdung zu kennen schien.
Und nur einen Meter von ihm entfernt saß das schönste Mädchen, das er je gesehen hatte, wirklich ohne Ausnahme.

„Aber weißt du, was noch seltsamer ist?"
„Was denn?"
„Dass ein *anderes* Mädchen es geschafft hat, bereits *ohne* jedes Wort, diese Richtung wieder völlig umzukehren..."
Sie sah ihn einmal völlig überrascht an und blickte dann wieder woanders hin.

Schließlich sagte sie leise:
„Aber wenn ich nun ... das *nächste* Mädchen bin, das ... Sie verletzt?"
„Wie meinst du das?"
„Na ja ... Weil Sie mich doch lieben − −"
„Fine, verstehst du denn nicht? Du *musst* nichts! Du machst mich schon jetzt glücklich – und hättest es auch getan, wenn du jetzt sagen würdest, du möchtest nicht mehr..."
Sie sah ihn an. Augen fast voller Mitleid.
„Möchtest du nicht mehr?", fragte er leise.
„Doch... Aber ich weiß ja nicht, wie lange... Ich mache mir Sorgen um Sie..."
„So ein Blödsinn!", sagte er bewusst härter, als er es je empfinden würde. „Bitte hör auf damit, Fine! Ich könnte es nicht ertragen, dass du

... dass du dich in eine Art *Verpflichtung* hineinmanövrierst. Und mich auch. Wie soll ich mich fühlen, wenn ich irgendwann spüre, du machst es nur noch, weil du das Gefühl hast, du *musst*?"

„Weiß ich nicht...", murmelte sie.

„Siehst du."

Sie atmete einmal tief aus.

„Wieso haben Sie sich ausgerechnet mich ausgesucht..."

„Wieso geht sie ausgerechnet auf diese Schule...", erwiderte er hilflos.

„Und sie weiß noch nicht mal, wie sie einem eine Brotdose reicht..."

Sie verstummte.

„Fine, versprich mir – wenn es dir je schwerfällt, dich weiter mit mir zu treffen, *sobald* es dazu kommt, sag es mir... Dann kann ich darauf reagieren... Dann kann ich mich damit abfinden. Und dich in Ruhe lassen... Wirklich."

„Und wie geht es Ihnen dann?"

„Anders als je zuvor... Ich werde zum ersten Mal voller Glück auf etwas zurückblicken..."

„Das glaube ich aber nicht..."

„Es wird aber so sein. Ich *kannte* das Glück vorher gar nicht, verstehst du? Jetzt kenne ich es..."

„Ein Mädchen, das Ihnen eine *Brotdose* reicht?", fragte sie ungläubig.

„Ja... Genau das..."

Sie blickte hilflos in die Ferne und aß an ihrem Brot.

„Ich wusste nicht, dass man damit jemanden glücklich machen kann...", murmelte sie schließlich.

„Das können nur *manche* Mädchen", erwiderte er. „Ich kenne genau *eines*..."

Sie musste lachen.

„Ich kenne auch nur einen Menschen, den das glücklich macht! Und selbst das kann ich kaum glauben..."

„Weißt du, dass du ein wunderschönes Lachen hast?"

„Sie haben einen Marienkäfer an Ihrer Schulter..."

*

So begann seine Bekanntschaft mit Josephine, dem Mädchen, das sanft längst seine Träume erobert hatte.

Er wusste nicht, wie lange sie ihn ‚ertragen' würde. Er wusste nur, dass ihn eine *Liebe* durchdrang, die er noch nie zuvor erlebt hatte. Und es lag immer wieder an ihrer *Schönheit* – der Schönheit ihres Wesens, und es war nur *ihr* Wesen, niemand anderes hatte eine solche Schönheit. Immer mehr nahm sie ihn mit hinein in das Geheimnis eines *Mädchens* ... das er vielleicht schon immer gesucht hatte, aber nie auch nur ansatzweise gefunden, weil Mädchen und erst recht Frauen heute überhaupt nicht mehr so waren, kein bisschen...

Und er konnte immer wieder nur zu der Erkenntnis kommen, dass es dafür überhaupt keine *Worte* gab. Ja, er konnte sagen: Unschuld. Aber wusste man dann, was gemeint war? *Wie* sie zu ihm kam und seinen Arm berührte, bewegte? Wie sie eine Blüte in die Hand nahm, ihm die Brotdose reichte? Wusste man *irgendetwas* davon? Aber wie konnte man dann wissen, was ein Wort meinte? Wenn man es nicht bei *ihr* sah, sah man ja überhaupt nichts... Und wie sollte man es dann jemals wissen? Man konnte es gar nicht...

Es ging also nicht einmal so sehr um ‚Unschuld' – es ging um *ihre* Art der Unschuld ... wie wenn sie so etwas wie Unschuld überhaupt erst wieder völlig neu definierte. Und schon dieses Wort war falsch. Völlig neu begründete, Grund schuf, überhaupt erschuf ... wie wenn es so etwas wie Unschuld bis dahin überhaupt nicht *gegeben* hatte... Hatte es ja auch nicht... Die Unschuld wurde geboren, als *sie* begann, irgendetwas zu tun. Dieses Gefühl bekam man. Das Gefühl, Unschuld bis dahin überhaupt nicht gekannt zu haben...

Und es ging ja auch um dieses *Liebe* von ihr. Das untrennbar damit verbunden war und das ebenfalls niemand außer ihr so hatte, nicht in dieser *Reinheit*, dieser Ganzheit... Darum ging es eben auch. Dass sie überhaupt nicht an sich dachte – oder im nächsten Moment schon an den Anderen. Ihre Unschuld war mehr als nur fehlende Selbstbezüglichkeit – es war aktive *Gutherzigkeit*. Diese hatte überhaupt erst Raum, weil da keine Selbstbezüglichkeit war, und trotzdem war sie *mehr* als nur Unschuld.

Und trotzdem war das, was so *leuchtete*, was man also vor allem zunächst sah, diese Unschuld... Denn das andere, diese Steigerung, das gute, das reine Herz dieses Mädchens ... sah man erst auf den zweiten Blick. Und zwar eben gerade deshalb, weil sie es so bescheiden und so

schlicht *zurückhielt*. Und auch das war eben ihre Unschuld. Das Gut-
herzige war so weich und sanft und bescheiden wie *alles* an ihr. Man
sah es nur, sobald man einen *zweiten* Blick wagte. Aber die Unschuld
sah man sofort...

Eigentlich waren es drei Schritte. Zuerst sah man eine nie gekannte,
eine zutiefst berührende *Schönheit*. Dann spürte man die Unschuld, die
eigentlich ihre Quelle war. Und schließlich bemerkte man, was einen
noch tiefer berührte als alles andere, nämlich die unglaubliche Gutherzigkeit dieses Mädchens. Und in Wirklichkeit war alles eins, erwies
sich nur als verschiedene Wahrheiten ein und desselben Wesens...

„**W**as machen Sie eigentlich, wenn Sie sich *nicht* mit mir treffen?"

Sie waren wieder in Feldern unterwegs. Diesmal vom Ende einer anderen Buslinie losgewandert.
„Oh, etwas sehr Uninteressantes. Ich arbeite als Software-Entwickler."
„Was macht man da genau?"
„Man entwickelt Software aller Art. Programme für Computer aller Art, damit die dann genau das machen, was man braucht."
„Das ist doch sehr sinnvoll..."
„Ja, wie man's nimmt. Eine Firma will dann zum Beispiel, dass man genau das und das in dem und dem Feld eingeben können soll und dass dann das und das passiert oder das und das berechnet oder angezeigt wird ... und tausend andere Dinge. Ob das am Ende nun *sinnvoll* ist, weiß man nicht immer. Aber die Firma braucht es – und sie bezahlt es am Ende ja auch..."
„Mhm..."

„Ich sage ja, es ist nichts Weltbewegendes..."
„Aber *wollten* Sie das werden, am Anfang?"
„Ja...", sagte er etwas unverbindlich. „Ich fand alles, was mit Computern zu tun hatte, spannend. Durchaus immer noch... Und es war zukunftssicher, wurde und wird immer gebraucht, man verdient auch ganz gut Geld, also – –"
„Aber Sie hatten sich dann nicht vorgestellt, dass Sie dann für diese Firmen diese Felder machen..."
Er lachte.
„Nein."
Sie schwieg eine Weile.

„Was willst *du* denn später werden, Fine?"
„Ich weiß es noch überhaupt nicht... Es gibt so viel, was man werden könnte."
„Zähl doch mal auf..."
„Na ja, Tierärztin, Kindergärtnerin, Lehrerin, Tier*pflegerin*, Polizistin..."
„Polizistin?!"
„Ja...? Warum nicht?"
„Du bist viel zu lieb..."
„Aber es muss doch auch liebe Polizistinnen geben..."

„Aber du bist selbst dafür zu lieb..."
Sie lachte unsicher.
„Was soll denn das heißen?"

„Dass du zu gut bist für diese Welt. Du könntest dich gar nicht durchsetzen – aber Polizistinnen müssen das doch..."
Sie schwieg nachdenklich.
„Vielleicht könntest du es lernen...", sagte er leise. „Aber das wäre schade..."
„Warum?"
„Weil ... die Art, wie du es gerade *nicht* tust, dieses Wunder ist..."
„Dieses Wunder...", sagte sie mit einem Hauch von Spott, wie um sich zu wehren.
„Ja...", erwiderte er leise. „Dieses Wunder."
„Und was sollte ich Ihrer Meinung nach werden?"
Sie meinte die Frage ernst, und auch dies berührte ihn wiederum.
„Ich weiß nicht, ob du Lehrerin werden könntest. Dafür muss man sich ja auch durchsetzen können. Bestimmte Schüler würden dich *lieben* – aber die anderen? Alle anderen würden dir auf der Nase rumtanzen... Ja, Tierärztin oder Tierpflegerin könntest du *sofort* werden. Ich weiß nicht, was noch. Alles natürlich... Aber das Wunder bleibt sicher nur bei diesen Berufen, die ganz und gar *helfen*..."

„Mhm...", erwiderte sie nachdenklich, hingegeben an seine Worte.
Dann fragte sie zögernd:
„Und was ist mit Landschaftsgestalterin oder wie das heißt?"
„Du würdest die schönsten Gestaltungen überhaupt schaffen, Fine – aber ich fürchte, der Beruf ist wie so viele andere auch viel zu hart, und es geht viel zu wenig um die *Liebe*, mit der etwas geschieht, und die *Zeit*, die so etwas bräuchte..."
Sie schwieg betroffen.
„Aber du hast noch viel Zeit für solche Entscheidungen..."
„Na ja, in vier Jahren bin ich schon in der zwölften Klasse..."
Sie hatte vielleicht Recht. Die Zeit raste... Und niemand hielt sie an. Für ein Mädchen, das mehr Zeit brauchte als alle anderen – und mit Recht.

„Aber jetzt bist du noch nicht mal vierzehn, und bis dahin passiert noch jede Menge... Mach dir keine Sorgen..."
Sie lächelte.

„Sie reden fast wie ich..."

Er musste auch lächeln. Das war das schönste Kompliment, das sie ihm bisher gemacht hatte.

„Du siehst, ich lerne von dir..."

„Sie machen das gut..."

„Ich habe die beste Lehrerin überhaupt."

Sie schwieg etwas befangen oder verlegen. Dann sagte sie:

„Wir lernen gleich noch etwas *anderes*."

„Was denn?"

„Wollen Sie es jetzt schon wissen?"

„Ja..."

Sie setzte ihren kleinen Rucksack ab und hockte sich hin, um ihn aufzuschnüren. Allein schon diese Bewegung ergriff ihn von neuem – durchdrang ihn mit Schönheit...

„Schauen Sie mal..."

Sie holte zwei Bücher hervor.

„Die habe ich bei meiner Oma im Keller gefunden, weil sie sagte, sie hat noch sowas. Damit kann man gucken, welche Pflanzen wie heißen."

„Bestimmungsbücher?"

„Ja, genau – Bestimmungsbücher. Ich wusste den Namen nicht..."

„Und du meinst, wir können sie benutzen?"

„Ja – natürlich."

„Ich meine, wie man sie benutzt..."

„Ach so... Aber da sind Bilder drin. Wie müssen nur vergleichen..."

„Na, ob das klappt."

„Gucken Sie mal, da vorn die Büsche. Wie die von neulich. Jetzt können wir endlich mal herausfinden, wie sie heißen."

„Okay...", erwiderte er skeptisch.

„Hier, Sie nehmen eins."

Sie gab ihm eines der beiden Bücher, in dem aber nur Blumen aufgeführt waren.

„Hier sind aber nur Blumen drin."

„Ja, ich habe das andere."

„Okay."

Als sie an den Büschen ankamen, blätterte sie konzentriert in ihrem Buch und schaute immer wieder auf die dichten Blütenbüschel.

Er blickte ihr zögernd über die Schultern – und sie blätterte unmittelbar für sie beide, hielt es auch ihm hin, was ihn fast schmerzlich berührte.

„Das da?", fragte er kurz und zeigte auf ein Bild.

Sie blickte auf das Bild und dann auf den Busch.

„Holunder? Nein... Das ist doch nicht Holunder..."

„Ich konnte es nicht so gut sehen..."

Sie reichte ihm das Buch.

„Hier – gucken *Sie* mal..."

Er versuchte etwas hilflos, damit zurechtzukommen. Nachdem er alle Seiten mit weißen Blüten durchgeblättert hatte, murmelte er:

„Vielleicht sind gar nicht alle drin..."

Sie nahm das Buch wieder und fing von vorne an. Ihre Beharrlichkeit berührte ihn.

Schon nach wenigen Seiten rief sie:

„Hier!"

Sie zeigte es ihm.

„Ich hatte es vorhin übersehen..."

Er blickte auf das Bild, dann auf den Busch.

„Ja, das könnte sein..."

„Weißdorn!", sagte sie strahlend und sah ihn an.

In diesem Moment hätte er sie wieder küssen wollen.

„Okay..."

Der erste Busch, der für immer mit ihrem Wesen verbunden bleiben würde.

Auf dieselbe Weise entdeckten sie dann auch noch den wirklichen Holunder und das ‚Weichblatt' vom letzten Mal, das tatsächlich ein weicher Storchschnabel war.

Und sie freute sich jedes Mal – und er war so grenzenlos glücklich mit ihr...

„Ich hätte nie gedacht", sagte sie mit leuchtenden Augen, „dass es so schön sein kann, herauszufinden, wie eine Pflanze heißt!"

„Ich auch nicht..."

Aber er kannte den Grund – für sich.

Schließlich hielt sie ihn ganz aufgeregt an.

„Achtung! Vorsichtig..."

Er sah auf den Boden.

„Sehen Sie da?"

Er sah genau hin. Natürlich wuchs überall etwas.

Sie hockte sich wieder hin. Und er tat es ihr nach, glücklich, dass er es durfte, so nah bei ihr...

„Ist das nicht schön?"

„Doch..."

„Es erinnert mich immer ein bisschen an ein Stiefmütterchen. Aber es ist so winzig... Und dieses helle Gelb gefällt mir immer so. Es ist irgendwie so sanft..."

‚Es ist wie du...', dachte er.

Sie gab ihm das Buch mit den Blumen, das sie zuletzt genommen hatte.

„Können Sie für mich herausfinden, wie sie heißt?"

„Ich weiß nicht...", sagte er zögernd.

„Bitte..."

„Ich versuch es..."

„Ich lass Sie auch ganz in Ruhe, ja?"

„Okay..."

Er blätterte sorgfältig alle Seiten mit gelblichfarbenen Blüten durch, aber es gab so viele.

Sie setzte sich zwei Meter entfernt an den Wegrand und sah ihm zu.

Er fühlte sich ein wenig wie in einer Prüfung, gleichzeitig fühlte er sich eigentümlich berührt, dass sie es überhaupt *mochte*, ihm zuzusehen. Er fühlte sich geradezu geehrt, fast leise erwählt, wenn man noch träumen durfte... Es war so unglaublich schön mit ihr... Aber wenn er die Blume nun nicht fand?

Er hatte schon Angst, dass er versagen würde; selbst ihre einzige Bitte niemals würde erfüllen können.

Dann aber, fast auf der letzten Seite der gelblichen Blüten, entdeckte er ein Foto, das ihn regelrecht glücklich machte. Und es stimmte! Er hatte die Pflanze gefunden.

Er sah sein geliebtes Mädchen an. Sie erwiderte seinen Blick.

„Haben Sie sie?", fragte sie aufgeregt.

„Ja..."

„Wie heißt sie?"

„Viola arvense. Das Ackerstiefmütterchen."

Sie sprang auf und lief zu ihm – oder zu den Blümchen, um sie noch einmal voller Liebe zu betrachten.

Dann sah sie ihn strahlend wieder an.

„Ist das nicht *schön*? *Acker*-Stiefmütterchen. Es ist also eines! So winzig! Aber ein Stiefmütterchen...! Aber wo ist denn hier ein Acker?"
Er blickte in das Buch.
„Hier steht auch etwas von Feldrändern, sandigen Wegen und so weiter..."
„Ah, deshalb... Ja, sandig hast du es hier...! Das scheint es also zu mögen..."

Ihre Liebe zu diesen Pflanzen war offensichtlich. Er wusste nicht, woher sie diese nahm, aber ihr Wesen schien so voller Liebe zu sein... Er wünschte sich, ein Ackerstiefmütterchen zu sein, so wie er sich gewünscht hatte, eine Feldlerche zu sein. Aber auch er war glücklich. Denn er durfte die ganze Zeit in ihrer *Nähe* sein. Ihr Wesen empfinden, von ihm beschenkt werden, so sehr...

*

Als sie wieder Pause machten, reichte sie ihm wieder die Brotbüchse... Regelrecht befangen, auch von ihrer Schönheit, nahm er sich zögernd ein Brot.

„Ich weiß gar nicht...", brachte er verlegen hervor, „ob ich mir nicht längst selbst etwas mitnehmen sollte... Ob das nicht unverschämt ist, auf die Brote deiner Oma zu hoffen..."
Sie lächelte.
„Machen Sie sich keine Sorgen! Sie macht sie doch gerne..."
„Okay..."
Sie aßen eine Weile schweigend.
Das Mädchen schien dabei zart in sich zu ruhen. Ihre Schönheit berührte ihn immer wieder außerordentlich. Er versuchte, sie immer nur heimlich anzusehen, sodass es sie nicht stören würde...

Irgendwann sah sie ihn lächelnd an.
„Sie gucken immer mehr auf *mich* als auf die Natur... Die scheint Sie gar nicht so zu interessieren, wie?"
Er spürte, wie er sofort zumindest leicht rot wurde.
„Ich", brachte er bestürzt hervor, „wollte gar nicht, dass du es bemerken musst! Tut mir leid..."
„Ich habe mich ja schon etwas dran gewöhnt. Aber hier ist doch so viel *Schönes* um uns herum..."

„Ja, das stimmt schon... Das sehe ich ja *auch*...“
„Aber?“
„Na ja, bei dir ist es eben *anders*, Fine...“
„Was ist bei mir anders?“
„Du liebst die Natur unmittelbar... Ich bin deine Begleitung. Für mich gewinnt die Natur durch *dich* Bedeutung. Aber die eigentliche Bedeutung – – und die eigentliche Schönheit – – na ja...“
Sie sah ihn an, sodass er wieder ganz hilflos wurde und die ganze Schönheit ihres Blickes nur erwidern konnte, betroffen...
Dann blickte sie wieder auf die Felder.

Schließlich sagte sie, ohne ihn anzusehen:
„Sie denken doch sicher an manches... Oder nicht?“
„Wieso?“, fragte er etwas unruhig. „Was meinst du?“
Sie sah ihn nur kurz an.
„Na, dass Sie noch irgendwas *anderes* wollen würden?“
„Nein! Tue ich nicht, Fine...“
Jetzt sah sie ihn wieder ganz offen an.
„Aber das kann Ihnen doch nicht *reichen*! Mit mir spazieren zu gehen. Ab und zu mal was zu reden... Hier zu sitzen und zu essen... Mich *anzugucken*...“
„Ich wollte“, stammelte er, „ja gar nicht, dass es dich stört, Fine...!“
Sie sah ihn an, ohne Befangenheit.
„Es stört mich ja gar nicht... Ich denke nur ... na ja ... das kann Ihnen doch nicht reichen. Wie ... wie soll das gehen... Ich meine, ich bin *dreizehn*...“

„Und was heißt das?“, fragte er fast furchtsam.
„Dass ich nicht verstehe, warum Ihnen das *genug* ist. Ich meine ... selbst meine Freundinnen würden das langweilig finden...“
„Aber wenn du irgendwann einen Freund hättest, würde er das nicht langweilig finden...“
„Ja, vielleicht, aber auch ein ‚Freund‘ würde irgendwann noch etwas anderes wollen, oder nicht?“
Sie sah ihn erneut offen an, schutzlos, unschuldig, ihr langes Haar wehte in einigen Strähnen in ihr Gesicht, sie strich es zurück...
Er fühlte sich wie sanft in eine Ecke gedrängt...
„Das ist nicht der Punkt...“, brachte er hilflos hervor. „Vielleicht würde ich es mir *wünschen*... Aber ich weiß, dass es nicht in Frage kommt. Und ich brauche es nicht! Es ist schon *so* wunderschön, verstehst du?

Schon das ist viel schöner, als irgendwelche anderen Dinge mit irgendjemandem, verstehst du? Es ist *mehr* als genug. Und das meine ich ganz ernst. *Mehr* als genug... Selbst mit zehn Minuten durch die Straßen gehen mit dir würde ich mich beschenkt fühlen...

„Aber *warum*...?"
Er musste sein angefangenes Brot hilflos zur Seite legen, wieder vorsichtig in das Gras. Einen Meter weiter sah er wieder ein kleines Ackerstiefmütterchen...
„Weil es so *ist*, Fine! Du bist das Beste, was einem passieren kann! Es ist einfach so! Ich habe noch nie etwas so Schönes gesehen. Und deine Freundinnen mögen es langweilig finden, mit dir hierherzugehen und Zeit zu verbringen – für mich ist es das Schönste überhaupt! Durch dich lerne ich auch die Natur kennen, lieben, ihre Schönheit sehen, und sicher noch viel mehr, aber das eigentliche Wunder bist du! Ich könnte es dir stundenlang erklären ... aber du würdest es wahrscheinlich nie verstehen. Aber ich verstehe nicht, wieso du nicht längst einen Freund hast – ich meine, Jungen, die dich gefragt haben... Wahrscheinlich gibt es längst welche, die dich heimlich verehren und sich nur nicht trauen, wie ich mich auch nicht getraut habe..."

„Sie haben sich nicht getraut? Haben Sie doch..."
„Ja, nach zwei Wochen. Als ich völlig verzweifelt war. Als ich dich ansprechen *musste*, weil ich das Gefühl hatte, ohne die Begegnung mit dir nicht weiterleben zu können..."
„Wieso das denn nicht?"
„Weil es keinen Sinn mehr ergab! Wie soll es Sinn ergeben, wenn man jeden Morgen etwas nicht mehr zu beschreibendes *Schönes* sieht, und es *bestünde* die Möglichkeit, sie kennenzulernen ... aber man tut es nicht? Man wagt es nicht? Man lebt weiter ... aber Sinn hat es nicht mehr. Sinn hätte nur noch ... es zu *versuchen*. Weil man sie liebt... Weil man nichts *mehr* will, als sie kennenzulernen, eine Verbindung zu ihr zu bekommen..."
„Und wenn Sie sonntags so wie jetzt mit mir spazieren gehen, ist ihr Leben wieder in Ordnung?"
„Mehr als das. Es ist glücklich... Zum ersten Mal überhaupt *wirklich*..."

„Ich mache Sie glücklich, weil Sie mich schön finden?"
„Ich finde dich nicht schön, Fine – du *bist* schön. Du bist so schön, dass jeder glücklich sein müsste, der mit dir zusammen wäre..."

Sie lachte.

„Ich habe aber nicht den Eindruck!"

„Das liegt daran, dass die anderen es nicht wirklich sehen! Oder vielleicht sehen sie es, aber sie haben noch andere Interessen. Zum Beispiel Musikhören, dies und jenes. Sie lieben dich nicht wirklich. Sie interessieren sich für andere Dinge."

„Aber das wäre doch eigentlich *normal*, oder nicht?"

Er sah sie lange an, nachdenklich, eingetaucht in *sein* Empfinden ihrer Schönheit.

„Ich verstehe nicht mehr, wie es ‚normal' sein kann, die Schönheit nicht mehr zu sehen, oder ihr gegenüber irgendwie gleichgültig zu sein. Gut, ich bin es auch gegenüber der Schönheit der Natur... Aber ich merke, wie sich dies durch meine Liebe zu dir auch verändert. Aber ich habe *dich* gesehen, und vom ersten Moment an konnte ich dem gegenüber nicht gleichgültig sein. Es hat mich völlig erschüttert... Und wie kann man sich dann noch für andere Dinge interessieren? Normal ist das nicht..."

„Sie meinen, normal wäre, dass mich jeder ansprechen müsste? Weil er völlig – –? Das bedeutet, normal wäre, dass ich die ganze Welt völlig durcheinanderbringen würde? Weil sich alle in mich verlieben?!"

Er verstummte völlig hilflos und suchte irgendeinen Halt in den Feldern. Dann senkte er den Kopf – und sah sie schließlich fast beschämt wieder an.

„Ja...?", beharrte er hilflos. „Du hast Glück, dass das nicht passiert. Aber das wäre *normal*... In meinen Augen..."

Sie verstummte betroffen.

Still kaute sie an ihrem Brot und schaute über die Felder, während er sie ansah, hilflos ergriffen von ihrer Schönheit, wann immer er sie ansehen *durfte*.

Langsam sagte sie:

„Was *finden* Sie so schön...?"

Er hatte das Gefühl, er habe es schon viele Male versuchen müssen, auszudrücken, aber er verstand zu gut, dass dieses Mädchen es einfach nicht verstehen konnte, und so versuchte er es abermals...

„Du bist anders als alle anderen, Fine..."

Er spürte, dass er es jetzt, inzwischen, fast objektiv beschreiben konnte. Er konnte seine persönliche Liebe und Sehnsucht fast völlig herauslassen, wenn er wollte, und konnte einfach nur beschreiben, was die *Wirklichkeit* war.

„Und du musst es doch *selber* wissen. Du bist sehr unschuldig... Das bedeutet, sehr reinherzig. Du denkst nicht an dich, sondern an andere. Sobald irgendetwas ist, fühlst du dich mit verantwortlich und siehst die Schuld bei dir und so weiter. Dir geht es wenig um ‚Lust' oder ‚nicht Lust', sondern um das, was getan werden muss oder sollte, zumindest in deinen Augen. Du bist unglaublich *gutherzig*, und deine Unschuld beruht gerade darin. Und du bist auch äußerlich wunderschön ... ohne dass es etwas braucht, was *andere* dafür dann alles veranstalten... Und ... bei dir ist *alles* so wunderschön, jede Bewegung, jede *kleinste* Bewegung ... und es liegt ebenfalls an deiner Unschuld, an der Schönheit deines Herzens ... oder soll ich sagen deines *Wesens*. Es ist eben niemand so wie du – wie ich sagte... Und *nichts* an dir ist nicht schön. Deswegen ist es so erschütternd. Es ist wie ein Erdbeben, in dem Sinne, dass der Eindruck der Schönheit so unglaublich viele Male größer ist als alles, was man bis dahin gekannt hat. Es ist, wie wenn die *Schönheit selbst* einen trifft ... und verwundet...“

„Verwundet...?“, fragte sie, vielleicht auch, um überhaupt irgendetwas zu sagen.

„Ja ... um einen zu heilen, sozusagen. Ich kann es nicht anders beschreiben, weil es sich so anfühlt. Verwundet in dem Sinne, dass sie einen völlig handlungsunfähig macht ... ganz tatsächlich ... weil man tatsächlich nur noch eines will: dieses Wesen kennenlernen, dieses *eine* schönste Wesen auf der Welt...“

„Aber das will ich gar nicht *sein*.“

„Ja, das verstehe ich.“

„Muss ich jetzt immer daran denken, dass Sie ‚jede kleinste Bewegung' von mir so schön finden? Wie ein Erdbeben?“

Ihre Fragen machten ihn völlig hilflos. Und sie hatte völlig Recht...

„Hätte ich lieber nichts sagen sollen, Fine? Was hätte ich tun sollen? Du hast ja gefragt...“

„Ich kann es sowieso nicht glauben. Insofern ... ist es auch egal...“

Er verstand, wie sie es meinte. Es schmerzte ihn also kein bisschen. Sie *konnte* nicht verletzen. Und selbst diese Nuancen würde niemand je begreifen, der es nicht selbst erlebte.

„Du kannst es nicht glauben, weil du die andere Seite nicht kennst. Du kennst nur *dein* Wesen. Natürlich nimmst du die anderen wahr und siehst, wie anders sie sind. Aber du kennst es nicht aus eigener Erfahrung. Du weißt nicht, wie es ist, wenn man in diesem ganzen Selbstbezug als völliger Normalität aufgewachsen ist; wenn diese zu dem eigenen *Wesen* geworden ist ... und ... wie es ist, wenn *dann* einem ein Wesen begegnet, was völlig *anders* ist. So anders, dass man die ganze Andersartigkeit erst nach und nach begreift, obwohl sie einen vom ersten Moment an unsagbar berührt hat. Und wie man in diesem Moment eigentlich erst begreift, was *Schönheit* ist – die man gerade deshalb so grenzenlos empfindet, weil man sie selbst nicht hat. Das eigene Wesen hat sie nicht. Nur dieses andere Wesen hat sie... Man empfindet sie, weil man plötzlich zu empfinden beginnt, dass sie einem fehlt... Grundlegend...“

Sie lächelte.
„Dann können Sie sie ja wiederfinden – anstatt sich zu verlieben...!“
„Ja. Aber das ist ein langer Weg.“
„Wieso?“
„Weil das ein großes Problem ist. Wer selbstbezogen ist, der will gar nicht mehr gutherzig sein...“
„Und wieso finden Sie es dann schön?“
„Weil es schön *ist*...“
„Und wieso wollen Sie es dann nicht?“
Ihre Fragen trieben ihn in eine Sackgasse.
„Ich will es ja. Zumindest so gut ich kann. Ich denke, es ist bereits ein Anfang, die Natur lieben zu lernen...“
„Aber das ist keine Kunst. Jeder *müsste* die Natur lieben – ich verstehe nicht, warum man das nicht tut. Ich wüsste nicht, was schöner ist.“
„Gut, aber ... man tut es eben nicht mehr. Insofern ... ist es doch immerhin ein Anfang der Heilung ... wenn man es wieder beginnt zu tun. Wenn man wieder beginnt, es zu *können*...“

„Und wie wollen Sie weitermachen?“
„Mit der Natur?“
„Nein, überhaupt – damit, ein guter Mensch zu werden.“
Er sah sie hilflos an.
„Indem ich“, sagte er leise, „noch etwas in deiner *Nähe* bleiben darf, Fine...“
„Aber wieso das? Wenn Sie doch wissen, was gut und nicht so gut ist?“

„Weil du das Heilmittel bist...", erwiderte er. „Nicht das Wissen ist das Heilmittel, sondern du bist es. Das Wissen ist nur das Wissen um die Krankheit. Das Heilmittel hat man dann noch immer nicht."

„Sie meinen, Sie werden ein besserer Mensch, indem Sie mit mir spazieren gehen?"

„Ja. Das meine ich völlig ernst."

„Aber wie? Und warum können Sie es nicht selber?"

„Ich könnte es wahrscheinlich auch selber ... vor allem, indem ich mich an dich *erinnere*, eigentlich, indem ich dich liebe..."

„Aber was ein guter Mensch ist, wissen Sie doch *selbst*. Wollten Sie bisher kein guter Mensch sein?"

Er verstand, dass ihre Fragen sich wiederholten. Sie hatten ihre volle Berechtigung.

„Nein. Jeder Mensch *denkt*, dass er ein guter Mensch sei. Und ist das auch, sofern man nur die üblichen Maßstäbe anlegt. Jeder ist ja so ein toller Mensch! Aber denkt eben zuerst an sich, das ist das Normale. Weil es jeder tut. Man definiert es als normal. Und es ist das eigene Wesen. Mehr als dieser normale Durchschnitt *möchte* man auch gar nicht sein, weil es ja so angenehm ist, in der Regel sich selbst im Mittelpunkt zu haben.

Man *will* sich gar nicht ändern. Aber sobald man dich liebt, will man auch nicht mehr so *bleiben*. Und plötzlich kämpfen zwei Seiten in einem. Sind nicht mehr vereinbar. Und allmählich verändert man sich. Man will eigentlich beides. Die Seite, die so bleiben will, ist stark genug, um nicht völlig zu verschwinden. Aber langsam verändert sich etwas..."

„Also hat auch Ihre Liebe nicht die Kraft, Sie *ganz* zu verändern?"

Ihre Mädchenintuition hatte wieder einen zentralen Punkt gefunden. Gab es also noch etwas, was größer war als seine Liebe zu ihr?

„Meine Liebe zu dir ist größer als alles, was ich kannte. Vielleicht bin ich schon mehr verändert, als ich glaube. Und das wird sich ganz sicher auch fortsetzen. Und ... und vielleicht ist der Rest wieder so eine Art ‚Mann-Ding'. Denn wenn ich *ganz* so werden würde wie du ... ich meine, vielleicht ist es nicht einmal so sehr ein ‚Mann-Ding', sondern ... würde mein Wesen ganz so wie *dein* Wesen ... könnte ich dich nicht einmal mehr lieben, verstehst du? Ich liebe dich ja gerade, weil ich *anders* bin... Nicht so schön wie du... Nicht einmal im Ansatz..."

„Und Sie wollen mich lieber lieben, als so zu werden?"

„Ja...", lächelte er. „Ich *will* so werden. Weil ich von Anfang an erlebt habe, dass ich sonst die Begegnung mit dir gar nicht *verdiene* ... aber ich will mich nicht *so* sehr verändern, dass es gar keinen Unterschied mehr gäbe, den ich tief lieben könnte, wobei ich andererseits gar nicht glauben kann, dass ich diesen Unterschied *überhaupt* je überwinden könnte. Und vielleicht kommt es als guter Mensch auch gar nicht darauf an, dass jede *Bewegung* so wunderschön ist wie bei dir... Also vielleicht muss ich mir gar keine Sorgen machen... Ein Mädchen hat einem sowieso immer etwas voraus..."

Sie lächelte.

„Gut – also *wollen* Sie ein guter Mensch werden..."

„Ja..."

„Und was ist mit dieser ‚starken anderen Seite'?"

„So stark ist sie glaube ich gar nicht mehr..."

Sie lachte.

„Wirklich?"

„Ich hoffe..."

„Was ist, wenn Sie an der Bushaltestelle einen Bettler sehen?"

„Ich gebe ihm Geld..."

Er spürte, dass es so einfach nicht war. Er spürte die Blicke anderer, die demselben Bettler *kein* Geld geben würden... Und er spürte, dass er noch lange nicht *ihr* Bewusstsein hatte – das des Mädchens, das ihm in kaum zwei Armlängen Entfernung gegenübersaß.

„Und dann?"

Hilflos erwiderte er ihren Blick.

„Ich weiß nicht... Was *sollte* ich tun...?"

„Sie könnten ihm etwas Liebes sagen. Und was passiert noch in Ihnen?"

„Ich weiß nicht...", wiederholte er völlig beschämt.

„Sie fragen sich, wie es eine Welt geben kann, in der dieser Mensch überhaupt betteln *muss*. Und sie *verstehen* es nicht..."

Sie hatte ihm in ganz schlichter Weise ihr Herz offenbart... Und den ungeheuren Unterschied, der nach wie vor bestand.

Er blickte über die Felder...

„Aber ich wollte Ihnen auch gar nicht sagen, was Sie zu tun haben. Das geht mich ja gar nichts an..."

Betroffen sah er sie wieder an. Sie hielt seinem Blick stand – dabei hätte es umgekehrt sein müssen.

„Fine...", sagte er leise.
„Ja?"
„Ich wünschte ... na ja...", er rang auch mit sich, mit seiner Sehnsucht, obwohl der Kampf längst gewonnen war, dennoch war das Alte sehr stark, „ich wünschte ... du *würdest* mir sagen, was ich ,zu tun habe'. Ich wünschte ... aber das geht ja viel zu weit...".
Sie sah ihn erstaunt an.
„Wieso, was ist denn?"
Er sah sie wiederum an, etwas Mut fassend.
„Ich wünschte...", sagte er leise, „du hättest ... etwas mehr *Erwartungen* ... und ... ich könnte dir ... gleichzeitig etwas mehr *bedeuten*... Verstehst du, was ich meine? Aber das ist nur meine Art Traum... Dass ich dir etwas *bedeuten* würde ... und du deshalb Erwartungen *hast*...".

Sie schwieg betroffen. Vielleicht verstand sie zudem auch nur die Hälfte von allem.
Er wurde ganz verzweifelt.
„Nein, vergiss es bitte wieder, Fine! Ich wollte überhaupt nichts ... kaputtmachen ... dich nicht verwirren ... auch nichts verlangen, sowieso nicht ... ich wollte es dir nicht *schwermachen*...".
Sie sah ihn wieder an, fast fragend, nachsinnend, zu verstehen versuchend.
„Wirklich, Fine ... bitte vergiss es einfach wieder...".
Sie schien dem weder folgen zu können noch zu wollen. Er war wirklich verzweifelt.
„Ich bin so ein Idiot...", murmelte er. „Es tut mir so leid. Ich möchte alles zurückdrehen, wie es vorher war... Du musst *gar* nichts, verstehst du? Und das weißt du... Du musst gar nichts... Alles war gut...".

Sie lächelte zögernd. Ein ganzes Gebirge fiel von seinem Herzen...
„Sie sind", fragte sie vorsichtig, „wahrscheinlich immer glücklich und unglücklich zugleich, nicht wahr?"
Er sah sie betroffen an. Sie verstand so viel...
„Vielleicht, ja... Aber das Glück überwiegt. Ich bin eigentlich in jedem Moment *glücklich*...".
Nun lächelte auch sie erleichtert. Blickte dann über die Felder. Und sagte schließlich, sich ihm wieder zuwendend:

„Wissen Sie, dass Sie eigentlich ein *sehr* guter Mensch sind...?"
Ihre Worte erschlugen ihn völlig...

*

Er liebte sie so sehr, und er wusste nicht, was er tun sollte. Nicht, was er ihr jemals zurückgeben konnte. Auch nicht, was er je tun würde, wenn sie seiner einmal überdrüssig werden würde, wenn sie ihre Begegnungen je als Last zu erleben beginnen würde, sei es wegen der von ihr empfundenen Erwartungen seinerseits, die sie sich vielleicht vorstellte; sei es, weil sie vielleicht einen Freund fand und allein schon deshalb keine Zeit oder keine Bereitschaft mehr haben würde...

Aber noch traf sie sich mit ihm, und er begriff nicht, welches Leben andere Menschen führten. Welche Gespräche sie führten. Über welche Themen, welche Belanglosigkeiten. Welchen Hobbys sie nachgingen...

Er erinnerte sich an ihre Wanderung, und jeder Moment, an den er sich erinnern konnte, besaß ein solch zartes *Leuchten* – und dieses ging stets und immer von ihr aus. Und auch ihre Gespräche ... wo sprach man schon einmal über diese Dinge? Wo führte man Gespräche von solcher Tiefe? Er stellte sich vor, wie andere Menschen darauf blicken würden. Sie erblickten dann vielleicht nur ‚Kleinmädchenfragen', Fragen eines Mädchens, das nicht verstand, warum sich ein Mann in sie verliebt hatte. Und sie erblickten einen Mann, der sich in ein Mädchen verliebt hatte – und erblickten eigentlich nur *Abseitiges*. Um nicht zu sagen Absurdes. Idiotie. Und das Mädchen wäre in ihren Augen nur zu bedauern, weil es sich darauf auch noch *einließ*. Auf diesen völlig unerwachsenen Wahnsinn...

Die Welten waren unvereinbar. Er musste sich damit abfinden. Die übrigen Menschen würden *seine* Welt – die eines Erwachsenen – und ihre Welt, die dieses einzigartigen Mädchens, unvereinbar finden. Er fand die Welt seiner Empfindungen und die Welt dieser übrigen Erwachsenen unvereinbar. Was jene Welt als Wahnsinn empfand, als dauerhafte Belästigung dieses Mädchens, als fast perverse, jedenfalls völlig fehlgeleitete Fixierung auf dieses Mädchen, ja vielleicht sogar Fetischisierung, das empfand er als einzig mögliche Reaktion auf die Begegnung mit einer unendlichen *Schönheit*, mit etwas wahrhaft Absolutem, da ihm ja nicht umsonst der Begriff des ‚Heiligen' gekommen war.

Die einzig mögliche Reaktion, wenn man nicht seine eigene Nichtigkeit weiter verherrlichen wollte, die darin bestand, dass man so war wie der große übrige Rest auch – nämlich gewöhnlich und mehr als gewöhnlich in seiner ganzen selbstherrlichen Selbstbezüglichkeit. Die sich sogar etwas darauf zugutehielt, dass sie einen *Engel* als bloße ‚Dreizehnjährige' titulierte – und vor dem Hintergrund der kontinuierlichen Missbrauchsskandale darauf verwies, dass jede Ansprache eines Mädchens durch einen Mann ja nur eine abseitige Perversität sein *konnte*.

Wodurch man die Möglichkeit des ganz anderen sozusagen regelrecht wegdefiniert hatte.

Weil man dazu ja auch gar nicht bereit war! Man war ja *selbst* nicht bereit, in diesem Mädchen einen Engel zu sehen – einen rettenden Engel, der nicht einfach nur mit sublimierter Erotik bewundert wurde, sondern einen *tatsächlich* rettete, aus der Selbstbezüglichkeit der *Normseele*, die man als absoluten Standard einführte, während die Welt Bettler kannte, eine inzwischen grenzenlose Gleichgültigkeit gegenüber der Natur und andere *wirkliche* Perversitäten, wie er jetzt mehr und mehr zu begreifen begann.

Man war nicht bereit dazu, sich von einem Mädchen retten zu lassen – und um sich vor diesem Mädchen zu schützen, definierte man es lieber als missbrauchsbedrohte ‚Dreizehnjährige', weil das ja so herrlich unverbindlich war; weil es ja die herrschenden Machtverhältnisse nicht in Frage stellte, nämlich: Hier die vernünftige Erwachsenenwelt, die die Standards und die Definitionen stellte, wie allmächtige Gesetze, und dort die Welt der ‚Minderjährigen', die gefälligst in ihren Definitionsgrenzen der Missbrauchsbedrohtheit und ansonsten völlig von der Erwachsenenwelt getrennten ‚Jugend' zu verbleiben hatte. Schutzobjekt und noch nicht ernst zu nehmende Minderjährigenwelt gleichzeitig.

Nein – niemand war bereit, sich von einem blonden Engel retten zu lassen, der die Unschuld selbst war. Jeder errichtete den soeben beschriebenen Schutzwall, um alles *beim Alten* zu belassen.

Denn gerettet werden konnte man nur, wenn man sich hilflos verliebte, mit Haut und Haar, also existenziell. *Nur dann* erkannte man, dass ein Mädchen *mehr* war als diese ganzen Konstrukte, die man daraus machte, um es einzusperren, um es nicht zu einer Retterin werden zu lassen, die sanft die ganze bisherige Welt zum Einsturz brachte – und selbst die noch stehenden Steine mit lächelnder Geste herabschob, bis sie herunterfielen ... und man nichts mehr hatte als nur noch ein Fundament, auf dem aber völlig neu zu bauen wäre...

Die Welt wollte das nicht. Sie wollte ihre bisherigen Gebäude behalten, die von Anfang bis Ende auf der Prämisse des Selbstbezuges erbaut waren. Jeder Mensch ein solches Gebäude. Jeder Mensch unfähig, sich in ein solches Mädchen zu verlieben – und selbst wenn er fähig wäre, davor zurückschreckend, weil das ja *gegen die Norm* war! Wie aber, wenn die Norm eben gerade darin bestand, dass es Bettler gab, dass es völlige Gleichgültigkeit gegenüber der Natur gab – und dass ein Mädchen eine bloße ‚Dreizehnjährige' zu sein hatte, die einen gar nicht retten *durfte*?

Er hatte diese Welt durchschaut. Indem man *sich selbst* nicht ändern wollte, hielt man es auch für gar nicht möglich, dass Andere es taten – und hinderte sie sogar noch aktiv daran, indem man behauptete, es *sei* nicht möglich. Denn nichts anderes war das Verbot, dass ein Mann ein Mädchen nicht anzusprechen habe...

Man hielt es eben gar nicht für möglich, dass der Mann schon in *dem* Moment verändert war, indem er hilflos diesen Schritt tat ... das Mädchen anzusprechen. Ein Schritt, der aus reiner Verzweiflung geboren war, weil der Mann schon in *dem* Moment verändert war, in dem er sich in das Mädchen verliebt hatte. Nämlich im allerersten Moment, in dem er es erblickt hatte. Und das bedeutete, dass das *Mädchen* ihn verändert hatte – und dies in jedem weiteren Moment immer weiter und immer tiefgreifender tat...

Man nahm es also gar nicht ernst, dass das Ansprechen des Mädchens bereits eine *Wirkung* des Mädchens war. Nicht etwa eine Wirkung des männlichen Begehrens, sondern eine Wirkung der *Heilerin*. Man sprach sie aus einem einzigen Grund an: Weil ein Leben außerhalb dieser Schönheit keinen Sinn mehr ergab. Damit hatte die Heilung bereits begonnen. Man belästigte das Mädchen nicht, sondern man bat um *Hilfe*. Das Mädchen hätte das Recht, sich belästigt zu fühlen – aber niemand sonst hatte das Recht, zu definieren, ob das Mädchen dies tat. Oder ob sie es nicht tat, sondern zu helfen bereit war, allein schon durch das

Geschenk ihrer Nähe. Die eben genau das verändernde Element war. Die Essenz der Heilung. *Sie selbst.*

Und natürlich würde diese Welt nie zugeben, dass Mädchen heilen konnten, denn sie *durften* es ja gar nicht. Es *musste* ja Bettler geben – und all das andere. Wie sonst sollte diese Welt denn sonst funktionieren? Sie würde ja sonst bis auf ihre Fundamente zum Einsturz gebracht werden, genauso wie es dem Liebenden geschah... Dieser *musste* also für verrückt erklärt werden... Und das Mädchen musste eine belanglose ‚Dreizehnjährige' bleiben, damit *alles* so blieb wie bisher. Nur so konnte das Bestehende gerettet werden – anstatt man selbst...

Seine Verachtung über die *Lügenhaftigkeit* dieser Welt erreichte eine große Intensität. Denn welche Falschheit und Verhärtung der Seele musste darin liegen, es nicht akzeptieren zu können, dass sich eine männliche Seele mit der größten *Aufrichtigkeit* in ein Mädchen verliebte, um mit den Konsequenzen dessen völlig ernst zu machen – nämlich sich *verwunden* zu lassen von ihrer Schönheit, damit die Heilung voranschreiten konnte? Jene Heilung, die in dem Moment begonnen hatte, *wo* die Seele sich verliebte. Nämlich *weil* sie bereits getroffen und verwundet worden war...

Jeder Mensch, der es als unzulässig definierte, sich in ein Mädchen zu verlieben, wäre zu fragen, ob er selbst bereit wäre, sich verwandeln zu lassen – und wenn er dazu *nicht* bereit war, bewies er damit zugleich, dass er nicht das geringste Recht zu irgendwelchen Definitionen hatte. Er könnte die eigene Krankheit, nämlich die eigene Arroganz, aber auch niemals begreifen, denn dazu bräuchte er das *Mädchen*... Er würde die Haltlosigkeit seiner Definitionen also erst begreifen, wenn er sich vielleicht einmal *selbst* in ein Mädchen verlieben würde, völlig unerwartet. Aber wie könnte das geschehen? Arbeitete er doch gerade daran, dass es nicht geschah...

Aber warum *war* sie so eine Retterin? Sie – Fine...? Weil sie ihm die Möglichkeit gab, in ihre Schönheit *einzutauchen*... Es war der zunächst einzige Punkt, an dem er – überhaupt jeder – von dem ach Gott so ‚normalen' Selbstbezug loskam, weil er eben von dessen völligem Gegenteil getroffen wurde... Und nicht nur getroffen, sondern, indem im selben Moment die *Liebe* zu diesem Gegenteil geboren wurde, darin eintauchen *wollte*. Und dies auch tat – in den Sekunden, die ihm zur Verfügung standen. Weil es einige Momente dauerte, bis sie an einem vorbeigegangen war, und man solange diese ungeheure Schönheit in sich aufnehmen konnte. Wie eine verdurstende Pflanze. Oder wie Finsternis, in die plötzlich *Licht* einströmte...

Man kam von sich los, weil *jede* Liebe, wo sie aufrichtig war, einen von sich losriss. Aber wo war Liebe einmal wirklich aufrichtig, nämlich *Hingabe*? Bestand Liebe heute nicht schon fast per Definition aus bloßer ,Partnerschaft', in der Hingabe immer weniger vorgesehen war, weil sie ja die ,Freiheit', in Wirklichkeit aber den *Selbstbezug* einschränkte? Wollte man nicht auch in der ,Liebe' so herrlich grundlegend ,man selbst' bleiben – und diente der Andere nicht vorwiegend nur dem Ziel, nicht mehr allein zu sein? Wo gab es denn heute noch so etwas wie Hingabe? War das nicht von vornherein ,krankhaft'? Sogenannte ,Selbstaufgabe'?

Gab dieses Mädchen sich selbst auf, wenn es ein Ackerstiefmütterchen liebte? Sämtliche Begriffe der ,normalen' Welt begannen, ihm auf einmal höchst zweifelhaft zu werden. War nicht wahre Liebe *immer* Selbstaufgabe? Aber was verlor man dadurch denn? Verlor man nicht nur den Selbst-*Bezug*, gewann also etwas Unendliches? Hatte er nicht dies unmittelbar gesehen? Dass in diesem Mädchen etwas Unendliches lebte – und *nur* in ihr?

O ja, sie war seine Retterin gewesen, weil sie ihm erstens eine unsagbare *Schönheit* geschenkt hatte und dies weiterhin in jedem Moment tat, den sie ihm gewährte, vor allem aber, weil sie ihn, ohne es überhaupt zu wissen, das Geheimnis der *Hingabe* gelehrt hatte. Denn seine Seele hatte sich ihr hingegeben, seitdem sie sie ergriffen hatte... Und so war es: Ihr Wesen hatte das seine sanft ergriffen ... mit den ebenso sanften Worten: ,Jetzt kannst du nicht mehr so bleiben, wie du warst.' Und hinzufügend: ,Denn ich habe dich berührt, und ich lasse dich nicht mehr los...'

Es war das Geheimnis der Berührung... Eine Seele, die berührt wurde, *musste* sich hingeben, denn die Berührung würde nur *Bestand* haben, wenn die Hingabe ihr antwortete. Die Berührung war das Wunder. Und die Hingabe war der Wille, dieses Wunder zu bejahen. Und das hieß: sich heilen zu *lassen*.

Dunkel erinnerte er sich an die Bibel, das Evangelium. Mussten die Leute dort, die Kranken, sich nicht auch heilen lassen *wollen*, damit dieser Jesus sie heilen konnte – oder es zumindest tat? Und hieß es da nicht ‚Glaube'? Gab es da nicht immer wieder diesen Satz ‚Dein Glaube hat dir geholfen'? Nun – dann glaubte *er* an dieses Mädchen. Und sprach gleichsam die Worte: Bitte heile mich... Denn mein Wesen gibt sich dem deinen hin. Ich *will*, dass du mich veränderst...

Und so war die Liebe die Heilerin, denn die eigene Hingabe nahm das Mädchen in sich auf. Aber die eigentliche Heilerin war das Mädchen selbst... Die Liebe war nur die Tür, durch die das Mädchen in die eigene Seele eintrat...

„Sie machen das noch immer nur wegen mir, stimmt's?"

Sie hatten die dritte Buslinie bis zum Ende genommen. Hier gab es einen Wald, durch den man lange gehen konnte.

„Wie meinst du – –", fragte er zögernd.
„Na ja ... dass Sie ohne mich nie irgendwie hierher oder dorthin gefahren wären, wo wir schon waren...?"
Ihre Worte beschämten ihn wieder.
„Nein", sagte er dennoch hilflos. „Wenn du nicht da wärst, würde ich es vielleicht schon deshalb tun, um mich an dich zu *erinnern*... Ich meine, so stark wie möglich. Als könnte es fast die Wirklichkeit sein..."
Sie schwieg etwas befangen. Dann aber sagte sie:
„Aber dann tun Sie es *doch* nur wegen mir."
„Aber es ist nicht zu trennen, Fine. Du möchtest wissen, ob ich die Natur auch selbst irgendwie liebe, inzwischen. Ja, das tue ich. Und weißt du, warum? Weil alles mit dir verbunden ist. Es ist nicht zu trennen. Ich habe längst begonnen, die Natur zu lieben. Aber ich liebe sie *durch* dich, und ich liebe dich auch in ihr..."
„Und wann können Sie es ohne mich?"

„Wird es dir schwer?", fragte er bestürzt.
„Nein, ich meine – wann können Sie die Natur ohne mich lieben, einfach direkt...?"
„Ich weiß nicht ... ob ich es jemals können werde, aber ich glaube auch nicht, dass es eine Rolle spielt. Warum sollte es das? Wenn ich die Natur liebe, ist es doch egal, *warum*..."
„Na ja, Sie würden Sie *mehr* lieben, wenn Sie sie selbst lieben würden. Eben direkt."
Ich weiß, was du meinst. Aber vielleicht liebe ich sie gerade deshalb für immer *mehr*, weil sie mit dir verbunden ist. Du hast deine Art, sie zu lieben, ich habe meine..."
Sie lächelte.
„Ja, vielleicht..."
Er war tief berührt, wie sie auch dies wieder unmittelbar hinnahm. Weil sie es irgendwie *verstand*.

„Trotzdem", begann sie nach einiger Zeit wieder, „wollen Sie mit *mir* in die Natur und nicht ohne mich..."

Kündigte sich hier vielleicht doch bereits ihre zarte Frage an, wann er sie wieder ‚freigeben' könnte?

„Wenn es...", erwiderte er leise, „dir zu viel wird, Fine ... sag es mir einfach..."

Sie sah ihn an.

„Nein... Das meinte ich nicht..."

„Was meintest du dann?", fragte er vorsichtig, um sicherzugehen, dass sie sich nicht verpflichtet fühlte, ihn zu beruhigen.

„Ich weiß nicht... Wahrscheinlich wünsche ich mir einfach, dass Sie die Natur auch so lieben könnten."

„Oder ... vielleicht wünschst du dir auch, einmal wieder alleine sein zu können...?"

Sie sah ihn überrascht an.

„Ich weiß...", sagte er zögernd, „dass ich dein Leben irgendwie ‚besetze', Fine... Vielleicht *merkst* du es ja zunächst kaum, dass du wieder alleine sein willst ... weil du so ein gutes Herz hast. Vielleicht merkst du es überhaupt nicht..."

Sie dachte schweigend darüber nach.

„Sie sind wirklich ein guter Mensch...", murmelte sie.

Ihre Worte ließen unerwartete Schmerzen in ihm aufsteigen.

„Und ... ist es so?", fragte er leise.

„Ich glaube nicht...", sagte sie ausweichend – oder *klang* es ihm nur wie ein Ausweichen?

Er blieb stehen, und sie sah ihn jetzt erst recht überrascht an.

„Fine, sag ehrlich – *belasten* dich diese Sonntage irgendwie? Würdest du lieber wieder *alleine* durch die Natur gehen? Deine geliebte Natur? Allein mit ihr sein?"

Sie wirkte fast wie in die Enge getrieben, aber er konnte sie jetzt nicht ‚loslassen'.

Aber sie ging von sich aus weiter, und hilflos musste er ihr folgen...

Sie hatte nur von ihrem Recht auf Gleichgewichtigkeit Gebrauch gemacht, sanft wie immer...

„Fine, sag doch...!"

„Wenn ich alleine durch die Natur gehen will, kann ich das ja am Samstag tun."

Für ihn verdichteten sich die Anzeichen, dass er ihr eine Belastung war.

„Nein, du kannst es an jedem Tag tun, den du willst. Du hast ein Recht darauf, deinen Sonntag nicht an mich *abtreten* zu müssen!"
„Das tue ich aber gerne..."
„Ja, ich weiß! Du tust *alles* immer gerne! Aber es kann sein, dass du dabei dich selbst verlierst. Deine eigene Harmonie. Dass du ... deinen geliebten Sonntag und dein Alleinsein mit der Natur verlierst, nur um es auch mir recht zu machen. Und nicht merkst, wie du leise immer mehr aus deinem eigenen Gleichgewicht gerätst. Bis du merkst, dass es ein Fehler war..."

„Warum *sagen* Sie so was...?", fragte sie nach kurzem Zögern.
„Weil die Gefahr doch besteht, Fine! Das weißt du doch selber. Du tust alles für andere, und dann nimmt dir jemand sogar noch deinen Rückzugsort, indem er sich sogar da noch hineindrängt..."
Sie schwieg eine Weile unbehaglich. Dann sagte sie:
„*Jetzt* fühle ich mich unwohl..."
Er war todunglücklich. Am liebsten hätte er sich entschuldigt. Aber wenn er sagte, es täte ihm leid, und doch wäre es die Wahrheit?
„Wieso?", fragte er hilflos beschämt.
„Weil Sie das alles gesagt haben", erwiderte sie schlicht.
Betroffen schwieg er.

Als er nichts sagte, sagte sie schließlich:
„Ich habe nie *gesagt*, dass es eine Belastung wäre, oder...?"
„Nein, das nicht..."
„Was heißt ‚das nicht'? Okay, Sie glauben, ich hätte es auch nie gesagt..."
Er schwieg hilflos.
„Vielleicht haben Sie Recht, vielleicht auch nicht, aber bisher *war* es keine Belastung...!"
Seine Scham vergrößerte sich.
„Sie glauben auch, ich hätte es nicht bemerkt... Vielleicht haben Sie Recht. Aber *Sie* hätten doch was bemerkt! *Haben* Sie etwas bemerkt?"
Ihre Worte erschütterten ihn völlig...

„Ich weiß nicht...", stammelte er. „Ich ... habe nur bemerkt, dass ich mich in dein Leben gedrängt habe und dir deinen Sonntag weggenommen..."
„Ach so, *das* haben Sie bemerkt...?"
„Ja...", erwiderte er zerknirscht.

„Aber haben Sie auch bemerkt, dass ich mich jetzt *schuldig* fühlen muss, weil ich nicht einmal weiß, ob ich genug auf *mich* geachtet habe – und ob ich vielleicht allein sein will – –"
Die Scham überflutete ihn völlig.
„...und ob Sie vielleicht eine Belastung sind und ob dies und ob das ... und dass ich jetzt *gar nicht* mehr weiß, was ich denken soll? Haben Sie *das auch* bemerkt?"

„Es tut mir leid...", stammelte er.
„Gar nichts tut Ihnen leid!", rief sie urplötzlich, und betroffen blickte er in ein verzweifeltes Gesicht. „Weil Sie es ja gar nicht *verstehen!* Sie verstehen *gar* nichts!"
Damit wandte sie sich weinend um und lief zurück.
Er war unfähig zu irgendeiner Bewegung und sah nur in hilfloser Verzweiflung, wie sie davonrannte, hörte ihr Weinen und begriff nur so viel, dass sie ihn nicht mehr ertrug...
Eine Welt brach zusammen, und er hatte sie selbst zerstört... Alles schien wie in eine schwarze Nacht zu versinken.
Und sehr bald war sie hinter der Wegbiegung verschwunden, während eine namenlose Hilflosigkeit in ihm aufstieg...

Die Lähmung war so groß, dass er weder wirkliche Gedanken noch wirkliche Gefühle haben zu können schien, obwohl alles in seinem Inneren durcheinanderwirbelte. Doch fast nur wie mechanisch und mit bleiernen Gliedern machte auch er kehrt, versuchte, ihr irgendwie zu folgen, sie vielleicht noch irgendwo zu finden, während die Natur selbst ihm nichts mehr bedeutete, keinen einzigen Schritt hätte er weiter *in* den Wald hineinsetzen mögen, die entgegengesetzte Richtung zu der, die *sie* gewählt hatte.

Als er verzweifelt gewahr wurde, dass sich schon bald der Beginn des Waldes wieder näherte, nahm seine Verzweiflung zu. Aber wenn sie an der Bushaltestelle saß... Bei diesen Gedanken hörte fast nur seine Seele den *Hauch* eines Geräusches, das ein Nichts gewesen zu sein schien, aber er erblickte einen Seitenweg, und eine heilige Bestürzung bemächtigte sich seiner, und er bog ebenfalls in diesen ein.

Er brauchte nicht lange zu laufen, als sich die bloße Ahnung von *Etwas* in die Gewissheit verdichtete, dass es ihre Stimme war, ihr Weinen, und dann hatte er sie auch schon erreicht. Sie hatte sich hinter einer großen Eiche niedergekauert und weinte dort, und ihr Anblick schnitt ihm ins Herz – aber steigerte seine Ohnmacht nur. Er war zu nichts in der Lage, nur die Scham überflutete ihn. Scham und Ohnmacht...

Als sie ihn erblickte, vielleicht drei, vier Meter entfernt auf dem Weg stehend, hörte sie zu weinen auf, vielleicht, um ihm selbst *dies* nicht mehr zu gewähren, und blickte ihn stattdessen nur mit tränennassem Gesicht an, fast *abwehrend*.

„Ich habe dich gehört...", sagte er hilflos.

„Ach ja?"

Sie musste noch einmal nachschluchzen, und es zerriss ihm abermals das Herz.

Er blieb hilflos stehen, wie ein Verurteilter.

„Und was *wollten* Sie hier?"

Er konnte nichts sagen. Aber er fühlte eine hilflose Verzweiflung aufsteigen.

„Mich etwa *trösten?*"

Er hatte sich geirrt. Die Verzweiflung waren Tränen. Sie stiegen noch immer auf, wie eine sich zusammenballende Woge...

„Oder sich etwa *wieder* in mein Leben drängen...?"

Er musste aufschluchzen.

Er hatte keine Worte, er schluchzte einfach nur, es wurde immer stärker, er sah kaum noch etwas, und noch immer wurde es stärker...

Er sah wie durch einen Schleier, wie sie zu ihm kam.

Und er stammelte nur:

„Ich – ich weiß nicht – – ich weiß nicht – – es ist alles so schrecklich – ich – dich so zu sehen, Fine! – Ich halte das nicht aus – – es ist so furchtbar – – es tut mir alles so leid – –! Ich – – o nein...! Es ist so schrecklich – –!"

Er schluchzte und wimmerte wie ein kleines Kind.

Und sie stand schon längst bei ihm, legte ihm die Hand auf die Schulter, während er ganz zusammengekrümmt dastand, am liebsten auf die Knie gesunken wäre...

„Hören Sie doch auf...", bat sie voller Mitleid, was seine Tränen nur aufrechterhielt...

„Hallo? Hören Sie doch bitte auf... Das wollte ich doch gar nicht..."

Er schluchzte hilflos.

Aber schließlich, nach viel zu langen Sekunden, gelang es ihm mit aller Kraft, seine Tränen zu stoppen. Tränen, die er seit Jahrzehnten nicht geweint hatte. Er hatte nicht mehr gewusst, dass es Tränen gab...

Sie sah ihn mit größter Sorge an. Er konnte ihren Blick nur mit hilfloser, beschämter Liebe erwidern.
„Geht es wieder?", fragte sie voller Mitleid.
Er war fast unfähig zu sprechen, er war stumm vor ... *ihr*...
„Geht es?", fragte sie noch einmal, genauso weich.
„Ich weiß nicht, was ich sagen soll...", stammelte er.
Sie lächelte.
„Sie sollen einfach sagen, ob es geht...", wiederholte sie fast zärtlich.
„Ich müsste *dich* fragen...", erwiderte er hilflos.
„Jetzt frage ich aber *Sie*..."
„Mir geht es gut...", sagte er leise.
„Mir auch..."
Er schluchzte noch einmal.
„O Gott ... Fine...", brachte er zitternd hervor.

„Was ist denn jetzt wieder?", fragte sie warm.
„Es tut mir so leid! Ich wollte das alles nicht..."
„Es ist ja wieder gut..."
„Aber du hast geweint! Du bist weggelaufen..."
„Vergessen Sie das jetzt mal..."
„Vergessen? Ich kann diesen Anblick nie vergessen. Deinen Blick... Den Moment, wo du weggelaufen bist... Wie du hier – –."
„Es tut mir leid..."
„Wieso denn *dir*, Fine? *Mir* tut es leid!"
„Sie meinten es ja nur gut...!"
„Aber du doch auch! Du doch immer noch viel mehr...!"
„Dann vergessen wir es jetzt einfach..."
„Kannst du das? Du ... du hast so geweint, Fine... Du bist weggelaufen..."

„Sie haben auch geweint..."
„Weil es mir so unendlich leidtat ... weil es so furchtbar war, dich so zu sehen..."
„Aber jetzt ist doch wieder alles gut..."
„O Gott, Fine, ich liebe dich so..."
„Das habe ich gesehen..."

„Aber ich weiß überhaupt nicht, was ich noch *darf*... Ich will wirklich nicht – – Fine – –.“
„Machen Sie sich keine Sorgen...“
„Ich liebe dich so sehr...“
„Gehen wir weiter?“
„Willst du denn noch?“
„Ich frag Sie ja...“
„Ich will nichts lieber...!“
„Dann kommen Sie.“

Er folgte ihr hilflos...

Die ganze Zeit wollte er sie fragen, warum sie dies für ihn tue. Aber sie musste ihre Gründe haben. Irgendetwas in ihr musste es gern machen. Aber wie lange noch? Und wann würde sie einen Freund finden – oder einem Jungen erwidern, der sie *ebenfalls* fragen würde...?

„Sind Sie noch traurig?“
Ihre weiche Stimme riss ihn aus seinen Gedanken.
„Nein... Jeden Moment mit dir bin ich glücklich...“
„Sie sehen aber nicht so aus.“
„Ich dachte daran, wie ich das Glück mit dir jederzeit verlieren kann...“
„Es war mein Fehler... Sie sollten es doch vergessen...“
„Das meine ich gar nicht, Fine! Ich dachte daran, dass du sehr bald einen Freund haben wirst... Dann wird das hier auch alles vorbei sein...“
„Das habe ich aber noch gar nicht vor...“
„Aber vielleicht fragt dich ein Junge, so wie ich...“
„Vielleicht interessiert er mich gar nicht.“
„Danach *gehst* du doch gar nicht, Fine. Wenn er dich bittet, wird er dein Herz schon halb gewonnen haben...“

„Also Sie wollen, dass ich keinen Freund habe?“
„Nein, Fine, das ist furchtbar ... das kann ich nicht wollen! Aber ich weiß, dass es dann vorbei sein wird ... für mich...“
„Aber das muss es doch gar nicht.“
„Aber es wird etwas völlig anderes sein – wenn überhaupt.“
„Also Sie wünschen sich schon, dass ich keinen Freund habe?“
„Meine Sehnsucht ist, dass es noch nicht so schnell geht...“
„Tut es doch auch nicht!“
„Aber schon morgen könnte dich ein Junge fragen...“

Sie lachte nicht. Auch sie spürte, dass es viel zu ernst war. Sie sah ihn von der Seite an.

„Wieviel Zeit *wünscht* sich denn ihre Sehnsucht?"

„Meine Sehnsucht wünscht sich das Unmögliche, Fine..."

Sie verstummte.

Dann sagte sie leise:

„Ich wusste ja, dass Sie nicht glücklich sein können..."

„Du hast Recht... Ich bin völlig wahnsinnig... Ich *kann* eigentlich nur jeden Moment mit dir genießen, weil ich etwas anderes einfach nicht habe ... und nie haben werde..."

„Sie wollen es für *immer* haben..."

„Ich liebe dich, Fine... Ich würde es *natürlich* für immer haben wollen. Nie wieder wird mir jemand anders das bedeuten, was du mir bedeutest. Und ich werde mich immer an diese Momente erinnern, wo du für mich und mit mir durch die Natur gegangen bist... An ein Mädchen, das mir einzigartige Tage seines Lebens schenkte. Einer kostbarer als der andere. So kostbar wie das ganze Mädchen..."

„Und Sie werden *unglücklich* sein..."

„Nein, ich werde glücklich sein, es *gehabt* zu haben. Jeden dieser Momente..."

„In denen Sie aber schon daran gedacht haben, wann sie vorbei sein könnten."

„Vielleicht, weil diese Stunde überhaupt so tränenreich war, Fine..."

„Dann lassen Sie uns doch die *nächste* Stunde beginnen."

„Okay..."

„Geht es Ihnen dann jetzt besser?", fragte sie und äugte besorgt zu ihm hoch.

Er lächelte zögernd.

„Ja..."

Sie lächelte auch.

„Okay..."

Bald darauf blieb sie am Wegrand vor einer Reihe gelblicher Blumen stehen.

Sie sah ihn an.

„Ob wir herausfinden können, wie diese *heißen*?"

Er liebte sie so unbändig... Jedes einzelne Wort von ihr, welche sie wählte, ja wie sie sie betonte...!

„Ganz sicher...“
Sie lächelte ihn an und setzte den Rucksack ab, um das Buch herauszuholen.

Ein schmerzlich-süßes Ziehen in seiner Brust nahm nicht ab. Er war sich sicher, dass sie nur stehengeblieben war, um ihn von seinen Sorgen abzulenken. Um ihre *jetzige* Gegenwart wieder zart in den Vordergrund zu drängen... Ihren künftigen Verlust mit ihrer *jetzigen Nähe* auszugleichen. Seine Seele konnte die Liebe nicht fassen, die sie empfand, weil sie die *Schönheit* nicht fassen konnte, die auf sie einströmte...

Sie hatten sich beide vor einer der Blumen niedergelassen. Sie hatte angefangen, zu blättern, aber als er sich neben ihr hingehockt hatte, hatte sie ihm das Buch übergeben.
Wortlos lächelnd. Als würden ihre Augen sagen: ‚Wollen Sie es für uns herausfinden?‘ Für *uns*... Ihre Augen konnten sprechen.
Er wiederum konnte kaum sprechen. Sie war so lieb... Und ihre *Nähe* ... war so beseligend, mehr noch, zart betörend...
Er blätterte regelrecht befangen, konnte sich kaum konzentrieren, verglich dann doch sorgfältig die Bilder... Sie schaute noch immer mit größter Aufmerksamkeit mit hinein; alles, was sie tat, *leuchtete*, war so voller Intensität, gerade durch seine Zartheit. Er fühlte sich so unwürdig, wie ein plumper Kloß...

Als er die Pflanze entdeckte, sah er, dass es ihr genauso ging. Dennoch sagte er:
„Hier, das ist sie. Schöllkraut...“
„Ja!“, freute sie sich und kostete langsam den Namen. „Schöllkraut...“
Selbst jetzt hörte man ihre Liebe zu der Pflanze... Wie wenn man jemanden noch einmal kennenlernte und ihn noch einmal anblickte, *noch* lieber als zuvor schon...
Es berührte ihn unsäglich.
Fast verlegen sah sie ihn an, so als frage sie vorsichtig, ob sie wieder aufstehen wollten...

Als sie weitergingen, war er sehr still.
„Sind Sie...“, fragte sie schließlich zögernd, „immer noch traurig?“
„Nein...“
„Aber Sie sagen gar nichts... Und sind richtig still...“

„Für manches gibt es keine Worte. Das ist dann vielleicht das Wichtigste überhaupt..."

Sie sah ihn zweifelnd an. Oder besorgt. Oder verwundert...

„Ich kann...", murmelte er hilflos, „nicht beschreiben, wie *schön* du bist, Fine... Außerdem würdest du es gar nicht wollen... Aber es *nimmt* mir auch alle Worte... Es ist ... nein, ich habe kein Wort. Schönheit, die in einen einzieht, während man hilflos ist. Nur beschenkt... Hilflos beschenkt..."

„Wovon...", murmelte sie verlegen.

„Von einem Wunder an Schönheit ... von etwas Unbeschreiblichem. Die einen bis ins Innerste berührt..."

„Sie müssen damit aufhören!"

„Ja... Mach ich, Fine. Es tut mir leid."

„Erzählen Sie lieber noch was über *sich*..."

„Was denn aber..."

„Was Sie sonst so machen zum Beispiel..."

„Das weiß ich selbst nicht so genau."

„Wieso? Sie haben doch auch ein Leben."

„Es kommt mir so vor, als beginne es jetzt erst."

„Das stimmt doch gar nicht!"

„Du hast keine Ahnung, Fine..."

„Dann erzählen Sie doch mal."

„Fine wirklich – es lohnt sich nicht! Ich will es nicht..."

Sie begriff, dass er es ernst meinte.

„Okay...", sagte sie leise.

Sie gingen eine Weile schweigend. Das Schöllkraut tauchte immer mal wieder auf. Er spürte, dass das Schweigen auch auf *ihr* lastete.

„Ich wohnte in einer anderen Kleinstadt...", begann er zögernd.

Sie hörte zu. Aber er wusste, dass es ihr nichts bedeuten konnte. Vielleicht bedeutete es ihr ein bisschen, dass er sich zumindest offenbarte – obwohl es ihm so schwerfiel...

„In einem Haus direkt neben meinen Eltern. Die Mietwohnung gehörte ihnen ebenfalls. Na ja ... ich hab versucht, mich abzugrenzen. Aber sie haben sich trotzdem immer wieder in alles eingemischt. Warum ich die Fenster nicht geputzt habe... Ob ich die Haare aus der Dusche hole. Wann ich wieder eine Freundin habe... Und so weiter und so fort.

Ich war so froh, als ich endlich hier einen Job gefunden hatte! Ich hab es meinen Eltern erst gesagt, als ich hier auch eine Wohnung hatte. Sie fielen aus allen Wolken. Aber ich konnte es nicht ändern. Du verstehst das vielleicht nicht. Aber man *kann* meine Eltern nicht mehr ändern!
Na ja, du wolltest ja etwas von *mir* erfahren. Aber was habe ich sonst so gemacht? Ich habe viel über Computersachen gelesen. Saß selbst ständig vor dem Computer. Auch lauter anderes Zeug. Ich kam immer vom hundertsten ins tausendste. Dann bin ich auch viel mit Kollegen weggegangen, aus meinem früheren Job. Weil ich ja sonst nichts hatte. Obwohl auch das immer dasselbe war. Was haben wir dann gemacht? Ein paar Bier getrunken, bisschen gequatscht. Oder Dart gespielt. Oder Billard. So was eben. Mein Leben war *belanglos*, Fine... Ich schäme mich, das zu sagen. Ich schäme mich so unglaublich..."

„Und wenn Sie eine Freundin hatten?"
„Oh – dann war ich immerhin viel glücklicher. Jedenfalls solange ich das Gefühl hatte, sie mag mich auch. Da habe ich mich viel danach gerichtet, was *sie* wollten. Mal ins Kino gehen und so."
„Und was noch?"
„Filme zu Hause gucken. Oder mal essen gehen. Oder mit Freunden treffen. Ihren Freunden. Im Sommer an einen See fahren. Mal Grillen. Essen gehen. Oder sich was nach Hause bestellen. Oder auch mal selber kochen."
„Also eigentlich haben Sie meistens Filme geguckt und gegessen?"
Er schwieg eine Weile betroffen. Was Erwachsene sonst noch machen, hatte er natürlich herausgelassen. Aber im Grunde hatte sie Recht...

„Fine, ich sage ja ... ich hätte lieber *nicht* davon gesprochen..."
„Und Ihre Freundinnen wollten auch nichts anderes?"
„Nein. Sie hatten ja die freie Wahl. Eine wollte gerne tanzen. Aber das wollte *ich* nicht."
„Warum nicht?"
„Vielleicht auch so ein Männer-Ding. Viele Männer tanzen nicht gern."
„Und ... wollten Sie nie Kinder haben?"
„Nein."
„Und Ihre Freundinnen?"
„Eine ja. Die anderen glaube ich auch nicht."
„Sie glauben?"
„Nein, eigentlich weiß ich es."
„Aber nicht genau?"

„Doch, ich meine, Sie hätten es ja gesagt, wenn es so wäre. Wir haben allerdings auch nie darüber geredet."

„Und warum wollten *Sie* keine Kinder?"
„Na ja ... wenn ich Kinder bei anderen sah, sah ich meist, dass es anstrengend war – oder hörte es. Was man dann alles machen muss. Und die meisten Kinder von anderen, die ich sah, begeisterten mich nun auch ganz und gar nicht. Ich wollte einfach nicht. Und wäre sicher auch kein guter Vater gewesen, davon abgesehen."
„Warum nicht?"
„Na ja, ich hab dir ja gesagt, wie mein Leben aussah..."
„Vielleicht hätten Sie sich ja geändert..."
„Wegen des Kindes?"
„Ja, vielleicht hätten Sie es ja liebgehabt ... und alles wäre anders geworden."
„Und wenn nicht? Es wäre wie ein doppeltes Glücksspiel gewesen – für das Kind und für mich. Wenn ich es *nicht* gemocht hätte, hätten wir beide großes Pech gehabt..."

„Ich dachte, Eltern mögen ihr Kind fast immer."
„Ja, wenn sie Kinder *wollen*. Aber in der Regel auch nur dann – und auch dann nicht immer."
„Aber wenn Sie mit Ihrem Leben ohnehin nicht zufrieden waren? Vielleicht hätten Sie ein Kind *haben* sollen. Oder zwei..."
„Zwei? O je..."
„Es ist ja noch immer nicht zu spät..."
„Fine, ich will keine Kinder!"
„Und wie wollen Sie *dann* weiterleben?"
Er verstummte.
Dann sagte er leise:
„Daran denke ich nicht... Erst einmal möchte ich ... wenigstens noch ein *paar* Wochen ... sonntags mit dir verbringen..."

„Das können Sie ja immer noch."
„Du verstehst das nicht, Fine... Du bist für mich keine ‚Nebensache'. Im Moment änderst du mein ganzes Leben. Du *erfüllst* es regelrecht. Daneben hat nichts Platz und soll es auch nicht..."
„Aber wir treffen uns nur sonntags! Was machen Sie die ganze übrige Zeit? Außer zu arbeiten?"
„Ich denke an dich..."

„Aber das ist doch verrückt!"

„Nein. Weil es mich verändert. Meine *Liebe* zu dir verändert mich...‟

„Wie denn?"

„Ich kann es nicht genau erklären ... aber ich *weiß* es."

„Können Sie ein Beispiel sagen?"

„Ich beginne, die Natur zu lieben."

„Das tun Sie, weil wir sonntags hier sind. Und was verändert Sie die restlichen Tage? Indem Sie an mich *denken*...?"

„Das hört dann ja nicht auf, Fine... Ich erinnere mich an *Momente* mit dir, Momente *von* dir ... und es verändert mich fortwährend!"

„Aber indem Sie an *mich* denken, lieben Sie die Natur mehr? Wie geht denn das?"

„Weil du mich berührst... Weil mich alles berührt, was du tust, wie du bist... Es berührt mich und es verändert mich. Es macht etwas in mir drin, in meiner Seele... Sie möchte so ähnlich werden wie du ... und sie *wird* es. Wenn ich an dich denke, ist es nicht nur Denken. Du berührst mich ... und es ist dann, wie wenn du in mir drin bist – dein *Wesen* ... und wie wenn *du selbst* mich veränderst... Weil ich es zulasse. Weil ich es möchte. Mich verändern lassen *möchte*, von *dir*... Und das tust du. Die ganze Woche..."

Sie schwieg beeindruckt.

„Also ich bin in Ihnen drin? So erleben Sie das?"

„Ja."

„Dann bin ich ja immer bei Ihnen..."

„Aber ... es ist nicht dasselbe wie *jetzt*...", brachte er hervor.

„Aber so ähnlich?"

„Die Wirklichkeit mit dir...", erwiderte er leise, „ist so unglaublich unersetzbar... Aber sie kann nur solange dauern, wie du es magst... Danach werde ich nur noch die Erinnerung haben... Aber es ist nicht dasselbe... Überhaupt nicht. Und der Grund ist, weil ich dich liebe..."

„Was wäre eigentlich, wenn ich älter wäre und Ihre Freundin, und wenn ich Kinder wollen würde?"

„Mit dir würde ich sofort Kinder haben wollen, Fine."

„Wieso?!"

„Weil ich", gestand er leise, „noch nie jemanden so geliebt habe... Ich sagte ja, mit dir ist alles anders..."

„Aber wenn Sie Kinder doch nicht mögen..."

„Selbst das würde ich durch dich lernen. Auch das würdest du verändern. Wenn es *unsere* Kinder wären, wäre alles ganz anders..."
Sie schwieg befangen.
Schließlich sagte sie:
„Es wird bestimmt jemanden geben, den Sie dann auch so lieben werden..."

Er spürte, dass sie auch ihn trösten wollte.
Dennoch sagte er leise:
„Ich möchte es gar nicht..."
„Warum denn nicht?"
„Die große Liebe ist unersetzbar. Sie hat keine Nachfolgerinnen..."
„Aber ich *kann* nicht Ihre große Liebe sein."
„Warum nicht?"
„Weil ich dreizehn bin!"
„Ja, ich weiß, Fine..."
„Nein, ich meine, es geht generell nicht. Mit dreizehn kann man nicht die große Liebe von jemandem sein."
„Und wieso nicht?"
„Weil das nicht geht. Das kann nur jemand Erwachsenes sein."
„Und warum?"
„Das ist so. Und Sie *brauchen* auch jemanden."

„Ich verstehe, dass du das denkst..."
„Das ist ja auch so. Sie brauchen wirklich jemanden."
„Ich werde *dich* in der Erinnerung haben."
„Sie haben selbst gesagt, dass das nicht dasselbe ist."
„*Niemand* ist dasselbe wie du. Die Erinnerung an dich ist noch am ehesten dasselbe – auch wenn sie es nicht ist."
„Sie brauchen *jemanden anderes*..."
„Ja, damit du beruhigt bist. Aber ich kann nicht so tun, als würde ich dich nicht lieben – oder hätte dich nicht geliebt und würde dich nicht immer *noch* lieben... Ich kann nicht so tun, als würde ich plötzlich jemand anderen lieben, wenn *du* in meinem Herzen bist."
„Dann muss ich da eben raus!"

„Du hat schon so viel verändert, Fine ... du wirst nie aus diesem Herzen verschwinden. Und auch nicht an die zweite Stelle rücken. Niemand wird je so sein wie du..."
„Aber anders."

„Ich möchte nicht mit dir streiten, Fine. Dafür liebe ich dich viel zu sehr. Vielleicht wird es *irgendwann* wieder einen anderen Menschen da drin geben, in diesem Herzen. Jetzt füllst *du* diesen Platz ganz aus, und ich habe das Gefühl, mein Herz ist überhaupt nicht groß genug für das, was es da ausfüllt. Ich habe so unglaublich viel zu tun, das überhaupt zu fassen, was da die ganze Zeit dieses Herz ausfüllt – und niemand anders wird das jemals wieder schaffen. Weil auch niemand so *ist* – und nicht einmal in die Nähe kommt...“

„Aber das kann ich nicht zulassen – dass da später vielleicht niemand anders sein wird.“
„Das kannst du aber nicht ändern...“
„Vielleicht ja doch.“
„Und wie?“
„Indem Sie es mir versprechen müssen...“
„Wie – –“
„Dass Sie versprechen, dass Sie später jemand anders lieben werden.“
„Aber das kann ich nicht versprechen!“
„Dass Sie es jedenfalls versuchen.“
„Es käme mir wie ein Verrat an dir vor...“
„Ist es aber nicht.“
„Doch, ist es.“

„Sie wollten mit mir doch nicht streiten.“
„Aber es ist die Wahrheit.“
„Nein. Ich kann ja einen besonderen Platz in ihrem Herzen haben. Trotzdem muss es noch *lieben* können.“
„Aber das will es gar nicht.“
„Aber *ich* will es.“
Er verstummte.
„Wenn Sie mich *wirklich* lieben, müssen Sie tun, was *ich* will... In diesem Fall...“
„Fine...“
„Doch. Ich treffe mich mit Ihnen nur noch, wenn Sie mir *das* versprechen...“
Er wurde völlig hilflos...
„Ich *kann* einen besonderen Platz in Ihrem Herzen haben, aber Sie können auch danach noch lieben, und zwar sehr – und das alles, weil Sie es *mir versprochen* haben. Das müssen Sie machen!“
„Aber wie soll ich das tun, Fine! Das kann ich nicht...“

„Doch, das können Sie! Sonst kann ich mich mit Ihnen auch nicht mehr treffen..."

„Aber du kannst das sehr wohl... Ich kann es *wirklich* nicht..."

„Sie können das auch. Und woher wollen Sie wissen, was ich kann? Denken Sie, ich *kann* mich mit Ihnen weiter treffen, wenn ich weiß, dass Sie danach niemanden mehr lieben könnten? Das mache ich nicht ... weil ich es nicht *kann*... Ich kann es genauso wenig wie Sie. *Oder* aber wir können es beide..."

„Meinst du das wirklich ernst, Fine?"

„Ja, natürlich."

„Aber du *könntest –* "

„Nein! Sie könnten auch! Sie können genauso wie ich. Wenn Sie mich wirklich *lieben* würden, könnten Sie es! Weil Sie es müssten! Und weil Sie mich lieben – und es mir versprechen *sollen*. Ich verlange *nur* das und *sonst* nichts..."

„Okay...", stammelte er, völlig geschlagen. „Ja, ich liebe dich, Fine... Du verlangst wirklich etwas sehr Großes. Und verstehst es wahrscheinlich nicht einmal. Aber ich verstehe dich natürlich auch. Und ich liebe dich wirklich... Und ich verstehe deine Bitte. Deswegen versuche ich das Unmögliche. Und ich *verspreche* es dir... Für mich ist das im Moment der größte Schmerz. Die Aufgabe, dich irgendwann in gewisser Weise ein Stückweit verdrängen zu sollen ... damit irgendjemand anders Platz haben wird... Das tut so unglaublich weh... Aber du möchtest das... Und, ja, ich liebe dich..."

„Also Sie versprechen es?", sagte sie leise.

„Ja... Ja, tue ich, Fine... Ich verspreche es..."

„Danke...", erwiderte sie leise.

Als nun ein Schweigen eintrat, durchbrach sie es wiederum mit den Worten:

„Das ist wirklich das Einzige, was ich – "

„Du brauchst dich nicht zu entschuldigen, Fine! Ich verstehe dich so gut... Und es berührt mich so sehr, dass du dich jetzt auch noch dafür entschuldigen willst..."

„Mich berührt es ja auch ... dass Sie mich so lieben..."

„Ich bin so unendlich dankbar, dass ich es überhaupt *darf*..."

Sie schwieg, in Ermangelung einer geeigneten Antwort darauf.

Eine Weile gingen sie so still durch den friedlichen Wald. Für den Mai war es bereits sehr warm, fast sommerlich.

„Fine?"

„Ja?"

„Wenn wir so schweigen ... kommt es dir dann nicht blöd vor?"

„Wieso?"

„Ich weiß nicht ... wie ein Druck ... oder dass du lieber doch alleine gehen würdest? Nicht weißt, was du mit mir *sollst*...?"

„Ich denke eher, was Sie mit *mir* sollen ... oder wollen. Was ich machen soll ... oder so..."

Ihre zarte Schönheit, die jeden so beschenkte ... warum verstand sie es einfach nicht?

„Du musst gar nichts, Fine! Ich ... bin schon glücklich, wenn ich dich nur *begleiten* darf, wie ein Gast auf deinen Ausflügen. Der *dabei* sein darf, unauffällig, ohne dass sich für dich etwas ändert. Ohne dass sich dein Glück ändert, das du hättest, wenn du allein wärst. Ich bin schon glücklich, wenn du *da* bist ... und ich hoffe nur, dass du glücklich bist, *obwohl* ich da bin ... verstehst du?"

„Na ja...", sagte sie abwehrend. „Das wäre ja etwas unhöflich..."

„Aber darum geht es doch letztendlich... Ich will keine Belastung für dich sein. Ich will, dass du dich genauso glücklich fühlst, wie wenn ich nicht da wäre..."

„Es ist einfach anders."

Betroffen schwieg er einen Moment.

„Also", fragte er dann leise, „nie so schön, wie wenn du allein wärst?"

Sie sah ihn überrascht an.

„Nein – ich meinte: anders. Es ist anders als das..."

Verlegen schwieg er.

„Machen Sie sich keine Sorgen. Vielleicht muss ich mich nur daran gewöhnen, dass ich ‚nichts muss'; dass Sie es tatsächlich schön finden, auch wenn wir einfach nur so gehen zum Beispiel..."

„Wenn es *dir* gut geht, bin ich glücklich... Ich will nur nicht *stören*..."

„Sie stören nicht! Wie kommen Sie nur immer darauf?"

„Weil du ohne mich *alleine* hier gegangen wärst – und dann in jedem *Fall* glücklich gewesen wärst..."

„Ich sagte ja: Es ist *anders*. Das heißt nicht, dass es jetzt weniger schön für mich ist. Jetzt ist es auch schön."

„Okay...", sagte er leise, erleichtert. Sehr erleichtert.

Als sie wieder eine Weile geschwiegen hatten, fragte sie:
„Darf ich mal was fragen?"
„Ja?"
„Also ... wenn Sie wieder eine Freundin *hätten* ... wie müsste sie sein,
damit ... Sie sich verlieben und so weiter...?"
„Wieso fragst du das?", brachte er hervor.
„Weil Sie es ja versprochen haben... Und weil es mich auch interessiert."
„Und...", erwiderte er ziemlich hilflos, „wenn ich nur sagen könnte: so
wie du...?"
„Aber sie wird ja erwachsen sein. Sie *kann* nicht wie ich sein."

Er verstummte einen Moment lang. Dann sagte er:
„Das gibt es sowieso nicht... Nicht noch einmal... So etwas Unschuldiges ... so *Reines*... Niemand ist so wie du, Fine. Alle anderen denken
mehr an sich, viel, viel mehr. Du bist wie ... eine Art reines Licht. Und
alle anderen brennen für sich *selber*. Und ... und dass einen das aber
berührt ... so jemand wie du ... und *genau du* ... das ist heute sozusagen
ja schon verboten. Dass eine *Frau* vielleicht ein bisschen so ist ... danach darf man sich ja gar nicht mehr sehnen ... weil man dann ja schon
‚sexistisch' wäre, die Frau unterdrücken wollen würde und so weiter.
Trotzdem kann ich mir nur so eine Freundin wünschen wie dich..."

„Was genau *heißt* eigentlich ‚sexistisch'? Dass der Mann nicht so ist
wie die Frau – also sie anders haben will, aber er will *nicht* so sein?"
„Ja, ungefähr sowas..."
„Aber Sie haben ja gesagt, Sie wollen auch so sein wie ich."
„Ja ... aber andererseits *kann* man gar nicht genauso unschuldig werden, wenn man bereits anders geworden ist. Und außerdem ... wollte
ich auch nicht *ganz* so werden, weil meine Liebe gerade aus der Tatsache entspringt, dass ich den Unterschied so stark erlebe. Du bist so anders als alle anderen, also auch als ich, und ich liebe dich deshalb."
„Also wenn Sie so wären wie ich würden Sie mich nicht lieben?"
„Dann würde ich mich ja fast selbst lieben... Ich denke, man liebt immer das Andere..."
„Sind Sie sicher...?"
„Ziemlich sicher eigentlich..."

„Aber es verlieben sich doch lauter Leute, die nicht anders sind ... wenn
es sogar ‚verboten' ist...?"

„Ja, schon ... ich meine, Frauen und Männer sind ja schon generell anders, allein schon körperlich. Das reicht ja als Anziehung erst einmal schon...“

„Und Sie meinen, es müssten noch andere Unterschiede hinzukommen?“

„Ja, natürlich, man verliebt sich doch nicht in sich selbst.“

„Aber es *ist* ja auch jeder anders.“

„Gut, aber ... ich liebe das Unschuldige, und ich bin nicht wirklich unschuldig.“

„Aber vielleicht würde das Unschuldige *Sie* nur lieben, wenn Sie es wären...“

Er schwieg betroffen. War dies vielleicht sogar eine zarte Selbstoffenbarung von ihr?

„Glaubst du wirklich?“, brachte er hervor.

„Es ist jedenfalls wahrscheinlicher als das andere...“

„Aber ... vielleicht wünscht sich das Unschuldige auch ab und zu das Andere. Ein bisschen Schutz ... oder Geborgenheit ... oder vielleicht ist es manchmal unsicher und wünscht sich jemanden, der nicht so unsicher ist ... oder so etwas...“

Sie dachte ein bisschen darüber nach und erwiderte dann:

„Sie haben Recht, das kann auch sein.“

Er war erleichtert.

Dann fragte sie:

„Und trotzdem ist es verboten, dass ein Mann sich eine Frau so wünscht?“

„Na ja, wünschen kann man sich ja viel, aber es ist allein schon insofern verboten, als es heute *verachtet* wird – natürlich insbesondere von den Frauen. Die eben selbst gar nicht mehr so sein wollen. Also warum sollten sie sich je mit einem Mann einlassen, der sie so ‚haben will‘?“

„Also es ist nicht direkt verboten, aber keine Frau *ist* mehr so...“

„Ja. Und es ist verboten, eine Frau in diese Rolle zu drängen. Was ja bewusst oder unbewusst geschehen könnte.“

„Und wie?“

Er erinnerte sich an jenen einen Tag, wo auch sie sehr unsicher gewesen war – und er sich sicher gewesen war, dass es an ihm gelegen hatte.

„Na ja ... zum Beispiel, indem man die Frau idealisiert, aber nur solche Eigenschaften von ihr, die das Unschuldige betreffen. Sie spürt das ja ... und spürt also genau, was gemocht wird und was nicht...“

„Ich verstehe...“

„Und ‚unbewusst‘ bedeutet, dass der Mann das ja selbst nicht einmal bemerken muss.“

„Mhm...“

Eine Weile gingen sie schweigend, ihren Gedanken nachhängend. Dann fragte sie:

„Aber jedenfalls, Sie wünschen sich, dass die Frau so wäre, unschuldig...“

„Ja. Dass sie zumindest etwas davon *hat*. Denn mehr kann man ja sowieso nicht mehr erhoffen...“

„Aber wie kann man es ‚haben‘ und nicht ‚haben‘? Wenn sie es sein möchte...?“

„Jede Frau möchte es heute ja höchstens noch teilweise sein – allein schon, weil ihr gesagt wird, dass das falsch sei. Dass sie dadurch unterdrückt würde. Und überhaupt gar nicht selbstständig sei, was man heutzutage sein müsse. Selbst wenn sie also unschuldig *sein* wollen würde – *würde* –, würde sie lernen, dass man das nicht darf, weil man sonst selbst verachtet wird.“

„Aber warum?“

„Kriegst du das nicht auch mit? Dass manche Mädchen sich über dich lustig machen? Oder dich unmerklich verachten? Allein schon, um sich *selbst* zu rechtfertigen? Aber auch, weil sie sich einbilden, du wärst viel weniger selbstständig und es käme *darauf* an? Man verachtet immer das, was das eigene Selbstverständnis gefährdet... Um es nicht anerkennen zu müssen, verachtet man es.“

„Aber manche Frauen wollen unschuldig sein? Zumindest zum Teil?“

„Ja, ich denke schon...“

„Dann wünsche ich Ihnen, dass Sie so eine Frau treffen...!“

Er schwieg betroffen, aber gleichzeitig war er tief berührt, weil er spürte, wie aufrichtig sie alles meinte.

„Und du, Fine?“, fragte er leise. „Wie geht es dir in der Schule und auch sonst? Hast du *viele* Schwierigkeiten deswegen?“

Sie ging ein paar Schritte schweigend.

„Es geht... Es sind fast eher die Jungen, die manchmal über mich Witze machen oder mich zu ärgern versuchen. Die Mädchen lassen mich bis auf einige Wenige eigentlich in Ruhe. Sie haben ihre Welt, und ich habe meine...“

„Und die Jungen ärgern dich?", fragte er betroffen.

„Manchmal... Einige. In der Schule selbst ist es jetzt auch selten. Die meisten haben sich an mich gewöhnt..."

„Und mögen dich vielleicht auch irgendwo? Ich meine, Jungen und Mädchen?"

„Das weiß ich nicht. Ich glaube eher, dass sie sich an mich gewöhnt haben..."

Er hatte ein ungefähres Bild, und es war trotz allem bestürzend. Ein Mädchen, das einsam seinen Weg ging... Aber es tröstete ihn, dass sie trotz allem Freundinnen zu haben schien.

„Und wie viele Freundinnen hast du aber?"

„Ich habe *eine* gute Freundin, aber nicht in der Schule, sondern noch vom Kindergarten. Sie wohnt nur ein paar Häuser weiter. Und dann noch eine, mit der ich mich aber nur noch selten treffe."

„Also in der Schule ... hast du niemanden? Aber als wir uns das erste Mal begegnet sind, hat dich ein anderes Mädchen gegrüßt."

„Ja! Ich glaube, das war Paula. *Einige* Mädchen mögen mich tatsächlich. Vier oder fünf."

„Okay, das ist beruhigend..."

„Machen Sie sich keine Sorgen."

Sein Herz war übervoll. Gerade solche Worte berührten ihn immer wieder neu ungeahnt und tief. Weil sie auch dies so unglaublich *meinte*. Sie wollte wirklich, dass er keine *Sorgen* hätte. Selbst hier ging es ihr wieder um *ihn*, den Anderen, nicht sich selbst...

Sie kamen an einem großen alten Baum vorbei, und sie blieb stehen. Erstaunt tat er dasselbe. Sie zeigte hoch hinauf auf den Stamm, und während er ihrem Arm folgte, fragte sie mit gedämpfter Stimme:

„Sehen Sie dort oben, das Loch?"

„Ja."

„Da habe ich neulich einen Vogel reinfliegen sehen!"

„Wirklich?"

„Ja, seien Sie mal leise, vielleicht hören wir was..."

Er hielt fast den Atem an, aber er hörte nur einen leisen Luftzug und ab und zu einen Vogel im Wald selbst.

„Nein...", sagte auch sie leise. „Aber vielleicht *brütet* dort jemand..."

„Ja...", erwiderte er bestätigend, während ihre liebe, vertrauliche Nähe ihn einmal mehr grenzenlos beschenkte.

117

Sie sah noch einmal gespannt wartend hinauf. Dann sagte sie:
„Nein ... man hört nichts ... schade...“

Als sie weitergingen, sagte sie:
„Wenn ich so ein Loch in einem so alten Baum sehe, frage ich mich oft: *Wie* viele Vögel haben darin schon gebrütet...?“
Er hörte still zu, zart hingegeben und ergriffen, wie jedes Mal, wenn sie etwas von sich offenbarte.
„Ich meine ... dieser Baum ist doch sicher schon *über* hundert Jahre alt ... und wenn jedes Jahr – –“
Sie vergaß, dass der Baum sicher über die Hälfte seines Lebens bereits dafür gebraucht haben musste, so groß zu werden, *dass* irgendjemand dieses Loch bauen konnte, welches fortan weiteren Generationen von Vögeln dienen konnte, wenn sie es denn benutzten...

„Fragen Sie sich so was auch manchmal? So was ähnliches vielleicht? Ganz plötzlich...?“
Es berührte ihn sehr, dass sie ihm solche Ähnlichkeiten zutraute – oder aber auch eine Sehnsucht danach zu haben schien.
„Nein, leider nicht“, murmelte er.
„Sie brauchen sich ja nicht zu entschuldigen“, lächelte sie.
„Es war auch eher ein Bedauern...“
„Ein Bedauern? Wieso bedauern Sie es, dass Sie solche Fragen nicht haben? Sie sind doch eher seltsam...“
„Ich finde sie gar nicht seltsam...“
Sie sah ihn überrascht an.
„Nein? Was finden *Sie* denn?“

Er wusste, wie leicht man eine Frage wie ihre als seltsame ‚Kleinmädchenphantasie‘ abtun konnte. Aber ihr Wesen berührte ihn gerade tiefer als alles andere, löste immer wieder eine so tiefe Liebe in ihm aus, dass er sich mit aller Kraft bemühte, seinen eigenen Empfindungen auf den Grund zu gehen...

„Du ... fühlst dich unglaublich *ein* in alles... Sogar in das, was jemand anderen überhaupt nicht interessieren würde – weil es viel zu *abseitig* für ihn ist. Aber diese anderen denken eben nur an sich selbst. Du denkst irgendwie an *alles*. Was du siehst, damit kannst du dich *verbinden* – und tust es auch! Die anderen verbinden sich mit gar nichts – du verbindest dich mit allem. Sogar über Zeit und Raum hinweg. Du bist so unglaublich jung, aber dein Herz schweift liebevoll über die Jahre hinweg, um an jene Vögel zu denken, die lange vor deiner Zeit hier schon gebrütet haben ... und selbst *diese* umfasst du mit deiner Liebe..."

Sie schwieg fast betroffen.
„Und das", fragte sie schließlich verlegen, „finden Sie nicht seltsam?"
„Nein – es berührt mich und ich liebe es. Hilflos..."
„Weil Sie *nicht* so sind", fügte sie hinzu.
„Ja", lächelte er. „Weil ich nicht so bin."
„Wissen Sie, was meine Oma mal gesagt hat?"
„Nein, was denn?"
„‚Josephine, nicht einmal Philosophen haben sich so viele Gedanken gemacht wie du.'"
Betroffen hörte er diese Worte. Dann fragte er:
„Und das war sicher nicht als Lob gemeint?"
Sie lachte.
„Nein..."

„Deine Oma macht sich wahrscheinlich Sorgen, dass all diese Gedanken nicht ‚lebenspraktisch' genug sind..."
„Sie haben Recht. Das hat sie. Und vielleicht hat gerade deswegen niemand solche Gedanken. Weil alle wissen, dass sie sowieso ‚unnütz' sind?"
„Sie sind ‚unnütz' nach unseren herkömmlichen Begriffen. Aber sie entspringen ja irgendwie deiner *Liebe* zu allem... Ist diese Liebe etwa unnütz?"
Sie schwieg länger. Schließlich sagte sie leise:
„Sie sind wirklich sehr lieb..."
Er fragte sich betroffen, ob sie meinte, er wolle sie nur trösten oder ihr nur etwas Nettes sagen ... aber vielleicht meinte sie es auch tiefer, und er wagte nicht, etwas zu erwidern...

*

Sie erreichten schließlich einen Waldrand, der den Ausblick auf Felder eröffnete. Hier rasteten sie, und sie reichte ihm wieder das Brot...

Dann aßen sie schweigend, den Ausblick genießend. Einmal sah er, wie sie zu ihm blickte, und er konnte es gar nicht erwidern, weil sie so schön war und um sie nicht befangen zu machen und weil sie ein *Recht* hatte, dass er es nicht immer sofort erwiderte... Hilflos aber durchrieselte es ihn mit einem seltsamen Glück, dass er *überhaupt* angeblickt wurde, von ihr...

„Gehen wir", fragte er dann irgendwann vorsichtig, „von hier aus wieder zurück?"
„Ja, auf einem etwas anderen Weg..."
„Okay..."
Die Trauer war immer unvermeidlich, wenn klar war, dass wieder über die Hälfte der Zeit bereits um war...
Aber sie machte auch noch keine Anstalten, wieder aufzubrechen, was er glücklich zur Kenntnis nahm. Weiter ließ er seinen Blick über die Landschaft schweifen und manchmal auch unauffällig zu ihr, nur ansatzweise, weil sie ja neben ihm saß, nicht *direkt* neben ihm, aber auch keine Armlänge entfernt, eigentlich ganz, ganz nah...
„Schön hier, oder...?", fragte sie weich.
„Ja, sehr..."

Eine kleine Weile später spürte er irgendwie, dass ihr etwas auf der Seele lag. Und kurz darauf sagte sie tatsächlich:
„Ich hab noch etwas..."
Er sah sie an, fast furchtsam, weil er nicht wusste, was ihre Worte bedeuteten.
Sie erwiderte seinen Blick.
„Sie wollten doch immer ein Gedicht von mir sehen..."
„Ja...", erwiderte er betroffen. „Aber nur, wenn – –"
„Wenn was?"
„Wenn du willst..."
„Ich hab es ja mit...", lächelte sie.
Sie suchte etwas befangen in der Seitentasche ihres Rucksackes und gab ihm daraufhin einen zweimal zusammengefalteten Zettel.
Er bekam fast einen trockenen Hals – und nahm das Papier wie eine größte Kostbarkeit entgegen.

Er fühlte sich extrem befangen, wie wenn er sie fast nur enttäuschen könne, vielleicht, weil er ihren Gedichten gegenüber nie das empfinden könne, was er *ihr* gegenüber empfand. Jedenfalls stieg eine große Angst in ihm auf. Er entfaltete den Zettel und erblickte eine schöne Hand-

schrift, *diese* berührte ihn auf einmal unmittelbar, weil es ihre war...
Und dann las er die Zeilen:

> Kleines Blümchen, helles Gelb,
> leuchtest uns entgegen,
> wirst von kaum jemand gesehen
> und stehst doch auf allen Wegen,
> die durch Feld und Landschaft führen.
> Ich sehe dich und hab dich gern,
> lieber noch als Rosenpracht.
> Sandig magst du's, stört dich nicht,
> bist mit allem schon zufrieden,
> und so schön in deinem Gelb,
> kann ich dich nur lieben!

Er las das ganze Gedicht zweimal hintereinander. Schließlich hielt sie es nicht mehr aus und sagte:
„Es ist nicht so toll... Es ist eigentlich nur ein sehr *einfaches* Gedicht. Aber vielleicht erinnern Sie sich...“
„Es ist *mehr* als schön...“, stammelte er.
„Sie brauchen das nicht zu sagen...“
„Vielleicht...“, erwiderte er leise, „bist du ja selbst tatsächlich unzufrieden damit ... aber ... es drückt bereits so sehr deine Seele aus...!“
„Wirklich? Finden Sie?“
„Ja, sofort...“
„Vielleicht finden Sie es ja auch albern...“
„Findest du es albern?“
„Ich weiß nicht... Als ich es aufgeschrieben hatte, wusste ich nicht, ob es irgendjemand verstehen würde...“
„Ich verstehe es aber...“

„Und was verstehen Sie?“
„Deine Liebe ... zu dieser Blume.“
„Und welche ist es?“
„Das kleine Stiefmütterchen...“
Sie schwieg, und er nahm es ihr nicht übel, dass sie selbst das in Betracht gezogen hatte – dass er nicht wisse, von *welchem* Blümchen sie geschrieben hatte.
„Darf ich auch was fragen, Fine?“
„Ja?“

„Ich hoffe, die Frage ist dir nicht unangenehm, muss sie aber auch nicht."

„Fragen Sie..."

„Dieses ‚uns', ‚leuchtest uns entgegen' ... sind damit *alle* ‚uns' gemeint ... oder *zwei* ‚uns'...?"

Sie lächelte.

„Zwei ‚uns'..."

Er war zutiefst berührt. Ihre Poesie war so konkret wie nur irgendetwas.

Ihr Lächeln steigerte sich, und sie fügte hinzu:

„Und mit ‚kaum jemand' ist dann eigentlich *einer* gemeint...!"

Er musste lachen.

„Oh, Fine ... das ist gemein!"

Nun lachte sie auch.

„Aber nicht nur. Nicht nur einer... Und ich weiß, dass Sie es jetzt *auch* sehen..."

„Nicht nur."

„Was ‚nicht nur'?"

„Ich sehe es nicht nur."

Sie begann zu begreifen ... und lächelte erneut.

„Sie *lieben* es auch?"

„Mehr als jede andere Pflanze..."

Sie blickte über die Felder.

„Ich wollte", sagte er betroffen, „es dir aber nicht schwermachen, Fine..."

„Nein ... es ist nur ... dass ich mich frage ... was ich Ihnen eigentlich zurückgebe ... bei so viel, was Sie für mich empfinden..."

„Du ... du gibst mir nichts zurück, Fine ... du gibst immer als *Erste*, verstehst du das nicht? Dass du *ständig* gibst? Schon in der ersten Sekunde, in der ich dich sah und mich *deswegen* verliebte? Weil du ständig gibst? Diese Schönheit, die *mehr* ist als genug? In deiner Nähe sein zu dürfen? Von dir *ausgehalten* zu werden, während man so wenig hat, was man *selbst* geben könnte?"

Nachdenklich schwieg sie noch immer. Dann sagte sie leise:

„Sie müssen dringend aufhören, zu denken, dass ich nicht *gern* mit Ihnen diese Wanderungen machen würde..."

Dies war ihre erste ‚Liebeserklärung' – obwohl es in ihrem Wesen lag, Liebe zu schenken und Dinge gern zu machen...

*

Als er wieder allein zu Hause war, war er noch immer ‚benommen' von diesem Tag, der in all seinen Details weiter in ihm nachklang, wie ein wunderbares Lied, ein stilles, wundersames Lied, das so schön war wie sie selbst. Das sein Wesen erst auf den zweiten Blick entfaltete, dann aber umso tiefer...

Er wusste nicht, was er tun sollte. Er wusste nicht, wieviel Zeit er mit diesem Mädchen haben würde – das doch seine große Liebe war. Er wusste nicht, was er ihr überhaupt bedeutete, außer, dass sie aufgrund seiner Bitte und seiner Liebe zu ihr gerne mit ihm diese Wanderungen machte – und dass sie den Mut gehabt hatte, ihm eines ihrer Gedichte zu zeigen, das sie nach einer solchen Wanderung geschrieben hatte.

Und er selbst? Wurde er ihr gerecht? Er prüfte seine Seele, die erst seit der Begegnung mit ihr eine Realität bekommen hatte. Er fand die Aufrichtigkeit seiner Liebe ... und die Aufrichtigkeit, sich von ihr, diesem Mädchen, *verändern* zu lassen. Er spürte ihren Wanderungen nach und spürte, dass ihr Wesen wirklich die Brücke zu einer Liebe zur Natur war. Er liebte die Natur allein schon deshalb, weil sie ihn mitnahm in sie hinein. Er liebte die ruhige Stille des Waldes, weil *sie* sie liebte. Er liebte die Vögel, deren Gesang er heute gehört hatte, weil *sie* sich gefragt hatte, wieviel Generationen dieser kleinen Tiere schon jenes Loch für ihre kleinen, sorgfältig gebildeten Nester genutzt hatten. Er liebte sogar den Windhauch, den er gespürt hatte, als sie ihn zart aufgefordert hatte, still zu sein, und er ganz nah bei ihr hinaufgeschaut hatte, mit ihr, an ihrer Seite...

Er veränderte sich also. Er lernte, die Natur zu lieben. Und spürte, wie er sich dadurch bereits von so vielen Anderen zu unterscheiden begann. Er dachte an seine bisherigen Kollegen und Kumpane und wusste genau, dass diese kein bisschen von seiner Wandlung ‚verstehen' würden – es wäre ihnen gleichgültig und sie würden keinerlei Interesse daran verschwenden. Sie würden weiter ihre Dartspiele, ihre Billardrunden spielen, ihre üblichen Gespräche haben und keiner von ihnen, keiner, würde wissen, wieviel *beseligender* die Wanderungen mit diesem Mädchen waren ... das in ihren Augen bloß eine nichtssagende ‚Dreizehn-jährige' sein würde, die ja noch nicht einmal richtige Brüste hatte, um überhaupt attraktiv zu werden...

Auch in dem Moment wusste er, wie sehr er sich von seinen direkten Alters- und Lebensgenossen, zumindest Berufsgenossen, inzwischen entfernt hatte. Denn nicht nur seelisch nahm er dieses Mädchen zutiefst ernst, sondern auch körperlich. Hatte sie ihn doch von Anfang an auf *beiden* Ebenen berührt. Natürlich, ihre erst sich andeutenden Formen hatten nicht den voll ausgewachsenen erotischen Reiz einer weiblichen *Frauen*brust. Andererseits spielte dies nicht die geringste Rolle. Hieß es nicht sogar inzwischen überall ‚Less is more'? Warum nahm man dies nicht einmal ernst?

Die üppigen ‚Oktoberfest'-Brüste hatten ihn noch nie interessiert. Und mit jedem Tag, den er diesem Mädchen begegnen durfte, wurde ihm bewusster, wie wunderschön ein *Mädchen* war – auch in dieser Hinsicht. Und war dies nicht völlig offensichtlich? Was war denn ihr Wesen? Ihr Wesen war die Unschuld, dieses unglaublich Liebe und Zu-rückhaltende ... sich nie in den Vordergrund Drängende, dieses niemals Selbstbezogene. Und was war eine Mädchenbrust anderes als die leib-liche Offenbarung dieser *Schönheit*? Eine zarte Rundung, die bereits alles hatte, was eine Frau auch hatte – aber viel zarter, viel unschuldi-ger ... und viel *berührender*?

Während die erwachsene Frauenbrust ganz wie die emanzipative Frau gleichsam sagte: ‚Hier *bin* ich', sagte die Mädchenbrust gar nichts, weil sie es nicht nötig hatte, etwas zu sagen. Aber sie offenbarte sich eben-falls, zart wie ein *Mädchen*, oder wie ein Ackerstiefmütterchen. Viel schöner als Rosenpracht. Es war die Schönheit des Weichen, des Scheu-en, des auch Schwachen und Bedrohten, Verletzlichen. Es war die Schönheit der *Unschuld*.

Und wurde er ihr gerecht? Reichte es, dass er die Natur zu lieben be-gann? Wo veränderte er sich noch? Nun – es war bereits eine grundle-gende Veränderung, dass er begann, die Unschuld mit seiner ganzen *Seele* zu lieben, immer bewusster, zu begreifen, was Unschuld eigent-lich *war* ... wodurch sich auch seine ganzen Gedanken und Empfin-dungen veränderten. Aber wo zeigte sich dies noch?

Wie verhielt er sich mittlerweile gegenüber einem Bettler? Er hatte es immerhin so weit gebracht, jedes Mal, wenn er einem Bettler begegnete, ein schlechtes Gewissen zu bekommen, weil er sofort an dieses Mädchen und ihre Worte dachte. Aber weiter hatte er es noch nicht gebracht. Zwar gab er ihm inzwischen Geld, mit schlechtem Gewissen, dass er nicht einmal ein liebes Wort über die Lippen brachte, nicht einmal die richtigen Worte *fand* – geschweige denn, dass er sich fragte, wie es eine solche Welt überhaupt geben konnte. Er war also noch *sehr* am Anfang...

Und seine eigene Wohnung? Er sah noch immer Umzugskartons und hatte noch immer fast nichts getan, um sie irgendwie einzurichten. *Sollte* er dieses geliebte Mädchen einmal in seine eigenen vier Wände einladen dürfen, müsste er sich in Grund und Boden schämen. Hier würde er unbedingt anfangen müssen. Schon morgen würde er auspacken, Regale aufstellen, dringend benötigte Sachen endlich anschaffen, vielleicht sogar ein paar Pflanzen...

Die ‚eigenen vier Wände'. Er merkte, wie er als Mann nur ein ganz reduziertes Vorstellungsvermögen davon hatte. Er dachte tatsächlich pragmatisch und hatte nicht die geringste Veranlagung, diese ‚vier Wände' zu schmücken oder ihnen Atmosphäre zu verleihen, wie es ein *Mädchen* können würde – definitiv aber sie –, und ihm wurde klar, wie *groß* der Unterschied war. Lebte sie sich zärtlich doch sogar in die vier Wände ganzer Generationen kleiner gefiederter Wesen ein.

Es gab noch eine vierte Buslinie aus der Stadt heraus, aber diese führte eher in ein typisches Naherholungsgebiet, man konnte dort sogar an einen Badesee gelangen, und beides schien überhaupt nicht nach ihrem Geschmack zu sein, jedenfalls hatte sie ihm angekündigt, dass sie wieder in eines der drei anderen Gebiete fahren könnten, und ihm die Wahl gelassen – und er hatte sich dasjenige ausgesucht, wo sie die Ackerstiefmütterchen entdeckt hatten...

Als der Sonntag gekommen war, erwies er sich zudem als bedeckt und fast kühl. Das tat seinem Glück, mit ihr zusammen sein zu können, jedoch keinen Abbruch. Es erforderte nur etwas andere Kleidung, mehr nicht.

Als sie schließlich durch die Felder gingen, geschah es etwas schweigsamer als sonst, aber er hatte längst gelernt, dass man in der Natur auch schweigen können musste.
Dann aber fragte sie irgendwann:
„Und – wie finden Sie das Wetter?"
„Gut... Nicht so schön wie Sonne, aber so ist es heute eben..."
„Mhm..."
„Warum fragt du, Fine?"
„Na ja ... wie finden Sie ... es hier jetzt zum *zweiten* Mal...?"
„Gut. Und du sagtest ja, wir nehmen nicht ganz den gleichen Weg."
„Und wenn doch? Oder wenn Sie beim übernächsten Mal auch *den* kennen...?"

„Machst du dir Sorgen, dass mir langweilig wird?"
„Nicht direkt langweilig ... aber es wird ja *dasselbe* sein..."
„Dasselbe?"
„Ja..."
„Denkst du, dass ich immer etwas Neues brauche?"
„Ich denke, dass Ihnen früher oder später doch langweilig *wird*..."
„Eher wird *dir* mit mir langweilig werden."
Sie verstummte.
„Fine ... ich lerne, die Natur mit deinen Augen zu sehen. Ich glaube nicht, dass mir mit dir *je* langweilig werden würde. Nicht einmal die Natur. Und sollte *dies* doch einmal ansatzweise geschehen, so bliebe noch immer das Wunder selbst... Das Glück, mit *dir* unterwegs sein zu dürfen. *Das* wird mir nie langweilig werden..."

„Oder machen Sie es *nur* wegen mir?", fragte sie verlegen nach.

„Nein. Ich versuche genauso, dein Erleben in der Natur zu teilen, und es gelingt mir auch. Ich versuche wirklich mein Bestes, Fine – um dieser Wanderungen mit dir würdig zu sein..."

„Tut mir leid...", murmelte sie. „Ich habe Ihnen schon wieder etwas völlig anderes unterstellt..."

„Du hast es mir ja nicht unterstellt, du hast die reale Möglichkeit befürchtet, das ist ja etwas ganz anderes."

„Na ja..."

„Ich verstehe dich schon absolut."

„Sie sind wirklich lieb...", murmelte sie.

„Die Einzige, die wirklich lieb ist, bist du. Lieb zu sein, weil man jemanden *liebt*, ist keine Kunst..."

„Also, es wird Ihnen nicht langweilig?"

„Nein."

„Auch wenn wir gar nicht reden würden?"

„Nein."

„Okay. Dann reden wir einmal nicht, bis wir unsere Pause machen..."

„Aber das sind sicher anderthalb Stunden!"

„Also müssen Sie doch reden?"

„Nein...", sagte er leise. „Ich muss nicht reden... Wenn du nicht reden willst, Fine, muss ich auch nicht reden. Es ist immer schön mit dir... Wenn du es trotzdem gern machst..."

„Mache ich."

„Okay..."

„Gut, dann also ab jetzt, okay?"

„Okay..."

Sie liefen schweigend durch die Felder, und etwa alle fünf Minuten blickte sie für einige Momente zu ihm, wie um sich zu vergewissern. Und allein schon diese kurzen *Blicke* von ihr entschädigten ihn für alles, was er hätte vermissen können; beschenkten ihn so grenzenlos, wie überhaupt ihre Gegenwart, der Blick auf ihre Schultern, auf ihre zarte Gestalt, der Anblick ihres Haares, ihr Profil ... alles beschenkte ihn so sehr... Fortwährend...

Ab und zu wies sie schweigend auf etwas – und er begriff jedes Mal, was es war. Einmal war es ein Ackerstiefmütterchen schon weit vor ihrem Ziel. Einmal war es eine schöne Feder auf dem Boden. Und einmal waren es Spuren, vermutlich von einem Reh, vor denen sie sich sogar einige Momente lang hinhockte, um sie zu bewundern – voller Liebe zu dem Tier, das sie vielleicht nie sehen würde...

*

Als sie schließlich an einer schönen Stelle angekommen waren, wo sie ihm mit ihrem Blick lächelnd bedeutete, dass sie hier Pause machen würden, und sich hinsetzte, sagte sie:
„So, jetzt dürfen wir wieder reden...“
Er setzte sich neben sie, nie zu nah, immer mit einem ‚Sicherheitsabstand‘, dass sie sich garantiert wohlfühlte.

„Wir?“, fragte er verwundert. „Hast du es *dir* denn auch verboten?“
„Ich habe es ja nicht *verboten*. Aber ich musste einmal sehen – – konnten Sie es aushalten?“
„Mehr als das, Fine...“
Sie sah ihn an, fast verwundert.
„War Ihnen *gar* nicht langweilig? Nicht mal kurz?“
„Nicht mal kurz... Wie denn...“
„Wie denn?!“
„Mit der Natur redest du ja auch nicht. Trotzdem fühlst du dich in jedem Moment wohl...“

„Ja, *gut*...“, wandte sie ein.
„Es ist genau dasselbe – mindestens.“
„Also Ihnen wird wirklich *nie* langweilig mit mir?“
„Nie...“
„Und wenn wir *gar* nicht mehr reden würden?“
„Vielleicht willst du *mich* ja loswerden, Fine...“
„So meinte ich es nicht...“
„*Willst* du gar nicht mehr reden?“
„Nein. Ich will noch reden...“
„Du wolltest mich prüfen. Wie im Märchen. Bevor der Prinz das schöne Mädchen heiraten darf...“
„Nein!“, rief sie lachend.

Er wusste auch nicht, ob er es richtig erinnerte. Meistens waren es doch wohl eher die Mädchen, die schweigen mussten, bevor sie den Prinzen bekamen... Vor allem wusste er nicht, woher er den Mut genommen hatte, das überhaupt zu sagen. Aber sie schien es nicht übelzunehmen. Und er würde sich hüten, das Thema noch einmal zu berühren...

„Ist das so?", fragte sie. „Dass in den Märchen der Prinz nicht reden darf?"
„Nein, ich glaube ... das stimmte sowieso nicht. Meistens ist es wohl eher immer das Mädchen..."
„Meistens immer...?", wiederholte sie in zartem Spott.
„Ja!", lächelte er, geradezu glücklich, dass sie ihn zu necken begann.
„Wieso haben Sie das überhaupt gesagt? Sie wissen doch hoffentlich, dass Sie mich nicht heiraten können?"
„Vielleicht, ja..."
„Vielleicht?!"
„Fine, du weißt doch ... ‚die Hoffnung stirbt zuletzt'. Selbst wenn ich es nicht kann, kann ich immerhin sozusagen davon träumen. Es war keine böse Absicht... Ich wollte nicht, dass du dich schlecht fühlst..."
„Na ja ... *Sie* sind es ja, der sich schlecht fühlt..."

„Ich fühle mich nicht schlecht...", erwiderte er leise. „Es ist wunderschön mit dir... Sogar wenn du ‚Nein!' rufst... Auch das war wunderschön..."
„Na, dann ist ja gut."
„Mach dir keine Sorgen..."
„Mach ich nicht. Wenn Sie noch wissen, was Sie versprochen haben..."
„Ja..."
„Gut."

Sie blickte nachdenklich über die Felder. Sein Brot schmeckte ihm wieder. Kurze Zeit, als sie diese Worte gesagt hatte, ‚Sie wissen doch hoffentlich...', war es ihm gewesen, als verlöre die Welt wieder ihren ganzen Glanz, aber er war dankbar, dass sie noch immer gern mit ihm zusammen war, wie es schien.

Auf einmal sah er, wie sie etwas fröstelte. Es war heute auch wirklich relativ kühl.
„Ist dir kalt, Fine?", fragte er besorgt.
„Ja, etwas – gehen wir weiter?"
Wie gern hätte er sie in die Arme geschlossen! Sie gewärmt. Sie geborgen, in Wärme und Zärtlichkeit... Aber sie würde das nie wünschen.

„Willst du meine Jacke haben?“

„Nein, die brauchen Sie selber. Wir brauchen nur weiterzugehen. So Pause machen kann man heute nicht so gut...“

„Okay...“

„Tut mir leid, ich hab selber nicht dran gedacht. Alleine mache ich solche Pausen nicht. Mit Unterhalten und so ... deswegen...“

„Du brauchst dich doch nie entschuldigen, Fine...“

„Ich finde es ja selber schade...“

Eine weitere zarte Liebeserklärung, die ihn tief berührte. Er konnte gar nichts erwidern...

Als sie zurückgingen, sah er mehrfach zu ihr hin, um herauszufinden, ob ihr noch kalt war, aber dem schien nicht so. Und als er sie schließlich fragte, bestätigte sie ihm dies auch.

Schließlich fragte sie:

„Da bei der Pause ... hätten Sie mir wirklich Ihre Jacke umgelegt, wie man das in so manchen Filmen mal gesehen hat?“

„Ja, hätte ich. Sofort...“

Es war ihm unangenehm, mit Filmen verglichen zu werden.

„Aber dann wäre Ihnen selbst kalt gewesen.“

„Ich kann für dieses geliebte Mädchen ja *sonst* nichts tun...“

„Und warum machen Männer das *generell*...?“

Er lachte.

„Ich weiß nicht, ob Männer das generell noch machen. Oder ob Frauen das überhaupt noch wollen...“

„Ja, aber trotzdem. Die Männer wollen nicht den Müll runtertragen, aber frieren tun sie *gerne*?“

Er lachte verlegen, betroffen von ihrer scharfsichtigen Diagnose.

„Das ist wohl auch wieder so ein ‚Mann-Ding‘. Wenn die Frau Schutz braucht, ist der Mann gerne bereit zu leiden...“

„Weil er sich dann toll fühlt...“

„Ja. So ungefähr.“

„Also, wenn es draußen kalt ist, aber der Müll runtergebracht werden muss, legt er ihr den Mantel um und sagt: ‚So, jetzt kannst du gehen...‘“

Wieder musste er lachen.

„Na, das vielleicht nicht!“

„Aber so ungefähr ist es doch...“

„Ja, du hast völlig Recht. Es ist ziemlich erbärmlich."
„Gut, dass Sie das einsehen", lächelte sie.

„Aber du weißt, dass ich für *dich* immer den Müll runterbringen würde..."
„Ja, ich weiß..."
Er lächelte.
„Aber viel schöner wäre es, wenn Sie es immer machen würden."
Betroffen erkannte er, dass er gerade nichts weiter als seine *mangelnde* Schönheit offenbart hatte.
„Vielleicht *mache* ich es ja auch immer", murmelte er.
„Aber Sie sind sich nicht ganz sicher", lächelte sie.
„Ich würde es einfach bei niemandem *so* voller Liebe tun wie bei dir..."
„Ich mache übrigens fast keinen Müll. Vielleicht wäre der meiste Müll sowieso Ihrer!"
Er spürte einen leisen Schmerz, dass sie seine zarten Liebesbezeugungen fortwährend nicht zu beachten schien, aber ihre angedeutete Neckerei versöhnte ihn dennoch wieder.

Er dachte daran, wieviel Müll bereits anfiel, wenn man sich an ein paar Tagen in der Woche Essen bringen ließ – und schämte sich erneut. Hoffentlich fragte sie hier nicht sogar noch nach...

Sie musste leise lachen.
„Was ist los?"
Sie sah ihn mit lachend-leuchtenden Augen an.
„Was ist?", fragte er beglückt und nervös zugleich.
„Der Mann hängt der Frau seinen Mantel um, damit sie *seinen* Müll runterbringen kann..."
Sie strahlte ihn regelrecht an.
„Du bist gemein!", rief er.
Sie schüttete sich aus vor Lachen.
Sie war so wunderschön!
Als sie ihn erneut ansah, hätte er sie am liebsten geküsst.

Dann wurde sie aber wieder ernst und lief ernst weiter neben ihm.
„Wie *ist* das denn bei Ihnen? Machen Sie viel Müll?"
Betroffen schwieg er kurz. Er schämte sich wirklich.
„Ja, wahrscheinlich viel zu viel", sagte er leise.
„Das ist nicht *gut*...", sagte sie fast liebevoll, mahnend.

„Ja, ich weiß... Fine ... wenn *du* etwas ansprichst, werden mir sofort immer Dinge bewusst, die mich früher nie gekümmert hatten. Sobald *du* sie ansprichst, bekomme ich ein schlechtes Gewissen und schäme mich wirklich...“

„Also bin ich Ihr *gutes* Gewissen“, lächelte sie.

„Ja, bist du.“

„Aber warum haben Sie nicht *selbst* daran gedacht?“

„Man ... man *hat* diese Gedanken nicht, bevor man *dir* begegnet.“

Sie sah ihn kurz von der Seite an.

„Offensichtlich ja *dann immer* noch nicht...“

Er war regelrecht zerknirscht.

„Nein, du hast Recht, es ist wirklich schlimm... Aber daran siehst du, *wie* schlimm es ist...“

„Wie schlimm ist es denn?“

„Man macht sich *überhaupt* keine Gedanken, bevor man dir begegnet, Fine...“

„Doch, viele Leute machen sich zumindest manche Gedanken.“

„Ja“, gestand er.

„Und Sie haben sich *keine* gemacht?“

Selbst mit ihrer Frage schien sie es noch für möglich zu halten, dass es doch so gewesen wäre...

„Man kann“, sagte er tief beschämt, „ein sehr selbstbezogenes Leben führen... Alles hat damit begonnen, dass ich aus dieser verdammten Kleinstadt nicht rauskam...“

„Schieben Sie es jetzt *darauf*?“, fragte sie fast entgeistert.

Nun wollte er endgültig im Boden versinken.

„Ich schiebe es auf gar nichts, aber – –“

„Aber?“

Er verstummte hilflos. Er hatte keine Antwort mehr.

In einem Moment größter Aufrichtigkeit und sterbender Hoffnungen sagte er dann:

„Fine – – ich verdiene es eigentlich gar nicht, dass du hier so mit mir gehst... Ich verdiene eigentlich überhaupt nichts...“

Seine Empfindungen brachen über ihn herein.

„Ich fühle mich so furchtbar... Als hätte ich mein Leben vergeudet... Fünfunddreißig Jahre...“

„So *ist* es ja nicht...“

Er sah ihr liebes Gesicht, das ihn nun auf einmal trösten wollte, und dies steigerte seine Empfindungen nur, die jetzt ganz mit Augen wie *ihren* auf sein Leben sahen. Noch immer schlug eine bodenlose Reue über ihm zusammen...

Am liebsten hätte er geweint, auch, um ihr Herz zu rühren, vor allem aber, weil ihm danach zumute war – aber selbst das hatte er fünfunddreißig Jahre lang versäumt: weinen zu können, wenn es *richtig* gewesen wäre, notwendig, wenn seine Seele ein *Bedürfnis* danach hatte. Sie hatte es nie gehabt – und jetzt *konnte* sie es nicht, selbst wo sie wollte...

Doch dann fiel auch noch sein letzter Stolz, weil er an *sie* dachte – daran, dass sie immer unerreichbar bleiben würde. Und er nun auf einmal eine Woge hilflosen Schmerzes spürte, und dann kam das Schluchzen...
„Sie können ja –"
„Nein, Fine...!", er spürte sogar den ungeheuren Schmerz, ihre liebe Stimme unterbrochen zu haben, selbst dies tat so grenzenlos weh, aber seine Gefühle überwältigten ihn, das Schluchzen... „Es war alles so sinnlos! – Ich – ich hätte – ein ganz anderer Mensch sein können – ein ganz anderer! Und du – dann hättest du mich – – ich wäre dir *ähnlicher* gewesen – – und du – hättest mich irgendwie *lieben* können – – vielleicht – – vielleicht hättest du das tun können – – o Gott, ich – –"

Er schluchzte völlig hilflos, hatte längst stehenbleiben müssen, musste sich hilflos die Hand vor das Gesicht halten – und hatte noch nie solche Tränen geweint, außer vielleicht einmal, aber auch jetzt wieder brachen alle Hoffnungen zusammen, und die Welt schien zu versinken, weil er nur dieses eine Leben hatte – und es war *vergeudet* worden, und neben ihm stand seine *eine* große Liebe, aber er hatte nie eine Chance gehabt ... nie!

Sie hatte einmal vorsichtig ihre Hand auf seine Schulter gelegt und ihn angesprochen, aber dies hatte seine tiefe Verzweiflung nur vergrößert, und danach hatte sie es nicht mehr gewagt, und auch dies alles hatte sein Herz zerrissen – alles, einfach alles, es war *nur* furchtbar...

Als er in tiefster Scham und völlig vernichtet wieder aufblicken konnte, sah er sie – tiefes Mitleid in ihrem ganzen Gesicht.
Er sah sie betroffen und hilflos an.
Sie senkte ihren Blick ... nur um ihn wieder zu heben und ihn erneut besorgt und voller Mitleid anzusehen.

„Jetzt", sagte sie leise, „haben Sie schon zweimal wegen mir geweint..."
„Und noch immer", brachte er hervor, „habe ich nicht den Müll runtergetragen... Aber ich bin dabei... Meinen eigenen ... innerlich. Ich bin dabei, Fine..."
Neue Tränen rollten seine Wangen hinunter.

Jetzt weinte auch sie, konnte ein Schluchzen fast nicht unterdrücken.
„*Weinen* Sie doch bitte nicht mehr!"
Ihr Gesicht zog sich vor Mit-Leiden so ergreifend zusammen, dass er weinen *musste*...
„Fine...!", schluchzte er.
„Weinen Sie doch bitte nicht mehr!", rief sie schluchzend.
Und dann schluchzten sie beide, standen auf dem Weg und schluchzten, vor Liebe der eine, vor Mitleid das Mädchen...

Er konnte als erster seine Empfindungen wieder bezwingen. Am liebsten hätte er sie einfach in den Arm genommen, vielleicht hätte sie es sogar in diesem Moment zugelassen, aber er konnte es nicht wagen...
„Fine...", brachte er mühsam hervor, „hör du bitte auch zu auf zu weinen..."
Sie schluchzte noch ein paar Mal. Dann setzte sie verzweifelt ihr Rucksäckchen ab und suchte nach Taschentüchern, die sie aber nicht fand. Sie musste ein paar Mal ihre Nase hochziehen, und auch das war so ergreifend, dass es ihn völlig hilflos machte.
„Willst du meinen Ärmel, Fine?"
Er meinte es völlig ernst.
Sie musste fast noch weinend lachen.
„Nein! Sie sind ja verrückt! Ist das auch so ein ‚Mann-Ding'?"
„Nein ... das ist reine Liebe zu einem Mädchen, das keine Taschentücher findet..."
Sie musste noch einmal hilflos auflachen.

„Ich weiß nicht, was ich machen soll... Ich schnaube nicht in Ihren Ärmel!"
„Du sollst auch nur wenigstens ein bisschen ... dir damit helfen. Nur ein bisschen... Bitte..."
„Bitte?!"
„Ja, bitte, Fine... Mach es einfach..."
Sie erhob sich wieder und sah ihn zögernd an.
Er streckte ihr den langgezogenen Ärmel seines Pullovers hin.

„Bitte, Fine... Mach es doch bitte...“
Sie kam zu ihm ... und dann trocknete sie ein wenig ihre Nase mit seinem Ärmel... Es war so ein berührendes Geschenk...
Dann sah sie ihn verlegen an. Er erwiderte ihren Blick mit tiefster Zärtlichkeit.
„Sie sind ja verrückt...“, murmelte sie.

Als sie schließlich wieder langsam nebeneinander gehen konnten, und sie ihre Nase noch ab und zu hochziehen musste, sagte er leise, in stiller Aufrichtigkeit:
„Das ist der schönste Tag in meinem Leben...“
„Warum?“
„Es ist einfach so...“
Wieder gingen sie schweigend. Sie schien befangen, schien sich zu schämen, dass sie seine Liebe nicht erwidern konnte.
„Mach dir keine Gedanken, Fine...“
Sie schwieg, und er spürte die Schönheit der Felder.
„Du hast mir schon so grenzenlos viel geschenkt... Viel, viel mehr, als ich selbst dann vielleicht ‚verdient‘ hätte, wenn ich ... dir ähnlicher gewesen wäre. Selbst dann hätte ich es nicht verdient...“
Sie schwieg noch immer.
„Mach dir also keine Sorgen...“

Die Stille legte sich um sie.
Er sah, wie eine Spinne vor ihnen über den Weg krabbelte. Er sah, wie sie es auch sah. Und er spürte ein tiefes, schmerzliches Glück...
„Weißt du ... welchen Namen die Indianer dir vielleicht gegeben hätten?“
„Nein...“
„Das Mädchen, das nicht in den Ärmel zu schnauben wagte.“
Sie musste unmittelbar lachen, obwohl sie es gar nicht wollte.
„Sie sind ja verrückt! Wirklich...“
„Ich bin einfach nur glücklich... Es ist einfach nur schön mit dir, Fine...“
„Ich bin froh, dass Sie kein Indianer sind!“
Er lächelte voller Liebe.

„Geben Sie mir mal einen *richtigen* Namen.“
„Wie?“
„Einen richtigen Namen.“
„Ich soll dir − −“, brachte er hervor.

„Ja – wie würden Sie mich nennen?"

„Ich weiß nicht ... ich kann dir doch nicht..."

„Okay, aber dann geben Sie mir auch keine anderen!"

Während sie weitergingen, verfolgten ihn ihre Worte noch immer. Wieso hatte sie das gesagt? Er liebte ihren Namen. Wieso hatte sie ihn aufgefordert, ihr einen Namen zu geben? Einen anderen? Andererseits nannte sie *jeder* Fine. Und manchmal hatte ihr Name ihn auch an ‚Ende' erinnert, schmerzlich. Aber er klang auch süß, weich, zärtlich, wie sie... Gab es für Sie einen *anderen* Namen? Er würde doch nie wagen, einen anderen Namen für sie zu suchen! Aber wie konnte sie selbst ihn dazu auffordern? Ihn schwindelte fast.

Und auf einmal war er da. Ein noch zärtlicherer Name, einer, den es für sie bisher nicht gab, den niemand zu ihr sagte, mit dem niemand sie nannte.

„Hat dich jeder immer nur Fine genannt?", fragte er zögernd.

„Ja, oder Josephine."

Er schwieg. Er fand die richtigen Worte nicht.

„Was ist? Haben Sie sich etwa doch etwas überlegt?"

„Nicht überlegt. Auf einmal war da ein Name."

„Aber vielleicht will ich ihn doch nicht hören...", erwiderte sie zögernd.

„Okay...", sagte er sofort.

Sie sah ihn fast überrascht an.

„Aber ... *sagen* können Sie ihn ja vielleicht..."

Kurz hatte er den Impuls, sie vielleicht necken zu können, sie neugierig zu machen – aber er verwarf dies wieder. Er wollte daraus kein ‚Spiel' machen.

„Josi...", sagte er leise.

„Josi?!"

„Ja..."

„Einfach ... der *Anfang* von meinem Namen statt das Ende?"

„Der Anfang, ja..."

Sie wusste nicht, welche grenzenlose Bedeutung das Wort ‚Anfang' in diesem einen Moment für ihn hatte.

„Josi...", kostete sie den Klang, „Josi... Ich weiß nicht..."

Er wusste, dass sie nicht dasselbe spürte wie er. Für ihn war jeder Buchstabe von Liebe durchdrungen – viel tiefer als es bei ‚Fine' mög-

lich war, obwohl auch hier sehr viel möglich war. Aber Josi ... war wie eine Liebesbezeugung *an sich*. Jeder Buchstabe konnte so viel Zärtlichkeit in sich tragen!
Aber er wusste auch, dass nur ‚Fine' für sie die Sicherheit des Bekannten und die Unverbindlichkeit des für alle Gültigen bedeutete.
„*Josi*...", sagte er noch einmal, nur um ihr zu zeigen, wie man es aussprechen konnte – denn sie hatte nur die Buchstabenfolge gesprochen, nicht aber das, was *in* ihnen liegen konnte ... eine ganze Welt...

„Wenn Sie es sagen, klingt es gar nicht schlecht...", lächelte sie.
Und vielleicht war bereits dies das größte Kompliment, was sie ihm machen konnte angesichts eines völlig neuen Namens, an den sie sich noch kein bisschen gewöhnt hatte.
Er ging schweigend neben ihr, um sie eine Weile mit diesem Namen allein zu lassen – und ihr die völlig freie Entscheidung zu geben, damit tun und lassen zu können, was sie wollte. Selbstverständlich konnte sie ihn auch wieder völlig verwerfen. Es war *ihr* Name, und sie hatte das volle Recht, zu sagen, dass es *nicht* ihr Name sei und sie ihn nicht wolle.

„Aber ich weiß trotzdem nicht...", sagte sie schließlich.
„Musst du nicht", sagte er zärtlich.
„Aber *Ihnen* gefällt er?"
„Das ist ja überhaupt nicht relevant..."
„Wieso?"
Er sah sie erstaunt an.
„Weil er dir gefallen muss..."
„‚Fine' hat mir auch lange Zeit nicht wirklich gefallen."
„Na ja...!", lachte er fast, aber es war sehr ernst. „Ich möchte definitiv nicht, dass dir jetzt ein anderer Name ‚lange Zeit nicht wirklich gefällt'. Was für einen Sinn hätte das? Wir *haben* gar nicht lange Zeit..."
Sie verstummte.

„Fine, mach dir keine Sorgen...", sagte er zärtlich. „Aber es ist alles gut... Ich liebe deinen Namen sehr..."
Sie schwieg nachdenklich einige Schritte lang. Dann sagte sie:
„Josi gefiel Ihnen aber mehr. Das habe ich gehört..."
„Was? Woran hast du das gehört..."
„Daran, wie Sie ihn gesprochen haben..."
„Und bei Fine nicht?"
„Doch... Aber den *gab* es ja schon..."

„Fine, wirklich, mach dir keine Sorgen...“
„Vielleicht ... gefällt er mir ja auch...“
„Josi? Aber du sagtest, du weißt trotzdem nicht.“
„Man muss ja nicht immer alles *wissen*...“

Wie oft hatte er sie schon küssen wollen! Sie war so unbeschreiblich *süß*... Nicht im Sinne von ‚niedlich’, sondern im Sinne von ergreifend unschuldig, aufrichtig, *wahr*...

„Ich würde nie wollen, dass du ihn als fremd empfinden würdest.“
„Vielleicht muss ich mich einfach dran gewöhnen.“
„Das ist gar nicht deine Aufgabe, Fine.“
„Sagen Sie ihn einfach ein paar Mal...“
„Das kann ich so nicht...“
„Nein, ich meine ... benutzen Sie ihn ein paar Mal.“
Schon das Wort ‚Benutzen’ wäre ihm bei ihrem Namen wie ein Sakrileg vorgekommen. Er war ihm heilig.
„Okay, ich versuch’s...“, sagte er fast befangen.

Sie gingen eine Weile schweigsam nebeneinanderher.
„Sie sind ja auf einmal so schweigsam?“, lächelte sie herausfordernd.
„Ja, es ist nicht so einfach. Ich will auch keine bedeutungslosen *Sachen* sagen... Das habe ich von einem bestimmten Mädchen gelernt...“
„Und von wem?“
„Von *dir*...“
„Das war dumm! Ich habe Ihnen gerade eine Vorlage gemacht, ihn zu *sagen*...“
„Ja, ich weiß... *Danke*, Josi...“
Sie lächelte.
„Das haben Sie gerade nochmal hingekriegt!“
Er lächelte auch.
Sie ging auf seine Zärtlichkeiten gar nicht ein. Wie auch? Sie war ja noch so jung... Aber es stimmte, dieser Name war wie geboren für Zärtlichkeit. Jeder Buchstabe...

„Und worüber wollen Sie weiter reden?“, fragte sie herausfordernd.
„Ich weiß nicht...“, erwiderte er hilflos – und konnte nur in den Humor flüchten. „Vielleicht über das Wetter?“
„Uhh...“
Sie blickte sich um, sah zum Himmel.

„Also es ist gut genug, um den Müll runterzubringen...", lächelte sie.
„Oder brauchen Sie vielleicht meine *Jacke*...?"
Er musste lachen. Sie war so unglaublich süß... Und er ließ sich von ihr grenzenlos gerne besiegen und auf seine Schwächen stoßen...

„Es ist so schön mit dir, Josi...", sagte er leise.
Sie suchte nach einer Antwort – und fand wieder keine.
Dann fragte sie ernst:
„Was werden Sie denn tun, um Müll zu vermeiden ... von jetzt an?"
Auch er wurde sofort wieder ernst. Und beschämt erwiderte er:
„Ich werde mir möglichst kein Essen mehr bringen lassen ... was sowieso gesünder ist..."
„Und auch *Autofahrten spart!*", ergänzte sie betont.
„Ja, auch das...", wiederholte er wie ein braver Schüler.
„Auch daran haben Sie wieder nicht gedacht, stimmt's?"
„Nein..."
„Sie müssen an *alles* denken!", sagte sie warm mahnend.
Er war so glücklich, dass sie ihn nicht wieder verurteilte, sondern ... dass sie ihn *lehrte.*

„Und wie vermeiden Sie Müll weiter?"
„Na ja ... da ist dann vor allem Verpackung, oder? Ich versuche, Verpackungen zu vermeiden."
„Zum Beispiel?"
„Na ja ... also abgepacktes Zeug... Chipstüten..."
„Mhm..."
Ihre schlichte Zustimmung machte ihn fast selig. Er spürte, wie innig sie mit seinen Gedanken mitgedacht hatte und wie sie ihn eben geradezu *gelobt* hatte...

„Und was machen Sie nochmal, wenn Sie einem Bettler begegnen?"
„Ich ... ich bin noch nicht ganz so weit, Josi...", stammelte er. „Aber ich ... geb ihm nicht nur was, sondern ... versuche auch, ihm etwas Nettes zu sagen ... und ... vor allem frage ich mich, wie die Welt so sein kann..."
Sie sah ihn lächelnd an.
„Ja...", sagte sie mit still leuchtenden Augen.

*

Er konnte es nicht fassen, was er mit diesem Mädchen erlebte. Es war so ein grenzenloses Glück, und er konnte *nichts* davon festhalten. Aber es war bereits mehr, als andere Menschen in ihrem ganzen Leben erfahren würden. Sein Leben begann erst *jetzt*. Fünfunddreißig Jahre hatte er vergeudet, dann hatte er ... nein, dann hatte *ihn* ein Wunder ereilt. Er war diesem *Mädchen* begegnet...

Diesem Mädchen, dessen Schönheit immer gleich blieb, nämlich *grenzenlos*... Dessen Schönheit immer von ihm, von ihr ausströmte. In einen einströmte. Auf einen andrang, wie eine zärtliche Woge. Er musste an die Worte denken ‚Steter Tropfen höhlt den Stein'. Aber bei ihr wirkte ein ganzes *Meer* von Schönheit auf einen ein – und so war die Verwandlung radikal, denn kein Stein blieb auf dem anderen, sie wurden nicht nur gehöhlt, sie wurden abgetragen. Dies war das Erlebnis, das er immer wieder hatte. Dieses Mädchen durchdrang *alles* mit seiner Schönheit ... und dann machte es alles neu...

Man wurde ein neuer Mensch, weil man nicht ein bisschen so bleiben konnte *neben ihr*. Nichts wollte man bleiben, was *sie* anders machte. An nichts wollte man fortan empfindungslos vorübergehen, was *sie* in ihre Seele einschloss und mit ihrem Leuchten beschenkte. Wo sie fühlte, empfand man eine Leerstelle in der eigenen Seele, wenn man es nicht auch vermochte – und tat. Was sie einem an Gedanken entgegenhielt, offenbarte einem, wie absolut gedankenlos man bisher durch die Welt getrampelt war – selbstbezogen, ignorant, gedankenlos, gefühllos, willenlos ... seelenlos.

Ihre Seele war so unendlich viel reicher als die seine ... und als die aller Menschen. Er dachte an seine bisherigen Kollegen und Freizeitkumpane. Ja, ‚Kumpane' war bereits das richtige Wort. Es drückte schon eine Art Unverbindlichkeit aus, das typische männliche Einzelgängertum, das sich allenfalls zu Billardrunden oder Dart-Abenden ‚zusammenrottete', um sich dann wieder in die Seelenlosigkeit jedes Einzelnen zu zerstreuen. Wenn er daran dachte, wie diese Männer ihr Gedicht ‚finden' würden... Ein ‚Kleinmädchengedicht' über naiv-romantische Seelenergüsse in Bezug auf ein Ackerstiefmütterchen! Diese ignoranten Seelen hatten nicht den Schimmer einer Ahnung – aber sie bestellten sich einfach ein weiteres Bier und amüsierten sich noch ein bisschen über diese ‚süße Dreizehnjährige'...

Sie bildeten sich etwas darauf ein, dass sie die süßliche Liebe zu einem winzigen Blümchen längst überwunden, ja nie gehabt hatten – und stattdessen sich den wirklich wichtigen Dingen widmeten, nämlich Dart und Bier, flapsige Sprüche und unverbindliches Zusammenrotten. Welch eine Armseligkeit...! Was hatte er drei Jahrzehnte lang nur getan...?

Und die übrigen Erwachsenen? Vernünftigere Männer und Frauen? Die Familien gründeten und auch versuchten, Müll zu vermeiden oder manches in der Art? Aber er sah auch hier Welten an Unterschied. Erwachsene versuchten, *gedanklich* Einiges zu tun, was nicht ‚schlecht' für die ‚Umwelt' war, sondern ‚gut'. Er zweifelte gar nicht daran, dass nicht wenigen Menschen diese Umwelt tatsächlich irgendetwas bedeutete. Aber er zweifelte auch nicht daran, dass *niemand*, wirklich niemand, das fühlte, was *sie* fühlte. Solche Liebe noch zu dem kleinsten Blümchen hatte, solche Liebe zu jedem einzelnen Vogel, sogar noch zu den Baumlöchern... Niemand...

Und er spürte, wie diese Dinge in ihm *begannen*. Ganz zart und vorsichtig, ganz schüchtern, wie gleichsam fragend: Lässt du das zu? Dürfen wir in deine Seele einziehen? Nimmst du uns *ernst*? Ganz neue Gedanken und Empfindungen. Die man jederzeit als übertrieben empfinden konnte. Die ein ‚modernes Selbst' jederzeit verlachen und als idiotisch abweisen, ja nicht einmal *bemerken* würde. Er aber nahm diese neuen, zarten Seelenregungen ernst, ging es ihm doch fast nicht schnell genug, dass er ihr *ähnlicher* wurde. Soweit es für einen Mann, noch dazu einen Mann mit fünfunddreißig Jahren vergeudeten, falsch geführten Lebens, überhaupt möglich war.

Er musste an den Bettler denken. Und er versuchte, sich mit aller Kraft in ein *Fühlen* zu vertiefen ... das tatsächlich die *Frage* haben würde... Die Frage, die sie hatte. Er versuchte, an den Punkt zu kommen.

Sie gingen wieder von der Buslinie aus, die sie beim allerersten Mal genommen hatten.

Sofort fiel ihm der Weißdorn auf. Er war jetzt Anfang Juni bereits ziemlich verblüht. Es wurde ihm, ohne dass er etwas dagegen tun konnte, zu einem Gleichnis – wie lange würde sie *ihn* noch ertragen, noch mitnehmen, wie lange hätte sie noch Lust dazu? Waren sie nicht längst beide schweigsamer, hatten auf der Busfahrt nicht so viel zu sagen gewusst und jetzt auch nicht?

Ihr Haar wehte etwas in ihr Gesicht, und eine namenlose Sehnsucht erfasste ihn ... gefolgt von dem Schmerz, der dazugehörte, weil sie ja ohnehin nicht erfüllbar war, nie... Es tat so weh, und sie war so unglaublich schön...

Kurz darauf sah sie ihn lächelnd an.
„Sie sagen ja heute so wenig...“
„Oder du?“, fragte er fast schüchtern.
„Na ja ... aber ich meine, Sie hätten sonst *auch* immer mehr gesagt...“
„Es ist...“, erwiderte er, „wie etwas, was sich vertieft... Man hat immer weniger das Gefühl, dass es *Bedeutung* hat, was man sagt ... ich meine, was man früher so alles gesagt hat... Ich mache mir in letzter Zeit so viele Gedanken...“
Sie sah ihn musternd an.
„Aber das ist doch gut...“
„Ja...“, sagte er leise.

„Und ... *was* für Gedanken zum Beispiel? Darf ich das fragen?“
Ihre sanfte Frage... Zurückhaltend und weich ... und zugleich so aufrichtig.
„Es ist so umfassend... Gar nicht konkret – und doch wiederum alles einbeziehend. Manchmal alles gleichzeitig, sozusagen. Ich denke an den Bettler, an den Müll, an das Stiefmütterchen, an die Baumhöhle, an mein vergangenes Leben... Ich denke daran, und es ist ... wie eine große, allumfassende Reue ... so viele Jahre vergeudet zu haben ... aber keine sinnlose Reue, sondern eine Art *stille* Reue... Eine, die immer stiller wird... Die einfach nur weiß, sozusagen: Jetzt fängt es eigentlich erst an... Alles... Es – – fängt erst an jetzt...“

143

Ihm waren unvermittelt Tränen in die Augen gestiegen, deswegen hatte er aufhören müssen zu sprechen.

Sie sah ihn erstaunt an.
„*Weinen* Sie?" Und leiser fügte sie noch hinzu: „Wieder...?"
Aber er hatte sich wieder gefasst.
„Es war nur", brachte er hervor, „eine Art Dankbarkeit ... Schmerz und Dankbarkeit zugleich..."
Sie sah ihn mitleidig oder mitempfindend an.
„Das ist ja schön..."
Er erwiderte ihren Blick mit stiller Zärtlichkeit.
„Ich meine, dass Sie *dankbar* sind..."
„Sogar der Schmerz ist schön, Fine... Mit dir ist alles schön..."
„Nennen Sie mich nicht mehr Josi?"
„Doch ... aber das hatte eben mit all den letzten Wochen zu tun, und da musste ich noch einmal ‚Fine' sagen..."
„Ich verstehe..."

Sie kamen immer wieder einmal an den Büschen vorbei, die er zuerst mit ihr kennengelernt hatte.
„Die Weißdornbüsche verblühen jetzt alle...", sagte er.
„Ja."
Sie würde nicht empfinden, was er empfand. Wie konnte sie auch? Sie durfte es gar nicht...
Sie sah ihn aber darauf mehrmals von der Seite an, und schließlich sagte sie:
„Sie scheinen heute *traurig* zu sein..."
„Jedes Verblühen macht traurig ... oder nicht?"
Sie sah ihn an, als müsse sie überlegen, was sie erwidern könne.
„Wenn man ... die Natur besser kennt, weiß man, dass dann die Früchte zu reifen beginnen."
Sie hatte völlig Recht. Und sie beschämte ihn nicht nur einmal mehr, er hatte auch keinerlei Recht, sie mit seiner Melancholie zu belasten. Was tat er hier eigentlich...

„Also magst du auch den Herbst?", fragte er.
„Ja?"
„Kannst du es mir beibringen, Josi...?"
Sie sah ihn von der Seite an, fast lächelnd.
„Es ist ja noch nicht Herbst..."

Er dachte daran, dass sie vielleicht schon morgen einen Jungen kennenlernen konnte... Aber er konnte auch mit diesem Thema nicht wieder anfangen.

„Die *meisten* Menschen lieben den Herbst glaube ich nicht", begann sie nach einziger Zeit nachdenklich.

„Na ja ... es ist ganz sicher ja nicht nur die Zeit des Reifens, sondern auch des Absterbens... Danach kommt ja der Winter..."

„Ja, schon, aber es ist ja keine Kunst, zu sagen ‚danach kommt ja der Winter', wenn man den Herbst deswegen *eh* nicht mag..."

Sie blickte ihn an und fügte hinzu:

„Ich meine allgemein ... die Leute, meine ich..."

„Ja..."

„Ich meine ... es ist, wie Sie sagen. Aber das bedeutet, die Leute mögen nur den Sommer, wollen in der Sonne liegen oder sein, und sobald der Sommer vorbei ist ... ist es auch mit *ihnen* vorbei: den Herbst mögen sie schon nicht mehr..."

„Ja, vermutlich ist es genau so..."

„Man denkt also nur an den *Badesee!*"

Er musste lachen, weil sie alles oft so extrem auf den Punkt bringen konnte.

„Ja, so kann man es auch sagen..."

„Aber ich meine es ernst. Wissen Sie, warum ich dort nicht hinwill? Genau deswegen! Dort liegen sie dann alle auf ihren Luftmatratzen, rufen, spritzen rum, trinken ihre Cola, lassen vielleicht noch *Müll* liegen ... und sobald der Herbst kommt ... weg, alle weg! Und *hier* ist sowieso niemand."

„Du hast ja Recht, Josi..."

Er wäre liebend gern mit ihr einmal an den Badesee gefahren. Sie hätte so sehr auch etwas Ausgelassenheit verdient. Und die Vorstellung, sie in einem Bikini zu sehen, war regelrecht betörend...

„Also die Natur ist den Leuten ja völlig egal. Sie mögen nicht die Natur, sie mögen nur die *Tempera*-tur. Eigentlich nur die Sonne. Schön warm soll es sein. Das ist alles, was sie wollen..."

„Na ja ... sicher mögen sie auch das Grün um sich herum. Stell dir mal vor, es wäre alles zubetoniert. Dann würde man doch gar nicht mehr hinfahren wollen?"

„Ja, aber das Problem ist, dass sie ja gar nicht merken, wie sehr sie die Natur *benutzen*. Sie brauchen sie sozusagen nur als nette Umgebung.

Sie lieben *nichts* davon – aber *da sein* soll sie! Ich habe noch nie etwas Egoistischeres gesehen!"

Er war erschüttert von ihrem Ausbruch – der vollkommen wahr war. Er schwieg betroffen, auch selbst beschämt.
„Und wehe, wenn es dort kein WLAN gibt!"
Ihre Diagnose tat regelrecht weh ... weil er inzwischen gelernt hatte zu empfinden...
„Wissen Sie was? Wir waren letztes Jahr mal auf Klassenfahrt, mit relativ – relativ! – viel Wandern. Sie können sich vorstellen, dass die meisten davon *überhaupt* nicht begeistert waren. Und was glauben Sie, wie viele auf die Natur geachtet haben? Keiner! Die haben alle gequatscht und ab und zu auf ihre Handys geguckt. Ich verstehe nicht, wieso die Lehrer das nicht *verboten* haben. Es überhaupt mitzunehmen. Sie haben ermahnt, aber das war auch alles. Und wissen Sie, was passiert ist? Wir gingen gerade über eine wunderschöne Wiese, es blühte und summte ... und ein Mädchen rief: ‚Mein Akku ist alle, wo ist hier eine Steckdose?' Können Sie sich das vorstellen?!"

Er konnte es sich leider nur zu gut vorstellen.
„Das ist wirklich schlimm, Josi...", sagte er leise. „Es tut mir so leid..."
„Sie können daran ja nichts ändern."
„Aber ich bin *Teil* dieses Systems... Oder vielmehr ... ich war es ganz ebenso..."
„Aber Sie waren es immerhin nur! Es ist so schlimm..."
Er fragte sich, wie die Jugend auf die Natur geblickt hatte, bevor es Handys gab.
„*Wann* ist die Beziehung zur Natur eigentlich verlorengegangen?", fragte er fast wie für sich.
„Wahrscheinlich, als die Menschen sie immer weniger *brauchten*."
„Ja – sicherlich mit jedem Gerät. Schon mit den ersten Autos ... und so weiter."

„Eigentlich...", sagte sie, „müsste man mit jedem Gerät, was erfunden ist, in der Schule *mehr* über die Natur lernen..."
„Aber das Lernen allein ist es ja nicht. Man lernt ja so Einiges."
„Ich meinte es ja auch ganz anders. So, dass man sie eben auch *lieben* lernt."
„Aber wie soll das in der Schule möglich sein?"
„Man müsste sich eben ein bisschen anstrengen!"

„Wie meinst du das?"

„Na, man ist doch nicht zum *Spaß* in der Schule – sondern um etwas zu lernen! Und dann muss man sich auch Mühe geben ... um es zu lernen."

„Aber Liebe kann man einem nicht beibringen."

„Doch! Wenn sich jemand anstrengen würde, würde man das können."

„Aber niemand mag Schule. Damit geht es doch schon los..."

„Es geht schon damit los, dass niemand Schule mag – aber es geht schon damit los, sich einmal zu fragen, *warum*. Weil man keine ‚Lust' hat? Und warum nicht? *Damit* geht es doch eigentlich los..."

„Weil es lauter Sachen sind, die man nicht wirklich braucht."

„Und woher will man das wissen? Die meisten haben ja nicht einmal Lust bei den Sachen, *die* sie später brauchen."

„Weil es eben Schule ist. Weil man lernen *soll*. Weil es Hausaufgaben gibt und Tests und Noten..."

„Na und? Wenn mich etwas interessiert, dann kümmert mich das doch gar nicht..."

„Vielleicht geht einem dann sogar der Spaß an dem verloren, *was* einen bis dahin interessiert hat."

„Dann meinte man es aber sehr wenig ernst...!"
Wieder hatte sie einen Finger in die Wunde gelegt. Aber das Problem war ja viel grundsätzlicher.

„Aber man kann doch auch von Kindern nicht verlangen, dass sie sich auf einmal für Deutsch, Mathe, Geschichte, Chemie, klassische Musik und was weiß ich noch alles interessieren sollen. Wenn sie draußen spielen wollen? Ich meine, sind Kinder je für die Schule geschaffen?"

„Also nur für den Spielplatz? Und wenn sie achtzehn sind, wechseln sie auf den Arbeitsplatz?"
Wieder musste er verlegen lachen.

„Na ja, nicht ganz..."

„Wie dann? Zwischendurch noch zwei Jahre mit Handy am Badesee?"
Sie war in ihrer Sanftheit unerbittlich – aber nur, weil sie sah, was *passierte* ... während er es erst lernte. Das Sehen...

„Was würdest *du* denn machen, Josi?", fragte er leise.

„Ich würde Kinder erst einmal *überhaupt* keine Geräte haben lassen!"
Er begriff ihren Ansatz unmittelbar und hörte ihr innig zu.

„Und", sie lachte, „Erwachsene eigentlich auch nicht!"

„Aha", lachte er ebenfalls. „Also ein sehr radikaler Ansatz..."

„Ja", gab sie noch einmal lachend zurück.

Dann wurde sie aber wieder ernst.

„Man müsste schon den kleinen Kindern beibringen, wie *schön* alles ist...!"

„Und wie?"

„Mit Ausflügen... So wie wir jetzt. Aber die Lehrer finden es ja *selbst* nicht mehr schön! Wie wollen Sie es da den Kindern beibringen?"

„Aber bestimmt gibt es doch Lehrer oder Lehrerinnen, die genau das den Kindern beizubringen versuchen. Aber die Kinder interessieren sich meistens weniger für eine Blume – sondern wollen toben, balgen, etwas bauen..."

Sie schwieg ratlos – was ihm wieder unmittelbar leidtat. Fast fühlte er sich wieder schuldig, tat dies sogar.

„Ich weiß auch nicht, wie es gehen soll", murmelte er.

„Kinder hören gerne Geschichten!", sagte sie nach einer kurzen Weile.

„Man erzählt ihnen Geschichten ... von dem Vogel, der im Baumloch sein Nest baut... Von dem Stiefmütterchen, das auf dem Sandweg wächst..."

„Was für Geschichten? Von dem Stiefmütterchen ... was erzählt man da?"

„Was es erlebt... Da krabbeln ja Käfer vorbei. Und warum es gerade dort auf dem Sandweg wächst... Und warum es so schön gelb ist..."

„Und warum ist es so schön gelb?"

„Weiß ich doch nicht ... vielleicht, weil es das *Licht* getrunken hat?"

„Aber soll man den Kindern so was erzählen? *Geschichten*...?"

„Vielleicht ist es ja wahr...", sagte sie verletzlich.

„Das mit dem Licht? Und dass das Stiefmütterchen etwas erlebt?"

Sie sagte nichts mehr.

Da erst wusste er, dass sie es vielleicht noch viel ernster gemeint hatte, als er je vermutet hätte.

„Aber du hast gesagt, es *sind* Geschichten, Josi... *Sind* es Geschichten? Was für Geschichten sind es...?"

„Ich möchte darüber nichts mehr sagen...", erwiderte sie verletzlich.

Eine ungeheure Betroffenheit überkam ihn.

„Ich wollte dich nicht –"

„Ich will nichts mehr sagen!"

Er war erschüttert... Was hatte er angerichtet? Ihr erster Streit ... ihr erstes Zerwürfnis. Er bekam nicht einmal Panik, er stürzte nur in eine große Ratlosigkeit – aber auch Scham, denn er hatte sehr wohl Angst, sie zu verlieren, große Angst...

Sie ging still neben ihm, aber er spürte, dass sie es eigentlich gar nicht mehr *wollte*. Innerhalb weniger Momente waren sie sich fremd geworden, er ihr... Und sie verstehen konnte er auch nicht. Er litt entsetzlich. Er erinnerte sich an jenen Moment, wo sie vor ihm weggelaufen war. Geschah hier jetzt etwas noch viel Schrecklicheres?

„Josi, ich –"
„Sie brauchen gar nichts mehr zu sagen!"
Bestürzt verstummte er wieder.
Aber auch sie schien todunglücklich.
„Sagen Sie doch *gleich*, dass ich dumm bin...!", brachte sie schließlich hervor.
„Josi, ich würde nie –"
„Ich möchte *überhaupt* nicht mehr genannt werden ... weder Josi noch Fine..."
Jetzt breitete sich langsam eine Panik in ihm aus. Sie lief nicht weg, weinte auch nicht, aber das hier war schlimmer, viel schlimmer. Er musste sie grenzenlos verletzt haben... Er spürte, dass sie ihm grenzenlos *vertraut* hatte ... und dass dieses Vertrauen an ihm zerschellt war... Was sie gesagt hatte, hatte sie irgendwo ernst gemeint...

Sie war noch immer todunglücklich, aber die Enttäuschung würde sich in ihr wie ein Gift rasend schnell ausbreiten, und er würde keinen Zugang mehr zu ihr finden, denn die Unschuld vertraute nur *einmal* – und wenn dies enttäuscht wurde, dann starb in ihr etwas für immer...

Wieder spürte er Tränen in seinen Augen. Es waren Tränen einer verzweifelten Liebe, die dieses Mädchen liebte, wie auch *immer* es war, die sogar seine *Wahrheiten* liebte, einfach nur, weil es seine waren – die es so unglaublich hilflos liebte...

Das Schluchzen saß noch in seiner Brust, es kam noch nicht herauf, aber die Tränen hatten seine Augen feucht gemacht, und mit einer tief betroffenen Liebe brachte er mühsam hervor:

„Es geht nicht darum, wer Recht hat, Josi... Ich will überhaupt nicht ...
Recht haben... Will ich nicht... Nicht bei dir... Ich will einfach nur – –
ich – –"
Nun war doch eine Woge heraufgerollt und er musste sie bekämpfen...
Dann konnte er weitersprechen.
„Ich will einfach nur bei dir sein... Dich verstehen... Dir gar nicht wi-
dersprechen... Dich ernst nehmen... Ich will – – dass du mir verzeihen
kannst – – ich wollte nicht – – ich will dich verstehen, Josi, nicht – –
nicht verlieren – –"

Er schluchzte... Jetzt kam die Woge... Hilflos schluchzte er, und seine
Liebe war größer als jeglicher Verstand. Er wollte dieses Mädchen nicht
verlieren. Das war sein größter Wunsch, seine größte Sehnsucht. Was
er mit ihr erlebt hatte, war das Kostbarste überhaupt, er *konnte* dieses
Mädchen nicht verlieren... Kein Gedanke war so undenkbar wie dieser.
Und hilflos schluchzte er ... weil dieser Gedanke als Wirklichkeit *drohte*.

„Sie können nicht immer weinen...", hörte er ihre liebe Stimme.
„Doch, Josi, kann ich! Bitte – verzeih mir – bitte – –!"
„Es war ja vielleicht auch meine Schuld..."
„Ich wollte dich nicht verletzen, Josi – ich werde das auch nie tun –
wirklich – es tut mir leid!"
„Hören Sie doch bitte auf..."
„Verzeihst du mir dann?"
„Ich *hab* ja schon längst ... alles – – weinen Sie doch nicht mehr..."
Sie heilte seine Tränen.
Wieder erblickte er ihr mitleidvolles Gesicht.
„Josi – –!"
„Ist ja gut...", tröstete sie.

Dann gingen sie weiter, beide befangen, vielleicht vor allem sie.
Leise sagte sie:
„Es war *meine* Schuld..."
„*War* es nicht, Josi. War es nicht..."
„Auch..."
„Ich liebe dich so sehr – ich hatte solche Angst...!"
„Tut mir leid...", murmelte sie.
Sie musste sich nicht entschuldigen, brauchte es nicht, nie, aber er
wusste nicht, was er sagen sollte...

Schließlich zeigte er hilflos auf eine kleine Schar Ackerstiefmütterchen, die er entdeckte wie etwas heilig Vertrautes.

„Hier blüht es auch...“

„Ja...“

Ihm kamen neue Tränen. Er war so glücklich. Sie war ihm nicht mehr böse.

Verstohlen blickte er auf ihre schmale Gestalt. Sie schien sich auch still zu schämen.

„Josi?“

„Ja?“

„Wirklich... Es war meine Schuld.“

Sie warf ihm einen zweifelnden Blick zu.

„Sie sind immer so lieb...“

„Das hab ich wenn überhaupt von dir...“

Sie lächelte fast gegen ihren Willen.

„Nein. Sie waren von Anfang an so...“

Wieder traten einige Tränen in seine Augen. Ihre zarten Liebeserklärungen... Oder das, was seine innerste Seele so empfinden konnte.

„Ich wünschte...“, sagte er leise, „die Kinder würden dir *zuhören*, wenn du ... Lehrerin wärst und ihnen Geschichten erzählen würdest... Geschichten, die sie lehren würden, die Natur zu lieben... So wie du...“

Sie schwieg beschämt.

Er dachte daran, dass er der Natur *völlig gleichgültig* gegenübergestanden hatte. Sie hatte die Natur beseelt. Er hatte die Natur getötet, für sie gab es noch eine Art lebendige Magie. Vielleicht konnten sie sich in einer heiligen Mitte treffen, in einem Kuss, der ihrer Welt nichts antat...

Sie ging immer noch in verletzlichem Schweigen neben ihm.

„Josi?“, fragte er scheu.

„Ja?“

„Ist alles *gut*...?“

„Mhm...“

Es klang noch immer verletzlich, und sein Herz blutete dabei. Er sehnte sich so sehr nach einer vollkommenen Verbindung...

„Ich würde so *gern* ... dich *ganz* verstehen, Josi... Ganz bei dir sein, dich ganz verstehen, dir ganz zuhören – das würde ich! Geht das überhaupt? Dass ... du mir noch einmal vertraust ... obwohl ich alles falsch gemacht habe...?“

„Sie haben ja nichts falsch gemacht...“

„Doch... Ich habe alles falsch gemacht. Ich hätte *nur dir* zuhören sollen. Nur dir... Denn nichts anderes bedeutet mir etwas.“

„Aber wenn Sie die Dinge anders sehen – –“

„Josi – es kommt nicht darauf an, wie ich die Dinge sehe. Es kommt darauf an, dass ich dich liebe. Das weiß ich jetzt – dass es auf etwas anderes gar nicht ankommt. Ich will nur ein Einziges: dein *Vertrauen* verdienen... Dass du *keine* Angst haben musst ... irgendetwas zu sagen. Weil ich *dich* verstehen will. Dir zuhören will. Nichts anderes... und weil ich dich auch verstehen *werde*. Ich verspreche es dir...“

„Das kann man sich ja nicht aussuchen.“

„Doch, kann man...“

„Aber vorhin –“

„Vorhin war idiotisch! Wirklich Blödsinn, Josi! Ich habe einfach nicht nachgedacht! Ich hab irgendwelchen Mist gesagt, ohne nachzudenken, worum es mir *wirklich* geht. Ohne es zu begreifen. Ohne zu begreifen, dass auch du sehr verletzlich bist – und zwar mit Recht! Ohne *irgendwas* zu begreifen, Josi! Aber jetzt bin ich viel, viel weiter... Ich –“

Wieder drangen unvermittelt Tränen hinauf, in seine Augen.

„Ich möchte einfach *dich* verstehen...“, flehte er fast, zärtlich. „Nichts sonst... Ich möchte dich verstehen. Ich wollte noch nie etwas so ausschließlich...“

Sie sah ihn an. Zweifelnd? Nein, verletzlich... Zart ungläubig, vertrauensvoll, nein vertrauens-sehnsuchtsvoll, still zurückhaltend, wie immer. Sein Herz floss über vor hilfloser Liebe zu diesem Mädchen. Er erwiderte ihren Blick in hilfloser Scheu...

„Hören Sie die Feldlerche?“, fragte sie, indem sie sich wieder ihrem Gesang zuwandte.

„Ja...“

Schmerzlich folgte er ihrem Blick, obwohl er selbst ihre zarten, fast schüchternen Ablenkungen so sehr liebte...

„Wenn ich sie höre, denke ich mir immer, dass sie *das Ganze* begreift...“

„Das Ganze?“, fragte er scheu.

„Ja – alles... Also ich meine, das Ganze...“

Sie lenkte nicht ab. Sie offenbarte sich ihm einmal mehr, zart, verletzlich, wie ein unverwechselbares Wunder.

„Okay, Josi...", flüsterte er fast nur. „Mach weiter... Ich hör dir zu... Ich hör dir ganz und gar zu..."

Sie sah ihn unsicher an, fast zweifelnd – aber nur deshalb, weil sie nie im Mittelpunkt stehen wollte.

Er erwiderte ihren Blick, scheu, völlig zurückhaltend, bereit, zu *empfangen*, rein da zu sein, für sie...

Und zögernd fuhr sie nun fort, während er sich durch diese Tatsache still gesegnet fühlte.

„Ich weiß nicht ... wann ich das zum ersten Mal gedacht habe... Dass alles zusammengehört? Oder zusammenhängt...? Also eben *alles*. Wohin man guckt. Jedenfalls die Natur, meine ich... Der Himmel und die Erde, die Pflanzen, die Landschaft, alles, was darin ist, jedes Tier, jeder Vogel ... alles gehört *zusammen*. Ist miteinander verbunden. Ist einfach verbunden. Ein Ganzes..."

Sie sah ihn zweifelnd an, ob er überhaupt verstand, was sie sagen wollte.

„Ja, ich verstehe, Josi..."

„Und was denken *Sie*?"

Das spielte für ihn überhaupt keine Rolle – und zum Glück begriff sein Herz auch, dass ihre Frage gar nicht darauf zielte, sondern darauf, wie er ihre Worte nun empfand.

„Was ich selbst denke, spielt gar keine Rolle, Josi. Du weißt ja, dass ich mir bisher *überhaupt* keine richtigen Gedanken über irgendetwas gemacht habe. Also sind meine Gedanken erst einmal völlig wertlos. Außerdem denke ich im Moment gar nichts, sondern will dir einfach nur zuhören... Ich denke mit *dir* mit... Und nur das will ich..."

„Aber das müssen Sie nicht", erwiderte sie scheu. „Sie können auch eigene Gedanken haben..."

Ihr hilflos gutes Herz wollte sofort, dass *Ihre* Seele nicht der Maßstab war...

„Ja, das weiß ich", sagte er leise. „Aber ich will bei *dir* sein, Josi. Ich will *dich* verstehen... Was war jetzt mit der Feldlerche...?"

„Sehen Sie dahinten den großen Baum? Wollen wir dort Pause machen?"

„Okay..."

Wieder bat sie um Aufschub, ganz sicher, um in Ruhe noch viel besser darüber sprechen zu können. Dennoch war er so empfänglich und so voller Sehnsucht, dass er selbst diese vielleicht zweihundert Meter wie eine Entbehrung empfand.

Die Sonne schien herrlich, die Feldlerche sang, und das Mädchen neben ihm war das Schönste, was er je gesehen hatte. Ihre zarte Gestalt, die sich in einer solchen Unschuld in seine Wahrnehmung wob, löste eine solche Sehnsucht in ihm aus, dass sich hilflos sogar sein körperliches Inneres zusammenzog, gleichsam in Sehnsucht verging...

Als sie den Baum erreichten, sagte sie:
„Man kann sich da auch gut anlehnen...“
„Ja, bestimmt.“
„Machen Sie das ruhig.“
„Aber dann hast du nichts...“
„Das macht nichts. Ich setze mich daneben.“
„Nein, das will ich aber nicht.“
„Machen Sie es mal... Ich *kenne* es ja schon.“
„Aber ich will nicht ... mich anlehnen, während du – –“
„Ich wünsche es mir aber. Ich will, dass Sie es mal erleben.“
Ihr gutes Herz...
„Okay, wenn du es so sehr willst...“
„Mhm...“

Er lehnte sich an den mächtigen Stamm der großen Eiche, und es war ein wunderschöner Ort.
Sie setzte sich etwas entfernt von ihm hin, *kaum* entfernt, mehr als sonst saß sie *fast* neben ihm... Er war zutiefst berührt...
„Wollen Sie schon was essen?“, fragte sie.
„Nein. Du?“
„Nein. Auch nicht.“
Ihre zarte Gestalt war so *grenzenlos* schön...
Seine Sehnsucht wurde übermächtig. Sein Hals wurde trocken, weil er sie fragen *musste*.

„Josi?“
„Ja?“
„Bevor du weitererzählst ... darf ich etwas *fragen*?“
„Ja?“
Er musste einmal schlucken, jetzt war sein Mund *wirklich* trocken...
„Also wegen dem Baum hier...“

„Ja?"

„Und überhaupt, ich meine – –"

Sie sah ihn so unschuldig, so offen, fragend an, dass ihm ganz schwindlig wurde, er fand die richtigen Worte kaum.

„Ich wollte fragen – – aber nur wenn du willst – – ich – ich wollte – fragen, ob du – vielleicht mal – – also dich hier bei mir *anlehnen* willst, in meinen Arm sozusagen – nur mal kurz – – du sollst nicht denken, dass ich – – ich wollte nur *fragen* – –"

Die letzten Worte waren bereits ein Verzicht, eine Entschuldigung. Er hatte gesehen, dass sie, als sie verstand, was er fragen wollte, eine zarte Abwehr empfand.

Sie sah ihn weiter an, aber er sah ihre Abwehr hilflos.

„Nein, ist schon gut, Josi. Es war ... es war blöd von mir. Musst du nicht, alles gut. Es war ... idiotisch...."

Nun war sie völlig verunsichert, wenn auch vielleicht vorerst beruhigt. Er schwieg ratlos, beschämt...

„Wieso wollten Sie das...?"

„Ich wollte es nur, wenn es für dich in Ordnung gewesen wäre..."

„Aber warum?"

Er schämte sich und konnte nichts sagen. Sie wollte es ja nicht...

„Wollten Sie das die ganze Zeit?"

Es war nicht einmal ein Vorwurf – und vielleicht doch ein bisschen.

„Nein... Wirklich nicht... Außerdem wusste ich ja auch, dass *du* es sowieso nicht wollen würdest... Ich dachte nur eben ... vielleicht ... vielleicht war es auch wegen dem Baum ... also ... dass sich nur *einer* hier anlehnen kann ... aber es war auch ... es war auch – –"

Eine Woge der Sehnsucht brandete an das Ufer seiner Seele.

„...ich wollte *einmal* spüren, wie es ist... Was ich ... was ich nie haben werde... Das war der eigentliche Grund... Es einmal spüren zu können. Während du von der Feldlerche sprichst. Vielleicht dachte ich ... vielleicht hatte ich ... die Vorstellung, du könntest dich dabei wirklich geborgen fühlen... Vielleicht war auch das in meiner Vorstellung *ein Ganzes*... Aber das war natürlich nur meine Vorstellung... Und meine Sehnsucht... Dich einmal *halten* zu dürfen... *Einmal*... Aber ich wollte dir nicht zu nahe treten, Josi... Auf keinen Fall..."

Sie sah ihn hilflos an.

„Vergiss es einfach...", sagte er ebenso hilflos. „Es ist nicht wichtig..."

Ihr Blick sagte ihm sofort, dass er doch gerade die völlige Unwahrheit gesagt habe.

„Ich meine – es geht auch ohne! Ich liebe dich *sowieso*. Du musst nicht denken ... dass ich jetzt immer daran denke. Oder was auch immer denke. Ich denke nur, du möchtest das nicht, und das ist völlig *richtig* so. Ich war idiotisch, dich jetzt wieder so zu verunsichern...“

Sie schwieg hilflos, wusste natürlich noch immer nicht, was sie sagen sollte.

„Mach einfach“, bat er leise, „da weiter, wo du hier weitermachen wolltest. Es ist alles absolut in Ordnung. Wirklich, Josi. Es ist *auch so* ein Ganzes...“

Sie schien einmal durchzuatmen. Aber sie schwieg noch immer.

Er sah sie wehmütig an, still beschämt.

„Du kannst es jetzt nicht mehr, stimmt's?“

Sie schüttelte den Kopf.

„*Später?*“, bat er. „Kannst du es später? Nur jetzt gerade nicht...?“

„Vielleicht, ja...“

Er blickte in wachsender Scham auf die Landschaft. Die Reue über die erneut zerbrochene Harmonie drang ihm wie Pfeilspitzen in die Seele. Er senkte den Kopf. Jetzt drangen gewaltig Tränen hinauf. Er bekämpfte sie. Doch sie überwanden seine Gegenwehr und tropften hilflos auf sein T-Shirt...

„Sie weinen ja schon *wieder*...!“, hörte er ihre völlig hilflose Stimme.

„Es geht gleich wieder, Josi“, sagte er hilflos, musste einmal seine Nase hochziehen. „Es tut nur so weh, dass ich immer wieder alles kaputtmache...“

Nun musste er wirklich schluchzen.

„Sie *machen* ja nichts kaputt...“

„Doch! Tue ich! Ständig...!“

Er musste sich die Augen wischen.

„Nein... Stimmt doch gar nicht...“

„Doch...! Du siehst es doch... Gerade wolltest du – – wolltest du erzählen, und ich? Ohh – – –“

Sie war aufgestanden, denn er spürte ihre Hand an seiner Schulter.

„Hören Sie doch bitte auf zu weinen!“

Es machte es wie immer schlimmer... Und wie immer führten ihre lieben Worte dazu, dass er es dennoch sofort versuchte ... und dass es ihm schließlich dann auch gelang.

Sie hatte sich neben ihn hingehockt und blickte ihn mit tiefer Sorge und Mitleid und selbst schuldbewusst an, was ihm neue Scham durch die Seele jagte.

„Es geht wieder, Josi...", brachte er hervor.

Sie sah ihn unverwandt zweifelnd an.

„Es geht wieder", wiederholte er fast bittend.

Noch immer sah sie ihn an, ratlos, oder in beharrlicher Sorge.

„Alles ist gut...", sagte er hilflos.

Jetzt schien sie sich zu beruhigen. Aber nun hockte sie noch immer hilflos vor ihm.

„Setz dich wieder hin...", bat er zärtlich.

Sie regte sich nicht. Tat es dann schließlich doch, an ihren alten Platz, und er spürte, dass sie sich fast schämte.

Er fand die richtigen Worte nicht. Dann aber war die Anknüpfung wieder da, und er sagte leise:

„Das ist ein Ganzes..."

Er lächelte ihr zu. Sie lächelte nicht zurück. Es beschäftigte sie jetzt. Er konnte es ihr nicht wieder nehmen.

„Du musst das *vergessen*, Josi! Ich *bin – immer – glücklich* mit dir. Verstehst du? Immer.

„Aber Sie wünschen sich noch was anderes."

„Das ist nicht der Punkt. Ich *hatte* es mir vielleicht gewünscht – aber dann habe ich gesehen, dass du es nicht willst. Und das ist in Ordnung. Wünschen kann man sich viel. Bis man merkt, es geht nicht. Ich hatte mir ja auch gewünscht, dich zu heiraten..."

Sie musste lachen.

„Hatten Sie nicht! Das hatten Sie nur so gesagt... Gesagt haben Sie es nicht mal..."

„Siehst du? Du weißt gar nicht, was ich mir schon alles gewünscht habe, aber was nicht geht, geht nicht."

„Sie sind wirklich verrückt."

„Ja, weiß ich..."

Sie sah ihn lächelnd an, hatte ihre Leichte wieder.

„Es ist ein Ganzes, dass Sie verrückt sind."

„Ja."

Sie musste wieder leise lachen, zumindest innerlich.

„Sie *können* mich nicht heiraten."

„Weiß ich."

Wieder sah sie ihn zweifelnd an – oder wie einen Verrückten.

„Seit wann wollten Sie mich heiraten?"

„Seit dem ersten Moment."

Sie wandte sich ungläubig der Landschaft zu.

Er wusste, dass auch sie wusste, dass das alles nur *halb wahr* war – aber eben sehr wohl auch halb wahr...

Wieder sah sie ihn an, musternd.

„Sie wollten nur mal wissen, wie das *ist*...?"

„Ja... Einmal erleben, wie das ist... Erleben dürfen..."

„Und dann?"

„Nichts und dann."

„Aber was *ist* dann?"

„Nichts – was meinst du?"

„Ich denke, dann wollen Sie es *immer*..."

„Ja, aber will ich nicht..."

„Aber Sie wünschen es sich dann immer."

„Das tue ich jetzt ja auch."

„Aber ich hatte Sie *gefragt*, ob Sie das schon immer wollten!"

„Ja, Josi. So war es auch nicht... Ich habe nicht daran gedacht, wirklich nicht. Und genauso wenig werde ich das künftig tun. Verstehst du? Wie schön das ist, weiß ich doch *jetzt* schon! Es geht nicht darum, dass ich es mir nachher mehr wünsche als vorher. Ich will nicht wissen, wie es *ist* – ich will es *erleben* dürfen... Ich weiß, wie schön es ist. Ich will es nur einmal erlebt haben dürfen... Das ist alles..."

„Und warum?"

„Um die *Erinnerung* zu haben! Verstehst du? Um davon träumen zu können, wenn du längst weg bist... Um für immer dieses Geschenk zu haben, dass ich es einmal *durfte*... Dich im Arm zu halten..."

Sie schwieg betroffen.

„Aber ... du *musst* es auch nicht, Josi. Es ist wie mit der Heirat, das musst du ja auch nicht..."

„Sie sind ja völlig verrückt..."

Er blickte in die Landschaft. Er war froh, dass sie ihre Freiheit wieder-
hatte, einigermaßen.
Eine Weile schwiegen sie so und blickten beide über die Felder.

Dann fragte sie:
„Und wie lange *wäre* das dann?"
„Was? Das mit dem Heiraten?"
Sie musste lachen.
„Nein! Das andere natürlich!"
„Ach so, das..."
Sie sah ihn belustigt an. Er war so glücklich, dass die *Harmonie* wieder
da war...
„Das wäre...", erwiderte er leise, „solange du *willst*, natürlich. Sagen wir
... mindestens fünf *Sekunden*..."
Sie musste lachen.
„Haben Sie eine Stoppuhr?"
„Dein Gefühl ist die Stopp-Uhr, Josi...", erwiderte er ernst.

„Und wann?", fragte sie. „Etwa jetzt?"
Er spürte ihre Unsicherheit – die Worte versuchten, sie zu überbrücken.
Er suchte ebenfalls richtige Worte. Dann sagte er einfach:
„Ja... Mach es einfach, Josi..."
Sie zögerte dennoch, fand den Mut doch nicht.
„Oder später...", lächelte er.
„*Wann* später?"

„Ich hab mal ... irgendwann in der Studienzeit so einen ... na ja, so eine
Art Schauspielkurs mitgemacht. Einfach nur so, kein Anspruch dahin-
ter. Na ja ... da gab es dann so ... Aufgaben. Man bekam irgendein Thema und sollte das dann darstellen. Pantomimisch, glaube ich, ja, genau.
Jedenfalls ... man musste sich ja erstmal überlegen: Wie stelle ich das
dar? Also es waren so etwa sieben, acht Leute, und das ging reihum.
Man bekam das Thema und hatte dann etwas Zeit, sich das zu überlegen. Und dann sollte man aufstehen, in die Mitte gehen – wir saßen im
Kreis – und es darstellen. Und so ungefähr war das. Der, der dran war,
hatte sein Thema bekommen, saß da, überlegte sich was, und wenn er
bereit war, stand er einfach auf und fing an. Daran musste ich gerade
denken. Dass du einfach ... also einfach, wenn du bereit bist, spontan
aufstehst und dich hier hinsetzt. In meinen Arm einkuschelst. Ohne
Angst – weil dir nichts passiert. Einfach so..."

159

„Mhm...", erwiderte sie verstehend, etwas zweifelnd.

„Denkst du, du kriegst das hin?", versuchte er, ihr Mut zu machen.

„Ich will es ja gar nicht!", lachte sie.

„Ja – ich sagte ja, du *musst* auch nicht...!"

„Aber dann –"

„Nein, nichts ‚dann'. Wirklich, Josi – dann ist *auch* nichts... Es ist alles gut..."

Sie blickte auf die Felder.

Dann stand sie spontan auf und kam zu ihm, ihre Blicke begegneten sich in einem für ihn erschütternden Moment, und schon ließ sie sich bei ihm nieder, in einer anmutig-unsicheren Bewegung, die ihn ebenfalls zutiefst erschütterte.

Und dann lehnte sie auch schon an seinem Arm...

„So...?"

Er hatte das Gefühl, kaum sprechen zu können. Er musste sich gleichsam *zwingen* zu sprechen – von sich aus hätte er es in diesem Moment nicht gekonnt...

„Ja..."

Ihre Gegenwart machte ihn atemlos.

„Mach es dir bequem, Josi...", bat er, solange sie noch den spontanen Mut dazu hatte. „Bis du dich richtig *wohlfühlst*..."

„Wer sagt denn, *dass* ich mich wohlfühle?"

„Na, jetzt noch nicht ... deswegen sollst du es dir ja *bequem* machen..."

Sie kicherte.

„Ich glaube nicht, dass ich mich wohlfühle..."

„Mach jetzt, Josi... Mach es dir so bequem wie möglich. Kuschel dich wirklich an..."

Sie tat es.

„So...?"

„Ja..."

Er wagte es dabei, seinen Arm um sie zu legen – und sie ließ es zu.

„Ist das gut?", fragte er leise. „Alles gut, soweit?"

„Weiß ich nicht – *kommt* noch was?"

„Nein, ich meine, ob du dich bis jetzt gut fühlst..."

„Kann ich nicht behaupten..."

„Gut *genug*, meine ich, Josi... Jag mir keine Angst ein..."

Sie kicherte leise.

„Was für Angst? *Muss* ich mich gut fühlen?"

„Natürlich. Ich würde nie etwas tun, wobei du dich nicht gut fühlst...!"
„Ach ja?"
„Außer unabsichtlich. Und dann entschuldige ich mich..."
„Und Sie weinen..."
„Ja."
„Also gut ... bis jetzt geht es..."
„Es geht ... okay ... alles klar..."
Sie lachte.
„Haben Sie mehr erwartet?"
„Nein..."
Wieder lachte sie leise.
„Und *wann* kann ich wieder aufhören?"

Er schloss sie ganz zart ein wenig mehr in die Arme.
„Wenn du nicht mehr willst, Josi...", sagte er leise. „Aber sag Bescheid,
bevor es soweit ist... Damit ich dich noch zehn Sekunden *spüren* kann..."
„Zehn?", lachte sie. „Vorhin waren es fünf!"
„Das war nur der Extremfall... Jetzt sehe ich ja schon, dass du es länger
als diese fünf aushältst..."
„Aber vielleicht nicht viel länger..."
„Ja, vielleicht nicht..."
Sie schwiegen kurz. Er spürte ihre Nervosität. Er meinte, ihr Haar duf-
ten zu spüren... Ganz zart berührte er es mit seiner Nase, ohne dass sie
es spüren musste. Es war so grenzenlos schön...

„Aber es könnte auch sein...", sagte er leise, „*dass* du dich wohlfühlst,
oder? Wohlzufühlen *beginnst*. Dass es dir zumindest nichts ausmacht.
Im Gegenteil... Und dass du ... von der Feldlerche erzählst..."
„Sie sind ganz schön raffiniert!", erwiderte sie.
„Nein – nur voller Hoffnung... Und ich ... wollte dir auch Mut machen,
dass das eine Möglichkeit ist..."
„Dass es eine Möglichkeit wäre, weiß ich doch selber."
„Ja, aber den Mut hättest du vielleicht nicht selber..."
„Aber vielleicht will ich es ja gar nicht."
„Nein ... dann musst du es auch nicht. Aber vielleicht willst du es ja
doch... Wenn du es noch ein bisschen probiert hast..."
Sie lachte wieder.
„Sie wollen mir das so richtig einreden..."
Er war sich unsicher, ob sie das ernst meinte – und besorgt, dass sie
den Unterschied vielleicht nicht empfand.

161

„Nein, Josi...“, sagte er vorsichtig. „Ich will nur, dass du dich nicht unter Druck fühlst, innerhalb der nächsten halben Minute spüren zu müssen, *ob* es dir gefällt, auch etwas länger, oder nicht. Dir *passiert* ja nichts... Lass dir einfach Zeit... Zeit, zu spüren, wie es sich langsam verändert... Wie es vielleicht auch vertrauter wird – vielleicht! Verstehst du? Wenn es dir *ganz* unangenehm wäre, würdest du das ja merken. Wenn es aber so ein ‚Zwischending‘ ist, so halb ungewohnt und halb ‚mal sehen‘ ... dann lass dir *Zeit*... Du hast überhaupt keine Verpflichtung. Du kannst damit ... regelrecht experimentieren. Denn letztendlich ist es ja auch für dich vielleicht das einzige Mal. Also finde wirklich heraus, ob du es nicht genießen *könntest*...“

„Ich soll ‚experimentieren‘?“, wiederholte sie fast vorwürfig.
„Du sollst dir Zeit nehmen... Du sollst dich nicht unter Druck fühlen, nicht unter Zeitdruck und auch nicht unter irgendeinem anderen Druck. Du sollst einfach hineinspüren. Ob es, wenn die Nervosität ein bisschen weg ist, sich *schön* anfühlt... Das ist alles... Lass dir Zeit, Josi...“
„Das ist natürlich gut für *Sie*, wenn ich mir Zeit lasse, nicht wahr?“
„Ach, Josi... Lass mich doch mal aus dem Spiel. Natürlich ist es gut für mich, aber darum geht es doch gar nicht. Es geht um dich! Und denk nicht, du hättest eine Verpflichtung. Denk nicht einmal, *wenn* du es schön fändest, du müsstest es daraufhin immer schön finden – oder so etwas. Das alles ist überhaupt nicht so. Es geht nur darum, dass du *jetzt* die Möglichkeit hast, es zu genießen oder nicht... Mach einfach für dich etwas sehr Schönes draus...“

„Was Sie dann natürlich auch schön finden...“
„Ich finde es *sowieso* grenzenlos schön mit dir, Josi. Aber die Kunst ist eben gerade, für dich, meine ich, es *auch* schön zu finden, *obwohl* ich dich liebe – dich davon also gar nicht stören zu lassen, sondern es für dich schön zu finden, *weil* du keinerlei Verpflichtung empfinden musst, da ich dich sowieso liebe und es mit dir immer schön finde, auch dann, wenn es dir *nicht* gefallen sollte, dies hier, aber vielleicht tut es das ja, wenn du aufhörst, dich zu irgendetwas verpflichtet zu fühlen oder eine Verpflichtung zu empfinden, *sobald* du es vielleicht schön findest. Es geht wirklich nur um das, was *du* spürst – und es ergibt sich daraus überhaupt nichts anderes...“
„Aber –“
„Nein, da ist kein ‚Aber‘, Josi. Genieß es einfach, wenn du kannst. Lass dich fallen... Und erzähl von der Feldlerche weiter. *Nur*, wenn du kannst.

Wenn nicht, dann sag irgendwann Bescheid. Es ist alles gut. Probier es aus. Lass dir etwas Zeit und ... folge deinem eigenen Gespür. Guck mal, wie schön der Tag heute ist...“

Sie verstummte. Eine zarte Ergriffenheit bemächtigte sich seiner, denn er spürte ... wie sie sich einließ...
Sie ließ sich ein, und er hielt dieses einzigartig schüchterne, mutige, un-schuldige, zärtlich-weiche, wunderbare Mädchen im Arm ... und sie ließ sich ein ... und er blickte über die Felder, und sie tat es, und er meinte noch immer, ihr Haar duften zu spüren ... und das Glück schien sich still über die gesamte Welt auszubreiten...

„Was ist“, fragte sie schließlich, „wenn es mir zu lange gefällt?“
„Nichts, Josi... Habe ich doch gesagt. Mach dir keine Sorgen. Lass dich einfach fallen und genieß diesen Tag ... und wie schön er gerade ist...“
Sie schwieg dankbar.
Die ganze Zeit trällerte und sang die Feldlerche.
Er glaubte, sein Herz müsse zerspringen. Die Schönheit steigerte sich fast in eine Art Unwirklichkeit – aber es war wahr...
Ein Schmetterling gaukelte vorbei.
„Wissen Sie, was das war?“
„Nein...“
„Wir brauchen noch ein Buch... Aber so was hat meine Oma nicht...“
Sein Herz war übervoll. Er würde noch heute Nachmittag eines bestel-len.

Sie veränderte ihre Stellung minimal, und er spürte, wie sie sich noch etwas mehr hineinkuschelte, und er konnte es nicht mehr fassen. Er konnte das Glück nicht mehr fassen. Es strömte nach allen Seiten hin-aus, in eine Welt, die regelrecht zu leuchten begann...

„Ich denke immer...“, hob ihre Stimme zart an, „wenn ich die Feldlerche so singen höre ... dass sie ... *alles weiß*... Na ja, nicht weiß ... son-dern dass sie ... ich weiß nicht, wie ich es sagen soll. Doch schon *weiß* ... nur nicht wie wir, verstehen Sie? Sie weiß alles, und wir wissen es nicht. Aber sie ist mit allem verbunden. Deswegen *singt* sie auch so, die ganze Zeit. Sie *freut* sich eigentlich ... aber es ist sogar *mehr* als Freude. Dafür gibt es aber kein Wort mehr...“

Er hatte ihr mit grenzenloser Hingabe zugehört. Sein Verstand, sein Intellekt regte sich an einer Stelle, aber es war ihm egal. Es spielte keinerlei Rolle – und er ließ ihn einfach abperlen...

Scheu streichelte er einmal so angedeutet wie nur möglich zärtlich ihren Oberarm, nur damit sie wusste, wie sehr er ihr zugehört hatte.
Er spürte ihre zarte Irritation ... und wie sie es dann zu verstehen schien und akzeptierte ... ja vielleicht sogar schön fand.

„Wie, denken Sie", fragte sie schließlich in dieser Geborgenheit, „dass die Welt eigentlich entstanden ist?"
Sein Intellekt meldete sich kurz aus einem belanglosen Ort heraus und bot eine Antwort an – aber durfte nach wie vor nicht eintreten. Er ließ ihn einfach nicht mehr zu in den heiligen Kreis *dieser* Welt und mit diesem Mädchen...
„Ich habe keine Ahnung... Wirklich keine Ahnung..."
Und damit gab er *ihrem* Reich und ihrer Seele allen Raum. Einen grenzenlosen Raum. Vielleicht wusste sie es auch nicht. Aber sie hatte ein Recht darauf – es nicht zu wissen und es in einem *Geheimnis* zu belassen.

Er spürte, wie sie noch weitersprechen wollte, und wieder war er berührt von ihrem *Vertrauen*, mit dem ihre Gestalt sich in seinen Arm schmiegte.
„Es reden...", vernahm er wieder ihre geliebte, weiche Stimme, „viele ja von ‚Gott'... Aber was das ist, weiß ja keiner..."
Er hatte sich für ‚Gott' nie interessiert. Für ihn lief das ganze Thema immer unter ‚alter Mann mit weißem Bart'. Er wusste, dass es natürlich nicht nur das war – aber im Prinzip lief es ja meistens doch auf so etwas hinaus. Sie dagegen hatte völlig Recht – *sollte* es so etwas geben, wusste niemand irgendetwas. Damit war sogar das Wort fehl am Platz.
Hingegeben hörte er ihr weiter zu. Denn es ging nur um *sie*...
„Trotzdem braucht man ja ein *Wort*... Komisch, oder...?"
„Vielleicht braucht man eben *nicht* für alles ein Wort..."
„Ja, aber wenn man darüber sprechen will, meinte ich."
„Ja, dann ist man in einer schwierigen Situation."
Er dachte auch an all jene Momente, wo *er* keine Worte gehabt hatte.
Seine Liebe war ebenso unaussprechlich – und sie war viel realer...

„Man findet aber auch kein *anderes* Wort... Ich hab das manchmal versucht...“

Ihre zarten Selbstoffenbarungen berührten ihn ungeahnt – immer wieder *überfiel* sie ihn mit ihrem zarten Wesen und wusste gar nicht, wie *sehr* sie ihn ständig berührte...

„Haben *Sie* ein anderes Wort?“

Sie wandte ihm angedeutet den Kopf zu, ohne ihn wirklich sehen zu können, und auch dies rührte ihn wieder so sehr...

„Nein...“, gestand er. „Aber ich habe mir auch darüber nie Gedanken gemacht... Nur ist ... das Wort ja immerhin männlich. Es gäbe ja auch die Gött-*in*, zum Beispiel...“

„Ja ... aber es soll ja gerade eigentlich *nichts* von beidem sein, oder?“

„Ja, deswegen geht auch ‚Gott‘ nicht.“

„Mhm...“

Er genoss ihr zartes Nachsinnen, das er ebenfalls so innig spürte. Geborgen in seinem Arm... So ein unsagbares Glück. Keine Worte...

„Gott-*heit*, habe ich schon mal gedacht, aber das klingt noch komischer...“

„Göttliches Wesen, könnte man vielleicht sagen...“, schlug er auf das Geratewohl vor. Hier hatte ihm sein Verstand einmal gute Dienste geleistet.

„O ja... Das ist wirklich gut, das ist viel besser!“

Er war berührt, dass er so leicht etwas hatte beitragen können – und *überhaupt* etwas beitragen...

„Göttliches Wesen...“, wiederholte sie langsam.

Er blickte über die Felder und war selig.

Auch sie schwieg.

„Wann wollen Sie eigentlich weitergehen?“

Ihre Frage riss ihn zart aus seinem Glück.

„Ich glaube, nie...“, lächelte er.

Als sie schwieg, fragte er besorgt:

„Und wie geht es *dir*, Josi?“

„Gut...“, hörte er ihre liebe Stimme, völlig unerwartet.

„Warum hast du gefragt?“

„Weiß nicht ... ich wollte es wissen...“

„Oder ist dir ein bisschen unwohl?“

„Nein...“

„Von mir aus können wir noch stundenlang hierbleiben...“
„Sie meinen, ‚so‘ bleiben...“
„Ja, so... Ich hoffe, du findest es noch eine Weile schön, Josi...“
„Okay...“
Er war glücklich. Grenzenlos...

„*Glauben* Sie an ... ein göttliches Wesen? ... Nein ... hatten Sie ja schon gesagt...“
Eine zarte Beschämung lebte in seinem Inneren auf.
„Und du ... Josi?“
„Ich glaube, dass diese Welt nicht *entstanden* sein könnte ... *ohne* so ein Wesen...“
Er spürte sogar ihre Dankbarkeit für das neue Wort.
„Mhm...“
„Ich meine – *wie* denn?“
Er wusste, dass es eine zarte *rhetorische* Frage war. Und wieder regte sich sein Intellekt nur, ohne auch nur ansatzweise ‚eingelassen‘ zu werden. Er hatte hier nichts zu suchen...

„Allein schon die Feldlerche...“, sagte sie weich, „oder das Ackerstiefmütterchen ... allein schon *diese beiden* ... verstehen Sie?“
Sein Herz verstand unmittelbar, was sie sagen wollte. Und es ahnte auch ihre Art von *Erleben*.
Und schließlich, auf einmal, wusste er es.
„Und allein schon ein *Mädchen*, Josi... Ich meine es ernst...“
Sie verstummte betroffen. Dann aber erwiderte sie:
„Aber von mir reden wir jetzt nicht...“
Es war regelrecht eine Bitte. Und er verstand sie wieder sofort.
„Okay... Alles klar – machen wir nicht...“
Sie tauchte wieder in ihre Gedanken ein, und er war froh, dass sie den Anschluss wieder fand.

„Verstehen Sie es auch mit *den* beiden?“
„Ja ... ich folge dir, Josi... Mach einfach weiter...“
„Das *kann* ja nicht ‚einfach so‘ entstanden sein – das ist unmöglich.“
„Mhm...“
Sie hatte wahrscheinlich noch nicht wirklich von Milliarden Jahren gehört, die Mutationen Zeit hatten – und niemand hatte ein wirkliches Bewusstsein von Milliarden Jahren. Aber es spielte keine Rolle. Nicht hier. Nicht jetzt. Und außerdem *wusste* er es. Ein solches Mädchen konn-

te auch in noch so vielen Milliarden Jahren nicht entstehen. Nicht ohne einen *Grund*...

„Also muss es ein göttliches Wesen geben. Das *ist* einfach so. Das weiß man einfach irgendwann... Man weiß, dass es keinen Namen dafür gibt und geben *kann* – aber dass es da ist...“
Solange dieses Gotteswesen keine Anstalten machte, sich in einen Mann mit Bart zu verwandeln, war alles in Ordnung...
„Aber trotzdem...“, fuhr sie fort. „Wie ist die Welt dann *entstanden*... Das ist die Frage...“
„Vielleicht muss man sie gar nicht beantworten.“
„Nein, vielleicht nicht – aber nachgedacht *habe* ich darüber oft...“
„Ich verstehe...“
„Und Sie nie, oder?“
Wieder spürte er diesen trennenden Unterschied.

„Ich wünschte, ich hätte es...“
„Warum?“
„Na ja, damit ... damit du nicht ständig auf diese Unterschiede stößt... Die ... du ja schlimm findest...“
„Wieso?“
„Na, mit dem Müll und so...“
Sie musste lachen, in seinen Arm eingekuschelt...
„Das ist ja was anderes...“
„Aber ist das Thema jetzt nicht noch viel wichtiger?“
„Wichtiger vielleicht schon. Aber ... na ja, das kann man vielleicht nicht so verlangen...“
„Aber dass der Mann den Müll runterbringt, schon, oder?“
„Genau!“, lachte sie.
„Gut, das beruhigt mich. Dass es nicht so schlimm ist, dass ich darüber bisher nie nachgedacht habe. Dass du es nicht schlimm findest...“
„Tue ich nicht...“
Wieder strömte sein Herz vor hilflos-dankbarer Liebe über...

„Und du? Was hast du weiter gedacht, Josi?“
„Wie die Welt entstanden ist?“
„Ja...“
Sie barg sich vertrauensvoll in seinem Arm. Für ihn entstand mit *ihr* seit so wenigen Wochen eine völlig neue Welt. Eine wirkliche ganz neue Schöpfung. Er hatte vorher eigentlich gar nicht *existiert*...

„Ich weiß es eben auch nicht...", erwiderte sie zart.

Scheue Zurückhaltung, die aber auch eine Sehnsucht enthielt...

Er blickte über die Felder, die Lerche sang unermüdlich, und er hatte zum ersten Mal so etwas wie das Gefühl einer *Schöpfung*...

„Vielleicht...", hob sie wieder an, „ist es ja genau so, wie die Wissenschaftler sagen... Aber das erklärt ja *gar* nichts..."

Er hörte ihr in inniger Liebe zu – einfach nur das, hingegeben...

„Die erste Frage ist: Wie *konnte* das entstehen? Ich meine, schon deshalb kann es nicht *genau* so sein, wie die Wissenschaftler sagen, verstehen Sie?"

„Nicht *genau*, was du gerade meinst."

„Ich meine die *Schönheit*... Von allem! Sehen Sie irgendwo irgendetwas, was nicht *schön* ist?"

Ihm war diese Frage nie aufgefallen. Auch hatte er nichts besonders schön gefunden. Aber jetzt wusste er zumindest, was sie meinte – dafür kannte er sie innig genug.

„Na ja...", begann er, „vielleicht Spinnen, Skorpione, Mücken, Taranteln, Würmer..."

„Ihh, hören Sie mal auf!"

Er lächelte.

„Warum fällt Ihnen ausgerechnet *so was* ein?"

„Du hattest gefragt...", sagte er mit aufrichtiger Unschuld.

„Aber das stimmt trotzdem nicht. Taranteln *sind* außerdem Spinnen. Und wir finden auch die nur eklig, weil wir Angst haben. Skorpione genauso. Eigentlich sind die auch irgendwie schön. Und ich hab mal eine Mücke von nahem gesehen – irgendwie ist jedes Tier ein Wunder. Und die meisten sind auch wirklich schön. Wenn man sich einfach umguckt... Und dann die ganzen *Pflanzen*. Und dann die ganze *Landschaft*! Haben Sie mal an die Landschaft gedacht?"

„Aber vielleicht muss man die Schönheit erst sehen lernen..."

„Dass man es erst lernen muss, spielt ja keine Rolle. Es geht um die Frage, ob sie *da* ist..."

„Oder man lernt mit der Zeit etwas als schön *empfinden*... Ich meine ... haben kleine Kinder schon einen Bezug zur Landschaft...?"

Sie dachte etwas nach.

„Vielleicht muss man bestimmte Schönheit *wirklich* erst sehen lernen. Aber das heißt nicht, dass sie nicht da ist. Man kann ja nur das sehen lernen, *was* da ist."

„Vielleicht, ja..."

„Vielleicht?"

Obwohl ihre Frage gar keine Gefahr darstellte, wurde ihm wieder mit innerer Erschütterung klar, wie sehr er sich wieder in den bloß räsonierenden Verstand hineinziehen hatte lassen.

„Ich muss die Schönheit immer noch erst sehen lernen, Josi...", erwiderte er leise. „Verzeih mir meine dummen Bemerkungen..."

„Sie müssen sich ja nicht entschuldigen..."

Jetzt merkte er auch, wie die Harmonie zerbrochen war. Sie fühlte sich nicht mehr *geborgen* ... und er wusste genau, wie alles zerstört worden war. Verzweifelt schlug er ganz und gar wieder die andere Richtung ein. Sprach einfach die Wahrheit aus.

„Josi ... ich bin ein Idiot, manchmal... Ich hab mich hinreißen lassen, wieder dem bloßen Verstand zu folgen, mit *dessen* Argumenten, Fragen, Zweifeln. Ich *wollte* das gar nicht. Das war vielmehr das Schlimmste, was passieren konnte. Nimm es bitte als unglücklichen Fehler, den ich gar nicht machen wollte. Ich wollte nicht in so ein Argumentieren reinkommen – und bin schon wieder draußen..."

„Vielleicht ist das ein Zeichen, dass wir ... weitergehen sollten..."

„Nein, Josi!", bat er innig. „Lass uns bitte den Punkt wiederfinden, wo es schieflief... Wir machen einfach da weiter..."

„Wir können ja ein andermal weitermachen..."

„Aber vielleicht willst du nie *wieder*..."

„Doch – –"

Es klang nicht überzeugend genug.

„Josi, bitte...!"

„Ich kann jetzt irgendwie nicht mehr..."

Hilflos gab er auf. Ihre Worte ließen ihn aufgeben.

„Okay...", sagte er schmerzlich.

Etwas befangen stand sie auf und sah ihn an.

„Sind Sie jetzt traurig?"

Die Frage war so etwas wie ein weißer Schimmel...

Er blickte sie von unten herauf an.

„Du bist so unglaublich *lieb*, Josi..."

„Sie aber auch."

„Danke..."

„Es stimmt aber."

Sie sah ihn an.

„Kommen Sie?"

Er lächelte scheu.

„Vielleicht geht es ja doch noch, Josi..."

„Nein!"

Sie sah ihn dennoch überrascht an.

„Woher willst du das wissen?"

„Ich weiß es eben!"

„Hast du es ausprobiert?"

„Nein!", lachte sie. „Kommen Sie doch jetzt..."

„Bitte, Josi... Probier es doch aus..."

„Es wäre sowieso nicht dasselbe."

„Muss es das? Außerdem weißt du es doch gar nicht..."

„Ich sagte doch, ich weiß es..."

„Du wirst es nie wissen. Stell dir vor: Du wirst es *nie* wissen, wie es gewesen wäre ... wenn du es doch *probiert* hättest..."

Sie lachte.

„Sie sind ja verrückt... Kommen Sie jetzt..."

„Aber wirklich... Wenn ... wenn wir weitergehen und du es kurze Zeit später bereuen würdest... Und dich fragen: *Wie* wäre es gewesen... Wäre es vielleicht doch so gewesen wie vorher ... und ich habe es ... verpasst...?"

„*Sie* wollen es nicht verpassen!"

„Josi, das ganze *Gespräch* war wunderschön! Aber der Rest auch... Aber das Gespräch war noch gar nicht zu Ende ... und durch meine Schuld. Hast du denn gar kein *Mitleid*...?"

Sie lachte.

„Ich kann jetzt sowieso nicht mehr darüber sprechen."

„Doch, könntest du!"

„Nein, die Stimmung ist vorbei."

„Aber sie könnte wiederkommen, Josi!"

„Wie denn? Wollen Sie zaubern? *Ich* kann es nicht..."

„Doch. Wir können es beide. Wir setzen einfach genau wieder an. Du *weißt*, dass es geht, Josi!"

„Ich weiß, dass es *nicht* geht!", lachte sie. „Das habe ich doch vorhin gesagt!"

„Aber es stimmt nicht. Es mag nicht so einfach sein – aber was ist schon einfach?"

„Meine Oma sagt: Man kann nichts erzwingen."

„Das ist kein Erzwingen. Weißt du, was es ist?"

„Nein, was denn?"

Er musste überlegen.

Sie lachte.

„Sehen Sie? Sie wissen es auch nicht..."

„Ich weiß es."

„Was ist es denn?"

„Ein Wunder..."

„Ein Wunder?", lachte sie.

„Ja. Ein Wunder."

„Also wollen Sie doch zaubern."

„Nein. Ich will einfach nur, dass wir dahin zurückkehren, wo wir waren. Es war schon ein Wunder... Und es war ganz einfach..."

„Einfach war es nicht!"

„Nicht am Anfang. Aber dann..."

„Sie können ein Wunder nicht wieder *herholen*."

„Doch, Josi. Man kann es. Ich weiß es..."

„Da wissen Sie mehr als ich."

„Ja. Einmal weiß ich mehr als du..."

„Das glaube ich nicht...", erwiderte sie zögernd.

„Lass es uns ausprobieren..."

Sie sah ihn zögernd an.

„*Komm*, Josi...", bat er zärtlich. „Kuschel dich noch einmal an... Bitte..."

Sie ließ sich zu ihm nieder und lehnte sich noch einmal an seinen Arm. Kuschelte sich an.

„So, und jetzt?"

„Jetzt machst du das Gleiche wie vorhin. Du lässt dich noch einmal ganz darauf ein..."

„Aber es ist nicht dasselbe..."

„Dann *suchst* du dasselbe. Du suchst den Punkt, wo es war. Und da bleibst du ... und fängst wieder an..."

„Das geht doch nicht..."

„Versuch es einfach, Josi! Lass dir *noch einmal* Zeit... Alle Zeit der Welt. Du weißt ja jetzt sogar schon, wo es war..."

„Aber es ist ja kein Ort."

„Aber eine Stimmung. Du weißt doch, wie sie sein muss... Du musst sie nur suchen..."

„Aber sie ist ja eben weg!"

„Nein. Nur, weil wir – – weil *ich* sie vertrieben habe. Aber in Wirklichkeit ist sie ja noch da. Nur *ich* hab uns rausgeworfen. Sie ist noch da, wir müssen sie nur wiederfinden...!"

„Aber das stimmt doch nicht!"

„Josi", flehte er, „jetzt redest du genau wie ich. Der Verstand sagt, das stimmt nicht. Weil man es im Moment nicht mehr spürt. Und man denkt, es geht nicht mehr... Für den Verstand ist die Sache damit erledigt. Aber was ist, wenn das Wunder nur auf uns wartet? Ich meine – dass wir es einfach nur wiederfinden. So schwer ist es doch nicht. Es ist viel leichter, als sich in der Schule für Mathe zu interessieren!"

Sie lachte.

„Das glauben Sie!"

„Ich weiß es. Außerdem weiß ich, dass niemand es besser kann als *du*. Ein Wunder wiederzufinden. Du musst es nur machen... Nur versuchen. Wieso glaubst du es denn nicht!"

„Wohin soll ich denn...", fragte sie zögernd.

„Dahin, wo du warst, Josi...", sagte er leise und drückte sie ganz vorsichtig ein bisschen an sich.

„Du musst auch nichts weiter erzählen, wenn du doch nicht willst ... heute nicht willst. Aber nur noch ein bisschen die Stimmung wiederfinden... Nur als Beweis, dass es Wunder *gibt*. Und zwar immer..."

„Ich glaube nicht, dass es geht."

„Es geht sofort, wenn du es willst..."

„Vielleicht will ich ja nicht."

„Ja, dann geht es nicht. Dann brauchst du es auch nicht..."

„Aber selbst, wenn ich wollte..."

„Glaub mir, Josi. Du hast eine Minute... In der spürst du, ob du es willst oder nicht... Und wenn du spürst, du *willst* nicht, dann stehen wir beide auf. Und wenn du aber spürst, du willst ... dann lässt du dich fallen, und es *gelingt* uns... Glaub mir..."

„Okay..."

Ihr zweifelnd betontes und zugleich vertrauensvolles ‚Okay' berührte ihn wieder zutiefst. Zärtlich hielt er das Mädchen so *angedeutet* an sich gedrückt, dass sie sich geborgen fühlen konnte, ohne irgendetwas zu müssen. Im Grunde hielt er sie überhaupt nur und wartete gespannt und spürte ihre beseligende Nähe...

Als die Minute nach seinem Empfinden ungefähr um war, fragte er scheu:
„Und, Josi? Wo bist du gerade ... auf deinem Weg? Hast du was gefunden?"
„Ich weiß nicht...", sagte sie unsicher. „Ich bin irgendwie auf halbem Weg steckengeblieben..."
„Dann genieß es noch ein bisschen... Wenn es schön ist. *Ist* es schön? Wir *müssen* das Wunder auch nicht wiederfinden..."
„Es ist schon schön, aber wenn, dann würde ich es schon gern wiederfinden..."

Ihre Antwort berührte ihn. Traurig fragte er sich, was er noch tun könne. Dann sagte er hilflos:
„Dann musst du eine Sehnsucht daraus machen, Josi. Wenn du eine wirkliche Sehnsucht hättest, würdest du es finden..."
„Eine Sehnsucht?"
„Ja, wenn du es vorhin so schön fandest, dass du dich danach zurücksehnen könntest."
„Aber wie sollte mir die Sehnsucht helfen? Sie bedeutet doch nur, dass ich es nicht mehr habe."
„Folge ihr einfach... Nimm sie ernst..."
Die eintretende Stille war mehr als berührend.
Schließlich fragte er zärtlich:
„Und...?"
„Es ist ein *bisschen* wie vorhin. Aber nur ein bisschen. Weiter schaffe ich nicht..."
„Okay...", sagte er leise. „Willst du es noch ein bisschen genießen?"
„Ja..."

Ihr unschuldiges, fast zart beschämtes Ja berührte ihn wieder zutiefst. Zugleich hoffte er, dass er nicht zu weit gegangen war – wo sie es nun doch nicht wiedergefunden hatte... Hätte er ihr das *eine* Erlebnis lassen sollen? Ging er immer wieder zu weit...?

„Wollen wir jetzt weitergehen...?", fragte sie schließlich scheu.
„Ja...", erwiderte er zärtlich, und sie erhob sich mit ihm.
Sie sah ihn an und sagte schuldbewusst.
„Sehen Sie... Ich hab es nicht ganz wiedergefunden..."
Sie führte es nicht als Beweis gegen ihn an, sondern als Schuld von sich.

Als sie weitergingen, sagte er leise:
„Vielleicht habe ich dir dadurch ja das *erste* Erlebnis wieder etwas weggenommen, Josi... Vielleicht wollte ich zu viel und habe wieder nur an mich gedacht..."
„Aber das haben Sie doch gar nicht..."
„Aber jetzt glaube ich sicher, dass es für dich viel schöner gewesen wäre, wenn ich nicht darauf *beharrt* hätte."
„Das konnten Sie ja nicht wissen..."
„Aber ich hätte es auch nicht wollen müssen. Nicht erzwingen wollen sollen..."
„Sie sagten ja, es sei kein Erzwingen."
„Ich mache mir einfach Vorwürfe..."
„Brauchen Sie nicht. Sie haben schon Ihr Bestes versucht. Sie haben es gut gemeint..."

Er hatte noch die Sehnsucht, sie scheu zu fragen, ob sie glaube, dass es sich *nie* wiederholen lasse – aber selbst das wagte er nicht. Es wäre wieder zu viel gewesen...

„Und...", fragte sie schließlich verlegen, „wie ... war es für *Sie*?"
„Grenzenlos schön...", erwiderte er leise. „Es gibt kein Wort dafür."
Sie schwieg befangen.
„Jetzt", sagte sie dann nach einer Weile, „haben Sie es also einmal erlebt..."
Er schwieg traurig. Es klang nach einer Antwort auf seine nicht gestellte Frage...
Nach einer Weile sagte sie:
„Ich denke, jetzt wünschen Sie es sich *doch* für immer..."
„Nein."
„Sind Sie glücklich damit, es einmal erlebt zu haben?"
„Ja..."
„Ich fand es auch schön..."
Er wagte nicht, an ihrer Antwort zu rühren...

Sie hatte schon im Bus nach seinem kleinen Beutel gefragt, den er diesmal mithabe, und er hatte ihr das Schmetterlingsbuch gezeigt, was sie sofort fasziniert hatte. Sie hatte unmittelbar darin geblättert und sehr bald den Falter entdeckt, den sie das letzte Mal so bewundert hatten.

„Ein Admiral!", freute sie sich.

Ihm fiel unmittelbar unangenehm auf, dass es ein kriegsbezogener Name zu sein schien, aber er sagte nichts. Man musste dies bei diesem Schmetterling einfach völlig vergessen, so einen Bezug völlig kappen. Dann war es nur ein ganz normaler Name...
Er teilte ihre Freude, und sie blätterte die ganze Fahrt weiter, ihm so auch die Bedeutsamkeit seiner *Tat* signalisierend, jedenfalls berührte es ihn sehr...

Als sie dann angekommen waren, wollte sie es sofort ausprobieren. Schnell entdeckte sie einen neuen Schmetterling, der sich auf verschiedenen Pflanzen niederließ. Sie lief ihm so lange hinterher, bis sie ihn von nahem betrachten konnte und ihn herbeirief. Da war er aber schon wieder weggeflogen.
„Er war so bräunlich mit etwas Orange und hatte einen Punkt!", sagte sie. „Haben Sie ihn noch gesehen?"
„Nein, leider nicht..."

Sie blätterte in dem Buch, aber es gab so viele Abbildungen.
Ihr Eifer war so groß, dass er sich schon nach kurzer Zeit fast fehl am Platze vorkam, wie das fünfte Rad am Wagen. Sie schien es jetzt unbedingt wissen zu wollen, und ihre Liebe zu diesem Schmetterling, zu diesen Tieren überhaupt, war viel größer als alles andere.
Er spürte auf einmal eine große Entbehrung.

Dies setzte sich dann fort, während sie weitergingen. Sie sprachen über dies und jenes, aber er wurde nicht recht warm, spürte immer wieder eine Tendenz der *Entbehrung*.

Als sie dann Pause gemacht und etwas gegessen hatten, versuchte er vorsichtig, sie zu fragen, ob sie noch einmal so wie das letzte Mal bei ihm sitzen wolle. Sie wollte erst nicht, schließlich aber konnte er sie doch ‚überreden', aber kurz darauf erschien ausgerechnet ein Wanderer, und als sie ihn erblickte, brach sie die Situation ab und stand befangen wieder auf...

Als sie weitergingen, war es letztlich wieder so, dass *sie* sich entschuldigte, woraufhin er dasselbe tat und so die Situation in gewisser Weise bereinigt war, aber sowohl die Unklarheit als auch sein Begehren blieben. Irgendwie ging die Zeit dann rum, nicht ohne dass er immer wieder todunglücklich war – über sich selbst und die ganze Situation. Sie selbst war liebenswürdig wie immer, und er ließ sie seine inneren Gefühle nahezu nicht merken, in Wirklichkeit aber war er im *Innersten* so konfus und unglücklich, dass er sich *selbst* grenzenlos schämte, allerdings ohne etwas daran ändern zu können.

*

Und dann war er schließlich wieder zu Hause und fragte sich, was er eigentlich *gemacht* hatte!

Er hatte die ganze Zeit zwischen Entbehrung und Verstellung gelebt, um es sie nicht *merken* zu lassen. Er hatte über drei Stunden mit diesem wunderbaren Mädchen verbracht – und hatte es geschafft, diese Zeit nicht nur völlig zu *vertun*, sondern sie auch noch über seinen wahren Zustand zu betrügen, was ihm erst recht wie ein Sakrileg vorkam, eine Schande ohnegleichen. Sie opferte ihre *Zeit* – und er war sogar noch undankbar, weil er in keinster Weise glücklich gewesen war, im *Gegenteil!* Im Gegenteil – was für ein Horror... Sich das klarzumachen! Dass er völlig versagt hatte. In seiner Aufrichtigkeit und überhaupt in *allem*.

Er konnte nur dem *Himmel* danken, dass sie kaum etwas davon gemerkt hatte. Auch sie war etwas irritiert gewesen, aber er hatte ihre Zweifel immer wieder zerstreuen können – und hatte sich unglaublich verstellt, in seiner ganzen Entfremdung von sich und seinen Gefühlen, die er gerne gehabt hätte, aber nicht gehabt hatte! Nun kam es ihm wie eine regelrechte Vergewaltigung ihres Wesens vor – dieser grenzenlose *Betrug*, den dieser heutige Tag dargestellt hatte.

Wenn er ihr *je* wieder gerecht werden wollte, musste er sich darüber klarwerden, was heute geschehen war. Sonst würde es *wieder* geschehen, soviel begriff er. Und er wäre unfähig, ihr je wieder gerecht zu werden. Was hatte er getan? Wie konnte er so versagen...!

Was er unmittelbar wusste, war, dass es mit dieser Entbehrung zu tun hatte. Soviel war klar. Die ganze Zeit hatten seine Gedanken darum gekreist, dass er sich ihre *Beachtung* wünschte – und wenn sie sie ihm gab, war es doch wieder nicht genug...

Er musste sich einfach eingestehen, dass er bereits zu Beginn dieses Tages – – den falschen *Abzweig* genommen hatte. Er war eifersüchtig auf diesen Schmetterling gewesen. *Diesem* hatte sie sich mit ganzem Herzen zugewandt – ihm nicht. Und der ‚Beweis‘ war dann regelrecht die Pause gewesen – dort hatte sie es *auch* eigentlich nicht wieder gewollt. Als dann der ältere Mann des Weges kam, schien ihr dies regelrecht willkommen gewesen zu sein, um die Situation wieder aufzulösen. Natürlich verstand er ihre Befangenheit, ihm war es ja nicht anders gegangen, aber der Punkt war, sie *wollte* es auch gar nicht...

Sie wollte nicht bei ihm sitzen, angekuschelt, obwohl sie es beim ersten Mal *auch* schön gefunden hatte. Sie nahm ihn gern mit zu ihren Wanderungen, aber jeder Schmetterling war *interessanter*, wurde mit mehr *Liebe* beschenkt ... als er je bekommen könnte. Sie hatte die Prioritäten ganz klar verteilt – und es war offensichtlich, dass für ihn mehr gar nicht *vorgesehen* war. Warum erhoffte er es sich überhaupt noch? Sie hatte ihre Grenzen, und diese hatte sie ihm klar gezeigt. Er hatte sie im Grunde nur noch zu achten...

Und gleichzeitig tat sie viel *mehr* für ihn, als er je hätte hoffen dürfen. Gab es nicht einmal eine Zeit, wo er jede Sekunde mit ihr für ein Geschenk gehalten, als ein Geschenk empfunden hatte? Das tat er immer noch, aber er konnte es gar nicht würdigen! Vielmehr hatte es sich heute restlos überlagert mit dem erbärmlichen, ständigen Bedürfnis nach *mehr*. Nach einem Mehr, das längst vorbei war, weil sie es eben dem Schmetterling geschenkt hatte und nicht ihm.

Aber er war völlig verrückt. Er würde sich selbst im Wege stehen, als absolutes *Hindernis*, wenn er jetzt seine Seele nicht vollkommen änderte. Er würde die Gutwilligkeit dieses wunderbaren Mädchens *missbrauchen*, wenn er mit ihr nicht unendlich glücklich wäre – in jeder Minute, die sie ihm schenkte! Sie war so lieb, dass es einen nur berühren *konnte!* Wenn man nicht völlig verbohrt nach etwas entbehrte, was absolut idiotisch war. Hatte er sich nicht gerade in ihre Unschuld verliebt? Und wenn sie nun unschuldig einen Schmetterling liebte, wurde er eifersüchtig? Warf ihr dies fast vor? Oh, wie grenzenlos *selbstsüchtig* war er! Süchtig nach Beachtung, grenzenlos undankbar, hässlich bis auf den Grund...

Als er dies entdeckte, war dies geradezu eine Erlösung. Als es ihm völlig klar wurde. Ihre Unschuld, ihr liebes Wesen – und seine sich *verlierende* Dankbarkeit, seine Hässlichkeit.

Sie war ihm *heilig* gewesen – und wenn er dies verlieren sollte, dann verriet er auch sein eigenstes, aufrichtigstes Wesen, abgesehen von dem Verrat an ihr, der allein schon unverzeihlich war. Er verriet seine heilige Liebe – die sie in jedem Moment *verdiente*, weil sie in jedem Moment so wunderschön war. Wieso hatte er das nicht mehr gesehen? Nicht mehr *gefühlt*...?

Oh, wie schön war sie, als sie diesem Schmetterling nachlief! Und war es nicht nur aus Begeisterung über sein Buch, mit dem er ihr eine Freude machen wollte? Hatte sie ihm nicht gerade *gezeigt*, wie sehr sie sich freute? Die Abscheu über seine Reaktion stieg immer weiter. Sie war in jedem Moment wunderschön – und er hatte die Fähigkeit zur *Wahrnehmung* dieser Schönheit überlagert mit Eigengefühlen der ‚Zurücksetzung' ... als ob er je mehr verdiente, als sie gab! Im Gegenteil, verdient hatte er stets *weniger*. Immer hatte sie ihm mehr gegeben! Als er bis zu diesem Gedanken kam, musste er fast weinen vor Reue und vor wieder *reiner* Liebe zu ihr... Hilfloser Liebe zu ihrer Schönheit.

Und nicht anders wollte er sie lieben – als hilflos vor ihrer Schönheit! Dies allein war die wahre Liebe, denn sie allein *erkannte*. Alle anderen Empfindungen waren nur selbstbezogen und erkannten gar nichts mehr, wollten nur ‚haben', besitzen, Beachtung und Erwiderung, forderten, was dieses Mädchen müsse und solle, obwohl dies niemals geschehen durfte. Ihre Schönheit lag in dem, was sie freiwillig schenkte – nicht in dem, was irgendein Teil seiner Seele sich selbstbezogen *vorstellte*...

Niemals hätte er auf diesen Schmetterling eifersüchtig werden dürfen, niemals. Er hätte ihre grenzenlose Schönheit auch hier sehen müssen, ihre liebe Hingabe an diesen schönen Schmetterling, die sie ihm offenbarte, voller *Vertrauen*. Und hatte sie nicht ihm sogar zugelächelt – während er schon eifersüchtig war? Oh, wie grauenvoll hatte sich seine Seele verhalten!

Und bei der Pause? Warf er ihr etwa noch vor, wie sie befangen und in unschuldiger Scheu wieder aufgesprungen war? Hätte er nicht dieselben Gefühle der Scham gehabt, nur viel weniger unschuldig? Durfte sie sie nicht haben? Sie, die sich überhaupt nur wieder zu ihm gesetzt hatte, weil er sie *bat*? Immer wieder...?

Was hätte sie sagen sollen, wenn der alte Herr im *besten* Falle ein etwas allzu enges Vater-Tochter-Verhältnis vermutet hätte? Und eine entsprechende Bemerkung gemacht? Sie hatte, sobald sie ihn in der Ferne erblickte, aufspringen *müssen* – und *seine* einzige Pflicht wäre es gewesen, auch dies wieder in seiner Unschuld zutiefst berührend zu finden, denn das *war* es gewesen. Und der reinste Teil seiner Seele hatte dies selbst in diesem Augenblick empfunden – die Anmut, mit der sie sich unschuldig-scheu wieder erhob, vielleicht sogar irgendwo froh. Aber der hässlichere Teil seiner Seele hatte ihr selbst dies wieder versteckt zur Last gelegt. *Wie* hässlich konnte man sein...!

Sie war so wundervoll gewesen – diesen ganzen Tag über. Liebevoll und liebenswert, unschuldig und wahrhaftig... Und nur er war von allem *im Grunde* das Gegenteil gewesen! Dass er sie dies nicht hatte merken lassen, war im Grunde nur der Gipfel der Selbstsucht. Er wollte sich nicht *vollends* verachten müssen...

Und die Frage der Pause hatte nur *einen* wahren Kern: Es war *denkbar*. Es war denkbar, dass sie es wollen würde können. Und wäre er nicht am Anfang dieses Tages auf den Schmetterling eifersüchtig gewesen und wäre der alte Herr nicht vorbeigekommen – es hätte anders laufen *können*. Aber nur, wenn er sie grenzenlos liebte. Nicht, wenn er sie voller Bedürftigkeit und insgeheimer Erwartung, die er sich kaum selbst eingestand, die aber von vorne bis hinten selbstbezogen blieb, unter irgendeinen Druck setzte.

Er wusste, dass sie Angst davor hatte, dass er etwas *erwarten* würde. Würde er ihr diese Angst je nehmen können? Und könnte sie es dann noch einmal so schön finden wie beim ersten Mal? Es war *möglich*. Und das zu wissen und zu sehen, dass sie auch aus *Angst* zurückscheute und

179

nicht wollte, tat so weh... Aber wenn er sie nicht *liebte*, mit einem sehr reinen Herzen, würde er nie etwas ändern können. An diesem Tag hatte er seine Liebe völlig verraten. Aber er war zutiefst dankbar, dass er es hatte erkennen können. Und dass er dieses Mädchen noch immer hilflos liebte – *wieder* liebte... Er würde sie nie wieder verraten...

Sie nahmen wieder den Weg zum Waldgebiet am Ende der dritten Buslinie. Hier hatten sie das Schöllkraut entdeckt, hier hatte sie ihm ihr Gedicht gezeigt – und gesagt, dass sie diese Wanderungen mit ihm gern mache...

Das war Ende Mai gewesen – jetzt hatte vor wenigen Tagen der Sommer begonnen. Aber vielleicht auch schon das baldige Ende ihrer Begegnungen, denn sie war im Bus sehr schweigsam gewesen, vielleicht wegen einem älteren Ehepaar, das so früh wie sie im Bus saß und erst kurz vor Ende ausstieg, aber er spürte, dass es mehr war.

Sobald sie allein waren und noch bevor sie den Wald betraten, sagte er:
„Du bist heute sehr schweigsam, Josi...“
„Sie auch...“
„*Gefallen* dir diese Wanderungen mit mir noch...?“, fragte er zögernd.
„Das wollte ich Sie auch gerade fragen.“
„Ich habe letzten Sonntag so viel falsch gemacht, Josi...“
„Was denn?“
„Alles... Ich schäme mich so.“
„Wieso?“
„Ich habe mich danach so sehr selbst gehasst, Josi. Wirklich...“
„Aber was haben Sie denn gemacht?“

„Es begann schon damit, dass ich eifersüchtig auf den Schmetterling war...“
„Am Anfang?“
„Ja... Du hattest dich so wundervoll über ihn gefreut...“
„Und Sie waren eifersüchtig?“
„Ja...“
Sie verstummte betroffen.
„Ich fühlte mich auf einmal fehl am Platz ... als wäre ich immer sehr zweitrangig, ja ganz unwichtig. Das stimmte ja überhaupt nicht – aber deine *ungeteilte* Begeisterung für diesen Schmetterling löste diese idiotischen Gefühle in mir aus. Diese Gefühle der ‚Zurücksetzung‘. Dabei *wollte* ich dir mit diesem Buch gerade eine Freude machen – und als du mit ihm dann deiner Liebe zu den Tieren *folgtest*, war es mir auch wieder nicht recht... Ich fand mich hinterher so erbärmlich, so furchtbar... So unglaublich *hässlich*...“

„Ich habe schon *gemerkt*, dass irgendetwas war – aber ich wusste nicht was..."

„Kannst du mir verzeihen, Josi? Ich habe selbst nicht begriffen, was mit mir los war – oder war auch hilflos diesen nicht zu entschuldigenden Gefühlen ausgeliefert..."

„Wenn es Ihnen jetzt besser geht..."

„Ja – das kommt *nie* wieder vor! Nie wieder..."

„Dann ist ja gut..."

„Kannst du mir verzeihen?"

„Aber warum denn?"

„Weil ich dir überhaupt nicht gerecht geworden bin! Du warst so wunderbar wie immer – und ich..."

„Aber jetzt ist es doch wieder gut."

„Wirklich?"

„Ja."

„Ich ... möchte mit dir das *Wunder* nicht verlieren, Josi..."

„Was heißt das?", fragte sie zögernd.

„Was habe ich alles falsch gemacht? Bitte sag es mir einfach..."

„Sie haben ja nichts falsch gemacht..."

„Aber das Wort ‚Wunder' gefiel dir auch nicht..."

Sie verstummte erneut. Dann sagte sie leise:

„Ich ... *kann* nicht ... Ihr Wunder sein..."

Nun war es an ihm, hilflos zu schweigen. Bis er leise fragen konnte:

„Was ... meinst du damit, Josi?"

„Was meinen *Sie* denn damit?"

Ihre Stimme klang zart verzweifelt.

„Ich meine das Glück der Begegnung", erwiderte er hilflos.

„Für Sie ist es immer Glück – –"

„Ich weiß, dass es für dich nicht *dasselbe* ist, Josi. Aber kann es nicht etwas *ähnliches* sein...? War es das nicht schon manchmal ... oder auch oft...?"

„Ja – aber Sie wollen – –"

„Hab keine Angst, Josi – sag es einfach. Bitte..."

Sie zögerte.

„*Zu viel*...", sagte sie dann. „Sie wollen zu viel ... von mir..."

Er schwieg betroffen.

„Es *ist* doch so, oder?", beharrte sie jetzt verzweifelt. „Sie *wollen* doch ... sehr viel..."

„Wegen ... der Pause, Josi?", fragte er sehr leise.
Sie zögerte wieder.
„Ja..."

Still betroffen nickte er.
„Ich will nichts", sagte er dann, „was du nicht schön findest... Ich könn-
te das nie wollen..."
„Einmal *war* es schön...", sagte sie fast entschuldigend, und auch das
war eine Antwort.
Wieder nickte er hilflos.
Dann kamen ihm Tränen. Der Reue. Der Sehnsucht. Der absoluten
Hilflosigkeit.
„Was ist *jetzt* wieder?"
Hilflos, betroffen, fast ängstlich auch ihre Stimme.

„Ich will nicht mehr, dass du irgendeinen Druck fühlst, Josi...!"
Sie sah ihn besorgt an – besorgt um *ihn*.
„Verstehst du?", sagte er. „Ich will *gar* nichts mehr... Ich meine ... ich
... ich will nichts mehr... Nur dass du ... dich wieder wohlfühlst...!"
„Das tue ich ja!"
„Okay..."
„Ist es dann wieder gut?"
„Ja..."
„Wirklich?"
„Ja. Alles ist wieder gut. Und bei dir auch?"
„Ja."
„Ich bin so froh, Josi..."
„Dann bin ich auch froh."
„Dann lass uns weitergehen."
„Ja."

Schweigend setzten sie ihren Weg fort.
„Josi?"
„Ja?"
„Was ... *magst* an mir? Ich meine, was gefällt dir, was schreckt dich
nicht ab? Warum ... warum gehst du mit mir ... hier auf diesen Wegen,
warum machst du das? Ist es auch für dich schön? Und was genau..."
Sie sah ihn von der Seite an.
„Warum fragen Sie das jetzt wieder?"

„Damit ... damit ich mich darauf einstellen kann... Damit ich ... nicht so ganz *unsicher* bin... Eine Orientierung habe... Damit ich weiß ... wo du dich wohlfühlst... Wann... Warum...“

„Aber *dass* ich mich wohlfühle – – reicht das nicht?“

„Doch, es reicht auch...“, sagte er leise. „Ich dachte nur ... du könntest etwas sagen ... sonst ... sonst weiß ich immer nur, was ich *falsch* mache ... das merke ich ja selber... Aber was ich richtig mache ... oder was du schön findest ... das weiß ich nie wirklich...“

Sie sah ihn wieder an.

„Wirklich?“

„Ja...“

„Aber Sie machen doch fast *alles* richtig!“

„Aber *gefällt* dir auch etwas? Ich meine wirklich... *Magst* du etwas wirklich? Oder gehst du mit mir nur, weil ich dich gebeten habe und du so lieb bist und es insgesamt auch schön genug ist. Ich meine – du hast schon mal *gesagt*, dass du es gern machst. Aber von dir aus gern – oder ... was magst du daran? Gibt es etwas, was dich dafür entschädigt, dass du nicht allein bist – was doch sicher viel vertrauter und schöner ist? Was ... magst du an *mir*, welche Seiten ... oder Eigenschaften ... oder ... was auch immer...“

„Fragen Sie wieder mit irgendeiner Absicht?“

Er war leise verzweifelt, weil sie vor diesen Fragen so viel Angst zu haben schien.

„Ja...“

„Und mit welcher?“

„Ich weiß auch nicht, wie ich es *sagen* soll...“

Sie schwieg befangen. Jetzt wurde ihr von dem Thema leicht unwohl.

„Vielleicht...“, begann er, so gut er konnte, „ist es für dich ja auch *schön*, Josi...! Ich weiß so wenig... Ich weiß nur ... dass es für mich unwiederholbar ist. Du weißt ja...

Aber ... vielleicht ist es auch für dich schön. Auf andere Weise. Und ... vielleicht ist es irgendwo für dich auch *besonders* ... dass ich dich liebe, meine ich... Und natürlich ... hast du Angst davor, dass ich ... irgendetwas für immer wollen könnte ... aber, verstehst du ... wenn das *nicht* so wäre? Wenn du *keine* Angst haben müsstest? Gar keine...? Wenn du *nur* etwas genießen könntest, was ... vielleicht auch für dich etwas Besonderes sein könnte? Verstehst du, was ich meine?“

„Nicht so richtig...", sagte sie befangen und auch etwas beschämt.
Er war ihr so innig zugetan, liebte sie so sehr...
„Deswegen wollte ich wissen, ob du etwas sehr gern magst, sehr schön
findest... Vielleicht weißt du es ja selbst nicht – oder es ist dir nicht
klar. Muss es ja auch nicht. Aber wenn es etwas *gäbe*, was du ... an diesen Wanderungen mit mir schön findest ... oder auch an meiner Liebe
... zu dir ... dann ... na ja ... dann ... wenn wir darüber sprächen ... ich
meine ... wenn du es *sagen* könntest ... andeuten ... ich will einfach nur
sagen ... es ist so schwer auszudrücken...'"

Sie war nur immer ratloser, weil sie gar nicht mehr wusste, worauf er
hinauswollte.
„Wie *ist* es für dich, Josi? Sind diese Wanderungen etwas, was du mit
jedem machen könntest? Oder hat es für dich etwas ... was es besonders macht ... dadurch, dass ... ich dich liebe? Hat es für dich eine Art,
einfach nur ... einen Moment von ... ein Element von ... Romantik? Ich
meine, in irgendeiner, für dich schönen Weise? Spürst du da etwas,
was ... auch für dich schön ist...? Ich will es nur wissen, weil – –"
Sie sah ihn fragend an.
„Aber wenn da gar nichts ist, kannst du auch *nein* sagen... Das würde
meine Hilflosigkeit erleichtern...'"
Sie zögerte, also schien sie irgendetwas zu empfinden.

„Josi...", sagte er hilflos. „Wir haben vielleicht noch ein paar *Wochen*.
Und ... danach wird es für dich dann ganz gewöhnlich sein, vielleicht,
erst recht, wenn du vor irgendwas Angst haben musst. Wir sind dann ...
nur noch ganz normale Wanderfreunde – wenn du *überhaupt* noch Lust
darauf hast, auf die Dauer...
Jetzt ist es ... vielleicht ... auch für dich etwas Besonderes, irgendwo,
obwohl es dir vielleicht nur teilweise bewusst ist oder war ... und ich
vielleicht auch manches falsch gemacht habe, besonders beim letzten
Mal... Verstehst du? Aber ... wenn es etwas gibt, was du schön finden
könntest, irgendwo vielleicht auch aufregend ... oder einfach *nur* wunderschön ... oder wie auch immer ... wenn es so etwas geben sollte also
... oder geben *könnte* ... dann ... bräuchten wir davor keine Angst haben
... weil ... wir damit auch ... na ja, verstehst du ... *spielen* könnten.
Das ist das ganz falsche Wort. Was ich meine, ist, dass du keine, keine
und keine *Angst* haben müsstest – weil *du* damit spielen dürftest. Ohne
dass dadurch eine Pflicht, ein Ernst, eine Erwartung oder *irgendetwas*
entsteht. Du könntest dich auf eine Art ... zarte Romantik *einlassen*, weil

... *ich* nichts tun würde, niemals, wovor du Angst haben müsstest. Verstehst du, was ich meine?

Ich wüsste, dass *du* nur vorsichtig damit spielst, weil es schön ist – und es würde *nicht* bedeuten, dass du mir damit etwas signalisierst, verstehst du? Es wäre einfach nur wunderschön für mich, wenn es für *dich* solche Elemente gäbe, die für dich schön sind – auch in Bezug auf diese Tatsache, dass ich dich liebe...

Du könntest bestimmte Dinge sagen ... mich sogar provozieren ... oder was auch immer... Du könntest ... du könntest dich auch *an* mich kuscheln, ab und zu, wann du magst ... ohne damit befürchten zu müssen, dass ich dann davon ausgehe, dass ... *was auch immer*. Sondern ohne jede Gefahr könntest du das machen, für ein paar Wochen, es einfach genießen – alles, was *du* schön fändest ... oder ausprobieren wollen würdest ... um zu sehen, wie es sich anfühlt ... einfach nur, um für ein paar besondere Wochen eine Romantik zu erleben, die vielleicht auch du empfindest... Egal, in welchem Maße, egal wann, egal wo, egal wie... Ich wollte einfach nur, dass du weißt ... dass du das *darfst*. Dass du dich trauen darfst ... wenn es etwas gibt, was du schön findest...

Du *musst* keine Angst mehr haben, Josi... Ich lasse dich völlig in Ruhe. Und ich weiß auch noch, was ich dir versprochen habe. Ich wollte nur, dass wir die Chance haben, aus diesen Wochen, diesen wahrscheinlich doch *wenigen* besonderen Wochen etwas Besonderes zu machen – einfach, weil du keine Angst haben musst. Du musst auch *jetzt* gar nichts sagen – und machen schon gar nicht. Ich wollte nur, dass du es *weißt*. Alles, was ich hoffe, ist, dass du verstanden hast, was ich *meine*. Dann ist alles gut, Josi..."

Sie schwieg betroffen, unsicher.
Er atmete einmal tief durch. Dann blickte er in die Landschaft – und wieder zu ihr.
„Weißt du, dass es *immer* schön mit dir ist, Josi? Und auch die Natur ... ich wusste nicht, dass es so wunderschön ist, in der Natur. Das habe ich nur durch dich gelernt... Es ist so unendlich schön..."
Sie lächelte, und er war froh, dass er ihr einen Teil der Befangenheit wieder hatte nehmen können.

Sie gingen eine Weile schweigend nebeneinander. Beide in einer Hälfte einer Fahrspur, getrennt von einem schmalen Streifen Grasnarbe. Auch das war so wunderschön mit ihr...

Schließlich sagte sie, fast unvermittelt, mit einer schüchternen Sicherheit:

„Ich bin *dreizehn*...! Ich weiß nicht, was Sie mit Romantik meinen...“

„Wann hast du Geburtstag, Josi?“

„Warum?“

„Weil du doch fast vierzehn bist.“

„Das ist dasselbe.“

„Weil ich so alt bin?“

„Nein, weil ich so jung bin.“

„Gerade des*halb*. Du kannst damit noch ganz unschuldig spielen. Dass es überhaupt nur angedeutet ist. Du brauchst noch nichts so meinen – oder nur halb meinen, halb empfinden, ohne dass daraus irgendeine Konsequenz entsteht...“

„Welche Konsequenz denn?“

„Dass ich denken könnte, du würdest mich *auch* lieben ... oder so etwas. Es reicht, wenn du es romantisch findest – ohne mich zu lieben.“

„Wieso sollte ich es dann romantisch finden?“

„Vielleicht nennst du es anders. Es geht nur darum, dass du weißt, was ich *meine*. Vielleicht nennst du es ‚aufregend‘. Oder einfach nur ‚schön‘. Sich anzukuscheln vielleicht ... und sich *geliebt* zu fühlen, ohne etwas zu müssen...“

„Aber Sie würden dann *denken* –“

„Eben gerade nicht, Josi! Ich würde *wissen*, dass du nur damit spielst, dass du es nur genießt ... und dass du nicht irgendeine Hoffnung damit säst... Ich würde wissen, dass du dich nur *wohlfühlst*...“

„Und warum sollte ich mich wohlfühlen?“

„Weil es schön *ist*. Weil es schön *ist*, sich geliebt zu fühlen, vielleicht sogar verehrt, grenzenlos geliebt ... und sich fallenlassen zu können, in dem Wissen: Mir passiert nichts. Er denkt jetzt nicht das und das. Er findet es *auch* nur wunderschön, dass ich jetzt damit spiele, dass ich mich wohlfühle, mit ihm...“

„Und sonst finden Sie es nicht schön?“

„Doch! Ich finde es immer wunderschön mit dir. Ich will nur nicht, dass du es nur aus Angst nicht *so* sehr genießt, wie du könntest. Dass es für uns beide verlorengeht, wenn es *möglich* wäre. Nur dann. Wenn es für dich gar nicht in Betracht kommt ... dann brauchst du es einfach nur zu vergessen, Josi...“

Sie schwieg nachdenklich.

„Also Sie fänden das schöner als *sonst*...“

„Natürlich, Josi! Aber das ist kein Mangel dieses ‚Sonst'. Es ist einfach nur ... ein weiteres *Wunder*. Ein Wunder im Wunder sozusagen. Natürlich ist nichts schöner, als wenn du ... dich zum Beispiel ankuschelst, das selbst auch schön finden würdest! Wie könnte etwas schöner sein als das! Aber auch wenn du etwas sagen würdest, was mit der Romantik spielen würde. Oder kennst du das Wort ‚flirten'? Du sagst etwas, was mich neckt oder was den *Eindruck* erwecken könnte, dass du mich vielleicht auch ein bisschen magst. Oder was auch immer. Kannst du dir nicht vorstellen, dass das für mich auch grenzenlos schön wäre – wie es für dich schön sein könnte, damit zu spielen? Für mich wäre es wunderschön, weil ich ein paar Wochen davon *träumen* könnte, dass es wahr wäre – obwohl es nicht so ist.

Es wird ja sowieso nie wahr werden, Josi – aber ein paar Wochen manchmal das *Gefühl* zu haben, es wäre fast wahr ... das wäre wie ein wunderschönes Wunder...“

„Und umso schlimmer geht es Ihnen *danach*.“

„Nein. Du weißt ja, das, woran man sich erinnern kann, gibt einem die Kraft für alles andere.“

„Ich kann das aber nicht. Ich kenne das Wort ‚flirten' nicht wirklich, und was ich kenne, *will* ich auch gar nicht...“

„Okay...“

„Sind Sie jetzt enttäuscht?“

„Nein.“

„Traurig?“

„Nein, traurig wäre ich auch nur, wenn du etwas nur aus Angst nicht gewagt hättest. Was du nicht *willst*, werde ich immer sofort akzeptieren.“

„Aber Sie können ja trotzdem *traurig* sein...“

„Das bin ich sowieso...“, lächelte er. „Weil du mich nicht heiratest...“

Sie musste lachen.

„Sie sind wirklich blöd!“

„Ja, aber ich liebe auch dein Lachen so...“

„Wenn Sie mich heiraten würden, was würden Sie dann Ihren Freunden sagen? ‚Sie ist leider erst *dreizehn*'?“

„Na ja, ich denke, vor deinem Geburtstag würden wir es sowieso nicht schaffen...“

Sie fand es vielleicht lustig, aber sie lachte nicht. Es tat ihm leid.

„Ich habe nicht so wirkliche Freunde...", sagte er leise. „Und vielleicht hätte ich dann erst recht keine mehr – weil sie es ja noch weniger verstehen würden als du schon. Trotzdem würde ich niemals sagen, sie ist ‚leider erst vierzehn'. Für mich bräuchtest du nie ein anderes Alter zu haben. Du weißt ja, kein Mensch bedeutet mir mehr als du. Du hast ein *perfektes* Alter. Was heißt denn ‚leider'..."

„Dass Sie mit mir nicht reden können wie mit anderen Erwachsenen zum Beispiel..."

„Josi – meinst du das ernst? Ich habe noch nie mit jemandem so tiefe Gespräche geführt wie mit dir! Noch nie so schöne, noch nie so sinnvolle, so glücklich machende. Ich kann mit *niemandem* so reden wie mit dir..."

„Wirklich?"

„Ja! Was glaubst du denn!"

Sie schwieg ungläubig...

„Na ja, aber jedenfalls ... könnten Sie mit mir nicht andere Dinge machen..."

„Was für andere Dinge?"

„Dinge eben... Sich *küssen* zum Beispiel schon..."

„Also das *schon*?", neckte er.

„Nein!", rief sie. „Das *auch* nicht...!"

Selbst ihre Abwehr war so unglaublich süß...

„Sagte ich dir nicht auch das schon? Dass ich mit dir lieber durch die Felder gehe, als irgendeine andere Frau zu *küssen*...?"

„Sie haben übrigens was versprochen..."

„Ja, ich weiß, Josi. Das werde ich auch halten."

„Dann ist ja gut."

„Gut ist was anderes..."

Sie musste fast lachen.

„Sie sind wirklich blöd! Hören Sie sofort auf."

„Dein Wunsch ist mir Befehl, Prinzessin..."

Sie musste lächeln, wenn auch wider Willen.

„Das ist blöd. Sie sollen aufhören..."

„Okay..."

„Das ist wirklich blöd. Ich *möchte* das nicht..."

„Okay, Josi... Ich hab es verstanden. Ich mach es nicht mehr..."

Sie ging eine ganze Weile schweigend neben ihm.

Dann fragte sie:

„War *das* jetzt ... genau das, was Sie wollten?“

„Nein... Es war einfach nur der Versuch, dir etwas Leichte anzubieten – und es dir leicht zu machen, darauf *einzugehen*. Wenn es dir Spaß gemacht hätte. Was ich wirklich will, ist nur das, was *du* willst...“

„Das sieht aber nicht so aus.“

„Ich kann mir Verschiedenes wünschen, ich kann versuchen, ob es dir auch gefällt und du darauf eingehst – aber wenn nicht, kann ich es auch nicht mehr wollen, denn das hieße wirklich, etwas zu wollen, was du nicht willst – und das *will* ich einfach nicht. Ich kann nur glücklich sein, wenn du auch glücklich bist.“

„Und wenn *Sie* unglücklich sind, kann ich auch nicht glücklich sein.“

„Ich bin aber glücklich, Josi. Genau dann, wenn es dir *gutgeht*.“

„Sie sind wirklich sehr arm... Sie bekommen eigentlich *gar* nichts...“

„Ich bin der reichste Mensch überhaupt – ich bekomme alles. Deine Gegenwart ist das Beste, was einem passieren kann.“

„Besser wäre was anderes...“

Er lachte.

„Das Beste, was möglich ist. Und schon das ist ein Wunder. Es ist wirklich ein *Wunder*, Josi... Glaub mir, ich bin so unglaublich glücklich...“

„Meinen Sie?“

„Ja, ich meine.“

„Trotzdem haben Sie ganz lange von etwas anderem gesprochen...“

„Nur, um es dir so gut beschreiben zu können, dass du *verstehen* konntest, was ich meinte. Jetzt, wo mir das gelungen ist, hoffentlich, höre ich auch auf... Ich begrabe meine Hoffnungen darauf, und konzentriere mich ganz auf die *wirkliche* Josi...“

Sie musste verlegen lächeln.

„Aber Sie werden diesen Hoffnungen trotzdem immer nachtrauern.“

„Sie zu begraben, bedeutet, das nicht zu tun.“

„Vielleicht können Sie sie ja gar nicht begraben...“

„Doch – wenn ich merke, dass es dir nicht möglich ist und du es auch gar nicht willst...“

„Und wie merken Sie das?“

„Na ja, du hast es ja schon gesagt, oder?“

„Aber Sie haben gesagt: ‚*wenn* ich merke...‘“

„Das stimmt... Vielleicht muss ich noch bis zur Pause warten...“

„Wieso?"

„Weil ... vielleicht kuschelst du dich ja doch an..."

„Nein!", lachte sie fast empört.

„Okay, nein..."

Sie sah ihn fast belustigt und noch immer leicht empört an, ungläubig, was für ein Spiel er jetzt wieder spielte.

„Nein!", beharrte sie noch einmal.

„Ja, nein. Ich hab's verstanden..."

„Glauben Sie es auch?"

„Ja, ich glaube es dir."

„Also *haben* Sie es jetzt gemerkt...?"

„Ja..."

„Und können Ihre Hoffnungen jetzt begraben?"

„Ich weiß nicht ... ich muss glaube ich trotzdem noch auf die Pause warten..."

„*Warum?!*", lachte sie empört.

„Weil es mit dir zu schön ist, Josi. Ich *kann* die Hoffnung noch nicht aufgeben, dass du es auch schön finden könntest. *Das*, meine ich. Du musst ja nicht mal flirten, du musst es nicht mal *romantisch* finden, wenn du nicht willst. Es reicht einfach, dass du es schön finden könntest... Weißt du?"

„Sie warten jetzt wirklich auf die Pause?"

„Ja, was soll ich machen..."

„Ob ich mich ankuschele oder nicht?"

„Na ja, was soll ich machen... Ich kann dich nicht noch einmal fragen. Ich kann keine Art Druck mehr auf dich ausüben, das wollte ich nie, aber schon die nochmalige *Frage* würdest du als Druck empfinden müssen..."

„Und das jetzt nicht?! Dass Sie sagen, Sie müssen noch auf die Pause warten...?"

„Nein...", lächelte er.

„Aber es ist genauso, wie wenn Sie mich nochmal gefragt hätten! Ich weiß ja doch: Sie wollen es einfach wieder..."

„Ja, aber ich frage nicht mehr... Du kannst machen, was du willst, Josi."

„Kann ich nicht! Wenn ich es nicht mache, geht es Ihnen superschlecht."

„Vielleicht geht es mir auch supergut, weil ich endlich meine armen Hoffnungen begraben kann..."

Sie musste ungehalten lachen.

„Seien Sie doch mal ernst!"

„Okay, ganz im Ernst, Josi... Es *geht* mir dann nicht schlecht. Ich *kann* dann meine Hoffnungen begraben. Und werde dir glauben, dass du es nicht willst. Wenn du dich bis dahin ehrlich fragst, ob du es *wirklich* nicht willst... Oder ob dich doch noch irgendeine Befürchtung hindert – es *schön* zu finden. Mehr will ich gar nicht. Als dass du das rausfindest – für dich..."

„Also glauben Sie mir nicht?"

„Doch – nach der Pause...", lächelte er.

Dann sagte er voller tiefer Empfindungen:

„Josi... versteh doch... Hattest du bisher *selbst* wirklich die Chance, es herauszufinden? Innerlich – oder auch durch Ausprobieren? Erstens war es für dich zu ungewohnt, *obwohl* es beim ersten Mal schön war... Zweitens war der letzte Sonntag so furchtbar, meinerseits, dass daraus nur falsche Eindrücke entstehen konnten. Dann kam noch der ältere Herr dazu ... du konntest eigentlich *überhaupt* nichts herausfinden. Von der übrigen Romantik ganz zu schweigen..."

„Welche übrige Romantik?"

„Na ja, das, was du nicht ‚flirten' nennen willst... Was es vielleicht auch nicht *ist*. Ich meine etwas sehr Zartes, etwas, was nur zu *dir* passt... Ich weiß auch nicht, wie ich sagen soll. Vielleicht einfach nur, nicht mehr die Angst zu haben, dass etwas falsche Konsequenzen haben könnte, die du nicht willst. Die *gibt* es nicht, Josi. Wird es nie haben... Du bist grenzenlos frei ... verstehst du? Das ist alles..."

Und als sie noch immer irgendwie ratlos war, fügte er hinzu:

„Es kommt auch nicht auf die Pause an, Josi... Auch nicht auf die heutige. Es kommt darauf an, dass wir nichts verlieren, was wir hätten haben können. Mehr nicht... Mach dir keine Gedanken..."

Die letzten vier wunderbaren Worte hatte er von ihr, soweit er sich erinnern konnte. Sie hatte sie mehr als einmal benutzt, auf ihre liebe, wundervolle Art. Er konnte nur hoffen, dass er sie annähernd so benutzen konnte, dass er dem würdig war...

„Aber immer habe ich jetzt das Gefühl, als müsste ich etwas *machen*..."

„Josi, das hat man bei solchen langen Erklärungen immer. Aber es ... es ging mir nur darum, dir zu beschreiben, was du machen kannst – es sollte dir eigentlich eine *Freiheit* geben ... nicht einen neuen Druck.

Lass dich fallen, fühl dich wohl – und mach einfach nichts als das, was du als schön und richtig empfindest. Womit du dich wohlfühlst. Mehr brauchst du nicht... Wenn du *das* machst, bin ich glücklich..."
„Wirklich?"
„Ganz wirklich."
„Und wozu dann die langen Erklärungen?"
„Als Ermutigung... Etwas auszuprobieren, *wenn* du den Wunsch danach verspüren solltest. Und sei er noch so zart – oder nur eventuell. Auch ein ‚Vielleicht' kannst du ausprobieren. Diese Freiheit wollte ich dir schenken – und mir auch, weil nichts schöner ist, als wenn du dich frei fühlst... Frei von jeder Pflicht, aber auch von jeder Angst ... frei zu allem. Verstehst du? Du bist wirklich frei, Josi. Und ich liebe dich immer, egal, was du tust und was du nicht tust. Du bist so unglaublich perfekt – und es bleibt für mich immer ein Wunder, mit dir Zeit verbringen zu dürfen. Und jetzt ist meine Rede auch zu Ende..."

Sie musste lächeln.
„Also ich muss nichts machen?", wiederholte sie fast ungläubig.
„Ja, nichts... Nur atmen ... bitte..."
Sie musste jetzt wirklich lachen.
„Bei Ihnen weiß man nie, was Sie ernst meinen!"
„Ich meine selbst meinen Humor ernst. Du musst *nichts*, Josi. Gar nichts."
„Und wann begraben Sie Ihre Hoffnungen?"
„Wenn es soweit ist...", lächelte er. „Nein, im Ernst, Josi – *soll* ich sie begraben? Bist du sicher, dass du ... keinerlei vorsichtige Romantik oder zärtliches Spiel ... oder irgendetwas in dieser Art ausprobieren ... möchtest? Oder soll ich sie begraben und du nimmst dir die Freiheit, es trotzdem vielleicht zu tun? Willst du einfach erstmal, *dass* ich sie begrabe? Einfach nur das? Damit du vielleicht siehst, dass ich es mache? Schon vor der Pause? Oder überhaupt mache...?"

„Ich weiß auch nicht..."
Ihre zarte Selbstoffenbarung.
„Ich mache alles, was du willst, Josi – – *guck* mal, ein Admiral!"

Der schöne Schmetterling gaukelte schnell vorbei, aber auch sie sah ihn noch, hatte ihn auch gesehen, konnte ihm so aber zusammen mit ihm noch kurz folgen.

Jetzt, wo er ihre ganze Gestalt sah, tauchte diese ihn erneut in eine tiefe, grenzenlose Liebe. Sie war noch so jung... Und doch schon bald vierzehn. Und er hatte noch nie etwas so annähernd Schönes und Berührendes gesehen...

Der Schmetterling hatte sie abgelenkt. Jetzt sah sie ihn wieder an. Befangen ging er weiter. Er liebte sie so unsagbar...

„Du musst nichts, Josi. Ich sag's dir... Reden wir von was anderem...“

„Und von was?“

„Was du möchtest.“

„Mir fällt nichts ein...“

„Was würdest du machen, wenn du Bundeskanzlerin wärst?“

„Ich?“, fragte sie völlig erstaunt.

„Ja.“

„Alles abschaffen, wobei Tiere getötet werden würden.“

„Oh ... ich glaube, dafür würdest du gar keine Mehrheit finden. Du müsstest ja trotzdem mit anderen Parteien zusammen regieren...“

„Warum fragen Sie dann...“

Ihre zarte Antwort...

„Okay... Nehmen wir an, du könntest vier Jahre lang alles tun, was du willst und richtig findest. Was würdest du noch machen?“

„Müll verbieten, soweit es geht... Geld abschaffen...“

„Und dann? Wie macht man dann alles?“

„Einfach ohne Geld...“

„Aber wie – wie kauft man und so?“

„Jeder nimmt sich, was er braucht.“

„Aber dann würde ja keiner mehr arbeiten – kaum jemand...“

„Glauben Sie?“

„Ja – wenn man nicht muss...“

„Aber man würde doch schnell merken, dass dann nichts mehr funktionieren würde...“

„Ja!“, lachte er.

„Sehen Sie? Und dann würden alle wieder arbeiten... Wenn sie es sehen...“

Ihr einzigartig gutes Wesen. Niemand hatte so einfache, klare Gedanken wie dieses Mädchen ... das zu gut war für diese Welt.

„Aber die meisten Leute haben nicht ein so gutes Herz wie du, Josi. Viele würden versuchen, die Dinge auszunutzen. Wenig arbeiten und viel nehmen..."

„Und dann sehen sie, dass ein anderer gar nichts hat ... und ändern sich..."

„Ich *weiß* nicht, ob das so funktioniert...", erwiderte er noch immer tief berührt.

„Es funktioniert *jetzt* nicht, weil alle ans Geld denken. Manche wollen besonders reich sein – und die meisten wollen *irgendwie* reich sein. Aber wenn es kein Geld mehr gibt – –"

„Kann man leider immer noch wenig arbeiten wollen. Vielleicht ist das sogar ein noch größerer Anreiz. Schließlich wollen auch jetzt viele viel Geld haben, um endlich nicht mehr arbeiten zu müssen."

„Gut, aber wenn man sieht, dass alle aufeinander angewiesen sind..."

„Dann gibt es immer noch genügend Egoisten."

„Trotzdem würde ich das Geld abschaffen. Dann muss man eben trotzdem sagen, dass soundsoviel Arbeit nötig ist."

„Und wie kontrolliert man es?"

„Man kontrolliert es eben."

Er wollte mit ihr nicht wieder ‚streiten' – oder ihr das Gefühl geben, sich in die Enge getrieben zu fühlen ... die Enge des Verstandes. Ihm war es grenzenlos wichtiger, ihr zuzuhören ... denn ihr Herz wusste die Wahrheit, selbst wenn es sie nicht *begründen* konnte. Das musste sie auch nicht. Es reichte, dass man sie *spürte*...

„Und weiter? Was würdest du noch machen?"

Sie schwieg jedoch und sagte schließlich:

„Ich *weiß* nicht, wie man es kontrollieren kann..."

Sie war immer noch bei seiner Frage, ihre eigene zarte Sorgfalt hatte sie nicht losgelassen.

„Sehen Sie? Es geht ja eh alles nicht... Jeder würde darüber nur lachen. Warum fragen Sie das alles überhaupt?"

Er war bestürzt.

„Josi!", erwiderte er betroffen. „Weil ich dich kennenlernen möchte! Und außerdem ist das überhaupt nicht dumm – und wer darüber lacht, hat noch überhaupt nichts verstanden! Es mag illusorisch erscheinen. Aber das war der Flug auf den Mond doch wohl erst recht..."

„Ja, darüber macht man sich Gedanken – aber über all das andere nicht..."

„Vielleicht *kommt* man überhaupt nicht mehr auf solche Gedanken, dass die Welt ohne Geld besser sein könnte – eine bessere werden..."

„Und ohne dass man Tiere isst..."

„Ja, aber ich glaube, dafür müssten die Leute Tiere erst wieder lieben lernen..."

„Und beim Geld nicht?"

„Ich weiß nicht... Das könnte man vielleicht noch irgendwie abschaffen. Aber wenn man das Fleischessen abschaffen würde, würden die Leute eine Revolution machen."

„Essen Sie Fleisch?"

Der Wechsel zu ihm war ihm überhaupt nicht recht. Er schämte sich wieder einmal tief vor ihr...

„Ja, Josi..."; sagte er leise. „Aber ich schäme mich, sobald du auch nur diese *Frage* formulierst... Dir zuliebe würde ich sogar das aufgeben..."

„Warum *isst* man ,Fleisch'? Das sind *Tiere!*"

„Ja...", erwiderte er betroffen. „Weil es ohne Fleisch nicht so einfach ist, mit den Vitaminen und so... Und weil ... einem ohne das wirklich etwas fehlt..."

„Mir fehlt gar nichts!"

„Ja", murmelte er. „Das ist ... ich hab gelesen, das ist auch individuell verschieden... Man solle auf sein Gefühl achten..."

„Tolle Ausrede!", sagte sie verächtlich. „Soll man das beim Arbeiten auch? Wenn das Geld abgeschafft ist? Auf sein ,*Gefühl*' achten?"

Er wusste nichts zu erwidern.

„Sagt Ihnen ihr Gefühl das also? Dass Sie *Tiere* essen müssen? Die kurz zuvor noch gelebt haben?"

„Josi", bat er fast, „manche Menschen fühlen sich ohne Fleisch richtig müde und schwach..."

„*Ich* würde mich lieber ein bisschen müde und schwach fühlen, als *ein* Tier zu essen!"

„Es betrifft glaube ich durchschnittlich auch mehr Männer...", wandte er zögernd ein.

„Ach so – wieder so ein ,Mann-Ding'?"

„Josi... Das ist jetzt wirklich nicht aus dem Gefühl heraus..."

„Aber Sie sagten, man soll auf sein Gefühl achten!"

„Ja, aber es betrifft ja die Gesundheit."

„Vor allem die der *Tiere*...“
„Ja, schon...“
„Schon? Könnten Sie ... könnten Sie die Tiere, die Sie essen, auch selbst *umbringen*?“
„Nein ... ich glaube nicht.“
„Aber?“
„Ich weiß nicht...“, murmelte er.
„Sagt Ihnen Ihr Gefühl etwa auch, dass Sie das gar nicht müssen? Weil es ja *Andere* machen?“

Er war völlig in die Ecke gedrängt und fühlte sich hundeelend.
„Mir zuliebe würden Sie darauf verzichten? Was heißt denn, Sie ‚würden‘? Was heißt dieses ‚würden‘...“
Nun lag ihr Finger mitten in der Wunde. Hilflos konnte er zunächst gar nichts erwidern...
„Wenn ich mich in der Pause an Sie ankuschele?“
„Nein...“, erwiderte er tief gequält.
„Wann dann? Wann würden Sie darauf verzichten?“
„Wenn ich deinen Vorwurf spüre, Josi...“, brachte er mit einem Kloß im Hals hervor. „Wenn ich spüre, dass du mich nicht mehr *magst* ... und wenn ich begreife, dass du mich mehr mögen könntest, wenn ... ich es tue... Wenn ich verzichte... Ich tue es, Josi...“

Seine Augen waren feucht geworden, die pure Sehnsucht nach ihrer Liebe, ihrer bloßen Zuneigung, hatte ihm die Tränen hinaufgetrieben...

Sie schwieg betroffen. So lange, bis sie leise hervorbrachte:
„Das war jetzt auch nicht *richtig* von mir...“
„Ich *liebe* dich einfach, Josi ... ich kann es so wenig aushalten, dass du ... mich regelrecht *ablehnst*...“
„Tue ich ja nicht...“, sagte sie mit einem fast entschuldigenden Blick, der schließlich völlig um Verzeihung bat.
Wieder sah sie sofort, wenn jemand anderer litt...
Und auch in diesem Moment liebte er sie wieder so hilflos.
„Vielleicht kannst du mir helfen...“, murmelte er.
„Wie denn?“
„Mit Rezepten vielleicht ... etwas Ermutigung...“
„Oder Ankuscheln?“
„Josi! Ich würde nie wollen, dass du es nur *deswegen* machst!“
„Aber vielleicht würde ich es wollen...“

„Du würdest dich sehr bald unwohl fühlen."

„Wieso denn?"

„Oder es wäre nur dieser ‚Handel'..."

„Ich denke Ermutigung?"

„Okay, aber ... bald würdest du natürlich denken, dass ich es nun aber auch alleine können müsse..."

„Können Sie ja vielleicht auch", lächelte sie.

„Nein, Josi ... ich kann das nicht annehmen."

„Sie meinen, Sie können es ganz alleine?"

„Ja... Muss ich..."

„Dann mag ich Sie natürlich noch viel lieber!"

„Okay...", sagte er dankbar, demütig.

„Ich bringe Ihnen nächstes Mal Rezepte mit...!"

„Okay..."

„Was würden *Sie* eigentlich machen, wenn Sie Bundeskanzler wären?"

„Ich würde ein ganz bestimmtes Mädchen zu meiner Beraterin ernennen!"

Sie lächelte.

„Und dann gäbe es eine Revolution..."

„Ja, vermutlich..."

Als sie schließlich Pause machten, reichte sie ihm mit dieser unnachahmlichen Bewegung die Brotbüchse...

Dann sah sie ihn zögernd an.

„Muss ich jetzt was machen?"

„Nein – habe ich doch gesagt..."

Sie biss von ihrem Brot ab und kaute mit vollem Mund. Es sah süß aus.

„Aber", sagte sie schließlich, „ich habe ja gesagt, dann mag ich Sie noch viel lieber..."

„Das kannst du ja. Trotzdem musst du nichts... Es ist alles gut, Josi."

„Vielleicht nächstes Mal..."

„Ja... Aber du wirst dich an mich gewöhnen. Es wird immer weniger aufregend sein ... und bald sind wir nur noch Wander-Freunde. Aber das macht nichts. *Du* hast es ja auch einmal erlebt... Vielleicht sollte es so sein... Dass es etwas Einmaliges bleibt... Vielleicht ist das gut so..."

Sie sah ihn fast sorgenvoll an.

„Was für Sie sehr traurig wäre..."

Er erwiderte ihren Blick.

„Du weißt doch – nur dann, wenn es diese Möglichkeit gegeben *hätte*. Aber ich bin gerade dabei, deinen Worten zu glauben ... und meine Hoffnungen zu begraben, Josi. Mach dir keine Sorgen...“

Sie schwieg betroffen.

Zögernd sagte sie dann:

„Vielleicht ... weiß ich ja nur einfach ... noch nicht so richtig...“

„Was denn?“, fragte er zärtlich.

„Na, alles... Ob ich ... will oder nicht will – –“

„Was könnte denn schlimmstenfalls passieren?“, fragte er, tief berührt und mitfühlend.

„Dass es nicht so schön ist...“

„Okay...“, erwiderte er zärtlich. „Und bestenfalls? Was könnte bestenfalls passieren?“

„Dass es ... *ziemlich* schön ist...“

„Ziemlich?“, lächelte er.

Sie lachte beschämt.

„Ich meinte schon ‚viel‘...“

„Okay... Und ... was riskierst du, wenn du es nie versuchst...?“

„Dass ich es nie wissen werde...“

Wieder berührte ihn ihre Antwort so sehr...

„Mhm...“, nickte er.

„Was soll ich tun?“

„Vielleicht folgst du einfach deinem Herzen...“, lächelte er. „Ich glaube nicht, dass es dumm sterben will...“

Sie lächelte nun auch.

„Okay ... das heißt ... ich probiere es einfach...“

„Ja...“, erwiderte er. „Komm einfach her, Josi... Probier es nochmal...“

Sie kam zu ihm – und ließ sich bei ihm wieder mit dieser Anmut nieder, die er noch nirgendwo sonst wahrgenommen hatte, und lehnte sich an ihn. Er schloss seinen Arm vorsichtig etwas um sie.

„Darf ich das, Josi?“, fragte er fast nur flüsternd.

„Mhm...“, erwiderte sie verletzlich, sich behutsam einlassend.

Es berührte ihn so sehr.

Und dann traten wieder Tränen in seine Augen. Sie hatte es noch einmal gewagt – er war so grenzenlos dankbar...

Wenige Momente später konnte er nur mühsam ein Schluchzen unterdrücken.

Sie wandte sich nach ihm um.

„*Weinen* Sie schon wieder? Aber *warum*?"

„Bleib einfach so sitzen, Josi!", bat er. „Nicht bewegen... Es ist gerade so wunderschön..."

Sie schwieg einige Momente mitleidvoll. Dann fragte sie leise:

„Wieso *lieben* Sie mich so...?"

„Weil auf der ganzen Welt nichts Schöneres existiert... Weil du mich hilflos machst... Weil du *alles* in mir veränderst..."

„Soll ich Ihnen jetzt mal erzählen, wie ich mir vorstelle, dass die Welt entstanden ist?"

„Ja...", wisperte er mit ungläubiger Dankbarkeit, denn sie kehrte an den Punkt zurück, wo *sie* vielleicht am glücklichsten gewesen war...

„Also das göttliche Wesen ... zog *sich* zurück, damit das sein könnte, was es entstehen lassen wollte ... alles andere... Verstehen Sie? Sonst könnte gar nichts da sein... *Erst* musste das göttliche Wesen sich zurückziehen, natürlich nicht ganz, aber so weit, dass ... das andere entstehen konnte ... und frei sein ... wie die Lerche, hören Sie? Trotzdem ist das göttliche Wesen *überall* und verbindet alles – aber so, dass man es nur noch bemerkt, wenn man möchte... Und irgendwie ist *das* gerade seine Liebe..."

Er war fassungslos. Ihre Gedanken hatten überhaupt nichts Fremdes. Aber gleichzeitig beschrieb sie so sehr auch ihr *eigenes* Wesen. Niemand zog sich so zart und berührend zurück wie sie – die alles so sein ließ, wie es war, und es gleichzeitig mit ihrer zarten Liebe umhüllte, miteinander verband... Sie war *selbst* ein Wunder an zurückhaltender, selbstloser Liebe...

„Jetzt, wo ich Ihnen das erzähle...", sagte sie vertraulich, „merke ich erst, dass *Sie* irgendwie so *ähnlich* sind... Ich meine, Sie sind auch immer so *vorsichtig*... So ... jedenfalls mir gegenüber... Irgendwie so ähnlich... Ein bisschen..."

„Und ich will wiederum nur dir ähnlich werden, Josi... Du bist die Rücksichtsvollste, Liebevollste überhaupt. Du umhüllst *alles* mit deiner zarten Liebe ... so ... *weich* und so überhaupt nicht an dich denkend ... dass nur das wirklich ähnlich ist..."

„Zu Ihnen war ich mehrmals gar nicht nett!"

„Das hatte auch nur wieder Gründe deines lieben Wesens. Alles, was du tust, kommt eigentlich aus einer Art Liebe..."

„Sie sind aber auch sehr, sehr lieb...“

„Ich muss alles, was sich nicht auf dich bezieht, erst von dir lernen, Josi...“

„Sie *haben* ja aber auch schon viel gelernt...“

„Was denn – außer in Bezug auf die Natur, anfangsweise...“

„Na, *Müll* zum Beispiel...?“

„Den“, lächelte er, „bringe ich immer noch ungern runter... Außer bei dir...“

„Aber Sie hatten was versprochen!“

„Ja.“

„Und außerdem müssen Sie ihn gar nicht runterbringen, wenn sie ihn gar nicht machen...!“

„Das merke ich sogar schon. Ich muss ihn schon viel, viel weniger runterbringen...“

„Sehen Sie?“

„Ich sehe immer nur dich, Josi...“

Als sie mit ihrer Oma für drei Wochen in die Sommerferien fuhr, vermisste er sie sehr. Schon nach drei Tagen hätte er ihr am liebsten geschrieben – auf die ganz altmodische, *romantische* Art... Aber er hatte ihre Adresse nicht – und vielleicht hätte sie es auch gar nicht gewollt.

Seine Sehnsucht nach ihr war so groß, dass er wieder von ihr träumte. Er hatte auch sonst ab und zu von ihr geträumt – nun aber, wo sie nicht einmal sonntags bei ihm sein würde, erwachte er eines Tages und hatte geträumt, dass sie sich innig in den Armen lagen, dass er sie hatte küssen dürfen ... und sogar mehr ... aber dieses ‚mehr' hatte sich dann verloren, vielleicht im Tiefschlaf, vielleicht die letzte scheue Grenze seiner eigenen Seele...

O ja, er sehnte sich nach ihr, auch nach ihrem Körper, er fand sie so wunderschön... Aber er würde nie wagen, es sich *vorzustellen*, es wäre ihm wie eine ‚Beschmutzung', ein Vertrauensbruch vorgekommen. Sie musste selbst in *Gedanken* sicher vor ihm sein, er empfand ihr Sein wirklich wie ein Heiligtum, eine heilige Kostbarkeit, etwas, was er wirklich auch scheu verehrte... Dankbar bis in sein Innerstes, weil er wusste ... es war ein *Wunder*. Dass sie ihm ihre Gegenwart schenkte, war ein *größeres* Geschenk, als man sich je hätte vorstellen können. Und er würde nie anders als auf diese letztlich *scheue* Art sie lieben können, ja wollen. Sie hatte ihm das Schönste geschenkt, was er sich vorstellen konnte – *diese* Liebe...

Aber mit Schrecken dachte er auch an die verstreichende Zeit... Sie *war* jetzt vierzehn, kurz vor den Ferien geworden, und wenn sie zurückkam, wäre sie schon vierzehn und einen Monat ... und vielleicht würde sie schon *dort* einen Jungen kennenlernen ... und *wirkliche* Romantik erleben... Vielleicht würde er ihr so geholfen haben, zu verstehen, was das war... Er hatte noch nie so schmerzliche Gedanken. Es gab nur *einen* schmerzlichen Gedanken auf der Welt: sie zu verlieren... Und er *würde* sie verlieren. Die Frage war nur wann... Wie viele Wochen er noch hatte. Ob er *überhaupt* noch Zeit mit ihr würde haben dürfen, wenn sie zurückkam... Oder ob es schon *jetzt* vorbei war, ohne dass er es wusste...

Und dann empfand er wieder, dass selbst *diese* Gedanken und Sorgen ein Vertrauens-, ein Treuebruch ihr gegenüber seien, denn war sie nicht immer *wieder* viel lieber gewesen, als er je hätte hoffen dürfen? *Durfte* er überhaupt Angst haben, solange sie ihm noch ihre Zuneigung schenkte? War dies nicht gerade jener Verrat, den er schon einmal begangen hatte – an jenem Sonntag, wo er sogar auf einen Schmetterling eifersüchtig gewesen war?

Er konnte seine Angst nicht loswerden. Sie war die andere Seite seiner Liebe. Seiner Sehnsucht. Aber was er konnte, war, *neben* dieser Angst sie einfach hilflos *weiter* zu lieben, voller Vertrauen, voller hilflosem Vertrauen ... dass sie ihm so lange ihre Zuneigung schenken würde, wie sie konnte.

Und als er zu *diesem* Gedanken kam, erschütterte ihn eine zarte, fast ungläubige Dankbarkeit. Sie würde ihm ihre Zuneigung ja nur entziehen, wenn sie *musste*. Er hatte Angst vor diesem Augenblick. Aber er liebte sie verzweifelt bis zu diesem Augenblick hin – und würde sie auch jenseits dessen immer weiter lieben, aber sie würde es nicht mehr wollen und nicht mehr annehmen können. Sie würde in jedem Fall eine ganz andere Grenze ziehen. Aber *jetzt* zog sie sie noch nicht. Und dafür konnte er ihr nur hingebungsvoll dankbar sein ... und seine Angst, die ihr gar nicht gerecht wurde, in den Hintergrund drängen...

Er liebte hilflos ein Mädchen, das *selbst* nicht wusste, wann die Grenze kommen würde. Es war die zarteste Romantik, die nur denkbar war, denn *seine* Hilflosigkeit war absolut und ihre nur wenig geringer... Und zugleich war sie völlig frei ... und er hilflos in seiner ganzen Liebe zu ihr, die nichts anderes wollen konnte, als sie hilflos freizulassen, selbst in dem Wissen, dass es seinen ‚Tod' bedeuten würde.

Und da wusste er, dass die Liebe wirklich stärker war als der Tod. Denn er wäre für dieses Mädchen auch *wirklich* gestorben. Er dachte daran, dass sie ein lebensgefährliches Organversagen haben würde – er würde sein Leben für sie schenken. Und sie würde, gerettet, wissen, dass es seine *Liebe* gewesen war... Mehr brauchte es nicht, damit das Leben einen Sinn hatte, weit über den Tod hinaus... Es brauchte nur dieses Mädchen...

Sie hatten die zweite Buslinie genommen... Für ihn gab es, seit er ihr begegnet war, nur noch diese Zählung: Die Reihenfolge, in der sie mit diesen Wanderungen begonnen hatten...

Es war jene Feldlandschaft, wo er so gescheitert war, mit jenem Buch und jenem Schmetterling ... und der Pause, mit dem älteren Herrn ... ein Tag, für den er sich immer noch abgrundtief schämte.

Aber wie anders war *dieser* nun! Ein strahlender Sommertag, gerade Anfang August, und sie schien, zurückgekehrt, schöner denn je. Schon im Bus hatte ihre ungeheure *Nähe* ihm fast den Atem geraubt... Zu den drei Wochen ihrer Abwesenheit kam noch ein zartes Wachstum an Schönheit, das er nicht einmal für möglich gehalten hatte. Es war fast unerträglich – man wusste *überhaupt* nicht mehr, wieso man dessen auch nur eine Sekunde lang würdig war...! Er war im Bus tatsächlich so *befangen* wie vielleicht noch nie. Eine *betörende* Schönheit ging von ihrer ganzen Unschuld aus...

Für gewöhnliche Augen war es vielleicht alles noch im Rahmen, ein schönes Mädchen, das aufblühte, etwas naiv und vielleicht sogar noch etwas ‚kindlich‘, oder wer weiß, was die Leute sich zusammenreimten – aber für *ihn*, der sie seit bald drei Monaten hilflos liebte, war es ein regelrechter ‚Angriff‘ von Schönheit, eine Art Tsunami, nur musste man dies mit der *Zartheit* dessen verbinden ... und deswegen gab es überhaupt kein Wort dafür...

Er hatte auch schon im Bus das kleine Goldkettchen an ihrer verletzlichen Kehle entdeckt – und hatte nichts zu sagen gewagt, jedes Wort blieb ihm im Halse stecken. Er hatte ihr dieses Kettchen zu ihrem Geburtstag geschenkt... Es war vergoldet, und der Anhänger war ein Blümchen. Er hatte ihr gesagt, es habe ihn an ein Stiefmütterchen erinnert, und so war es auch... Er hatte ihr auch gesagt, er habe es ihr nur schenken wollen. Sie könne es in der Schublade verschwinden lassen – und sich vielleicht Jahre später an ihn erinnern, an ihre Wanderungen, die kurze Zeit mit ihm... Sie hatte ihn angesehen und war gerührt und sehr verlegen zugleich...

Jetzt, sie waren ausgestiegen und hatten die Stadt soeben hinter sich gelassen, man spürte wirklich fast den genauen *Übergang*, wo die Stadt aufhörte und die Felder begannen, sah sie ihn an und lächelte.

„Was haben Sie die ganze Zeit gemacht?", fragte sie lächelnd.
Auch sie hatte im Bus zunächst fast nicht gesprochen, war vielleicht ebenfalls ein bisschen aufgeregt gewesen – wenn auch kein Vergleich zu ihm.
„Wie war *Ihr* Sommer bisher?", fügte sie hinzu.
„Schön...", sagte er etwas hilflos, nach wie vor auch betört...
„Schön?", lächelte sie. „Aber was haben Sie gemacht?"
„Ich habe gearbeitet... Ich hätte dir sehr gern geschrieben, aber ich hatte deine Adresse nicht... Und ich bin jeden Sonntag rausgefahren, so wie jetzt..."
„Wirklich? Und wohin?"
„Alle drei Linien... Dahin, wo wir immer waren..."

Sie sah ihn lächelnd an, mit einer Spur Mitleid.
„Und wie war es...?"
„Schön, wunderschön, traurig, bittersüß..."
„Bittersüß?"
„Ja ... der Sommer war immer wieder so schön ... aber du warst nicht da... Da war so ein ziehender Schmerz... Und gleichzeitig war jeder Gedanke an dich schöner als die ganze Schönheit um mich herum... Schön und traurig zugleich. Das nennt man bittersüß..."
„Aber die Schönheit um sich herum konnten sie bemerken?"
„Natürlich... Ich hatte eine so unglaublich wunderbare Lehrerin..."
Sie lachte und senkte verlegen den Kopf.

„Und du, Josi? Wie waren deine Ferien?"
„Auch schön... Wir waren ja am Strand. Es war fast *zu* heiß! Meiner Oma natürlich auch. Aber wir sind auch viel spazieren gegangen. Am schönsten war für mich eine Dünenwanderung mit einem Führer. Ich kenne jetzt Strandhafer, Hundsrose, Labkraut, Gänsefingerkraut, Mauerpfeffer, Wermut..."
Wermut... Er war wehmütig. Wie gern hätte er sie begleitet!
„Kannst du mir das auch beibringen?", fragte er leise.
„Aber die wachsen hier nicht!", lachte sie.
„Ja..."

Sie sah ihn an.

„Was ist mit Ihnen?", fragte sie besorgt. „Sind Sie schon wieder traurig?"

„Ich wünschte, ich könnte mit dir auch einmal an die Ostsee..."

„Sie wollen mit mir an die Ostsee? Aber wie denn?"

„So, wie du auch mit deiner Oma gefahren bist."

„Aber sie ist meine Oma!"

„Also du könntest es dir mit mir *nicht* vorstellen?"

„Nein, wie denn?"

„Ich hab mir nur vorgestellt, wie glücklich du auf dieser Wanderung warst... Und dass ich es hätte von dir lernen können..."

„Aber wir können doch noch vieles andere lernen."

„Ja."

„Trotzdem sind Sie traurig?"

„Ich sah einfach das Leuchten in deinen Augen. Und ich wäre so gerne dabei gewesen..."

„Das geht aber nicht immer..."

„Ja, du hast Recht."

„Aber jetzt bin ich ja da..."

Sie war so lieb!

Er musste das Thema fallen lassen. Zart zog sie Grenzen, und er musste sie akzeptieren, heiligen, es waren *ihre* Grenzen...

„Wissen Sie, was ich trotzdem vermisst habe?", fragte sie versöhnlich.

„Nein, was denn?"

„Den Namen Josi..."

Es traf ihn wie ein sanfter Schlag... Fast wie ein Engelsflügel...

„Wirklich?"

„Ja...", sagte sie verlegen. „Irgendwie fehlt er mir..."

„Und die Kette?", wagte er nun leise zu fragen. „Trägst du auch...?"

„Ja, erstens ist sie schön", verteidigte sie sich. „Und zweitens ... dachte ich ... warum soll ich Ihnen die Freude nicht machen... Ich *mach* Ihnen damit doch eine Freude?"

„Ja... Sie ist wunderschön, wenn du sie trägst..."

Sie lächelte.

„Und worüber", versuchte sie abzulenken, „unterhalten wir uns jetzt, nachdem der Sommerurlaub besprochen wurde?"

„Was hast du denn noch alles erlebt, Josi?"

„Weiß ich nicht... Und wenn ich es erzählen sollte, habe ich Angst, dass sie sich wieder wünschen, dass sie dabei gewesen wären...“

„Mach ich nicht mehr, Josi... Das war nur bei diesem einen Mal, als du das *schönste* Erlebnis erzähltest ... und ich wieder dachte, dass irgendetwas möglich wäre, was es für dich nicht ist... Insofern habe ich auch diese Hoffnung schon wieder begraben...“

„Sie begraben ganz schön oft Hoffnungen...“

„Na ja, so oft auch nicht...“

„Die tun mir fast leid, diese Hoffnungen... Irgendwann wird es auf diesen Wanderungen überall Stellen geben, wo irgendeine Hoffnung begraben liegt...“

Ihre konkret-bildliche Vorstellungsgabe berührte ihn.

„Na ja... So schlimm wird es nicht werden...“

„Sind Sie sicher?“

„Das waren jetzt zwei Hoffnungen im Laufe von fast drei Monaten. Viel mehr werden nicht kommen, Josi... Keine Angst...“

Sie schwieg befangen.

„Erzähl doch bitte noch von deinen Sommerferien... Was war noch schön, was hast du noch erlebt...?“

„Also...“, begann sie verlegen, aber auch vertraulich, „mit meiner Oma war es auch schön. Sie mag zum Beispiel Süßes. Auf dem Weg zum Strand kamen wir immer an einem Eisladen vorbei, und da hat sie sich oft ein Softeis gekauft – und mir auch. Das war schön...“

Er tauchte in ihre Erlebnisse ein, berührt, beschenkt...

„Dann war ich einmal alleine am Strand, frühmorgens, und hab schöne Steine gesucht und gesammelt... Ich habe auch einen kleinen ‚Donnerkeil‘ gefunden – wissen Sie, was ein Donnerkeil ist?“

„So was Versteinertes...“

„Und weiter?“

„Weiter weiß ich gar nichts... Von irgendeinem Tier...“

„Das Sie wahrscheinlich *gegessen* hätten!“

Er musste lachen.

„Nein!?“, protestierte er.

Sie kicherte.

„Ich wusste *gar* nicht, was ein Donnerkeil ist. Ich wusste nicht mal den Namen – den hat mir meine Oma gesagt. Ich wusste nur, dass es *etwas* ist. Und als ich den Namen wusste, habe ich mit dem Handy nachgesucht, und es ist ein Teil von einem verstorbenen Tintenfisch – ausge-

storben, meine ich. Das Schwanzstück von seinem Skelett, das Ende. Das ist etwa *hundert Millionen* Jahre alt..."
„Wow..."
„Das kann man sich gar nicht vorstellen. Man kann es sich nicht vorstellen. Das ist, wie wenn ein Mensch hundert Jahre alt wird, und zwar hundert mal hundert mal hundert Mal!"
Er rechnete verwirrt nach.
„Man kann es sich nicht vorstellen. Es ist ja nicht etwa dreihundert Mal, sondern eine Millionen Mal! So, wie wenn jeder einzelne Mensch aus unserer Stadt hundert Jahre alt werden würde, *nacheinander*, und dann dasselbe noch mit ungefähr fünfzehn anderen Städten, auch jeder einzeln nacheinander! Unvorstellbar..."

Es berührte ihn sehr, wie sorgfältig sie versucht hatte, sich eine Vorstellung zu machen. Er hätte diese Mühe gar nicht aufgebracht. Aber wieder spürte er ihre Liebe zu *allem* – sogar zu der Vorstellung der *Zeit*, die sie mit diesem verstorbenen Tintenfisch verband...

„Wahrscheinlich denken Sie sich jetzt wieder, was ich mir alles überlege?"
„Nein, Josi! Überhaupt nicht! Es hat mich ... sehr *berührt*, dass du dir das so genau vorstellst."
„Meine Oma sagte, als ich ihr das erklärte: Kind, hör auf, ich werde ganz wirr im Kopf..."
Er musste lachen.
„Okay..."
„Aber Sie fanden es *nicht* ... übertrieben?"
„Wieso?"
„Na ja ... manchmal mache ich mir so viele Gedanken ... und ... das machen die anderen ja nicht... Keiner aus meiner Klasse, auch nicht meine Freundinnen."

„Josi...", sagte er zärtlich, geradezu erschüttert über ihre Sorgen, „lass dir nie einreden, du würdest dir zu viele Gedanken machen. Eher machen sich alle anderen zu *wenig* Gedanken – Millionen Menschen, eine Million, jeder einzelne, und das Ganze noch achttausend Mal, insgesamt acht Milliarden – jeder Mensch auf der Welt, außer dir..."
Sie musste berührt lachen.
„Wirklich, Josi... Ich habe noch nie erlebt, dass sich jemand *so richtige* Gedanken macht... So wichtige auch..."

„Na ja ... wichtig ... wieso sollte es wichtig sein, sich vorzustellen, wann so ein Belemnit gelebt hat...“

„Weil es mit *Liebe* zu tun hat, Josi“, erwiderte er, und seine Augen wurden feucht vor Berührung und Erkenntnis ihres Wesens. „Mit einer Liebe, die niemand sonst *hat*. Es hat mit Liebe zu tun... Deshalb ist es wichtig...“

Sie schwieg befangen, auch dankbar.

„*Sie* haben eine so unglaubliche Liebe zu *mir*...“, sagte sie dann leise.

„Deswegen, Josi... Weil ich so ein schönes Wesen noch nie gesehen habe...“

„Darf ich was sagen?“, fragte sie zögernd.

„Ja... Was denn?“, erwiderte er furchtsam – vielleicht war es wieder zu viel gewesen...

„Kurz vor den Ferien ... na ja ... da hatte mich ... so ein Junge aus meiner Klasse ... gefragt, ob ich ... na ja, ‚mit ihm gehen‘ wolle...“

„Oh, okay...“

Nun begann es also... Das Bittersüße... Der Schmerz...

„Ich hab nein gesagt...“

„Was? Aber warum?“

„Ich wollte nicht.“

„Und...“, fragte er betroffen, geradezu scheu, „warum ... erzählst du mir das, Josi?“

„Ich dachte, Sie sollten es wissen...“, erwiderte sie verlegen.

„Aber warum wolltest du nicht? Doch nicht wegen mir?“

„Nein, ich konnte es mir auch so nicht vorstellen.“

Er war betroffen über ihre Worte ‚auch so‘ – aber er wagte nicht, daran zu rühren.

„Vielleicht fragen dich demnächst ja andere Jungen...“, erwiderte er leise.

„Darauf habe ich überhaupt keine Lust!“, entgegnete sie entschieden.

Er schwieg abermals. Auch er wollte sie mit diesem Thema nicht weiter belasten.

„*Ist* das so?“, fragte sie. „Dass in diesem Alter jetzt ständig jemand kommt und diese Frage hat?“

Er musste über ihre Heftigkeit fast innerlich lachen.

„Ich fürchte ja, Josi! Jedenfalls bei dir definitiv...“

„Ich glaube nicht, dass ich für die meisten Jungen interessant genug bin!"

„Aber für genügend... Und bestimmte stillere Jungen werden sich ganz unvermeidlich unsterblich in dich verlieben!"

„Um Himmels willen!"

Jetzt musste er wirklich lachen. Sie war so süß...!

„Warum lachen Sie?", fragte sie ärgerlich.

„Weil das leider dein Schicksal sein wird, Josi. Solange, bis du irgendwann sagen kannst: Ich bin schon vergeben, tut mir leid..."

„Na toll – ich ‚vergebe' mich aber nicht. Eher *übergebe* ich mich!"

Wieder musste er lachen. Diese Heftigkeit von ihr kannte er noch gar nicht.

„Josi!", sagte er vorwurfsvoll. „Das ist eklig..."

„Dafür kann ich jetzt nichts..."

Wieder musste er lachen.

„Nein...", sagte er leise. „Bei dir ist *nichts* eklig. Gar nichts... Ich würde es sogar liebend gern für dich wieder wegmachen..."

„Ihh! So genau wollte ich es gar nicht wissen!"

Wieder lächelte er.

Nun musste auch sie lachen.

„Sie sind ja völlig verrückt..."

Er war glücklich.

„Wieso sind Sie eigentlich so *verrückt*?", hielt sie an dem Thema fest.

Er hätte sagen können: ‚Ich bin einfach nur verrückt nach *dir*', aber das war zu primitiv, zu abgedroschen – und wurde auch ihr überhaupt gar nicht gerecht.

Und so schwieg er hilflos. Sagte schließlich:

„Das liegt offenbar in meiner Natur..."

Sie musste lachen.

„In Ihrer Natur?"

„Ja."

„Versteh ich nicht..."

„Erinnerst du dich noch an meine erste Liebe?"

„Das ältere Mädchen?"

„Ja."

„Was ist damit?"

„Na ja ... es war offenbar schon damals verrückt... Zu glauben, ich könnte bei diesem drei Jahre älteren Mädchen *irgendeine* Chance haben... Ich hatte keine. Ich zerschellte mit meiner ganzen kleinen Seele und trug meine Wunden noch jahrelang später in mir... Es war völlig verrückt, sie auch nur anzusprechen...

Und jetzt... Jetzt ist es sozusagen umgekehrt... Es ist noch immer verrückt, nur umgekehrt... Auch in dem Sinne, dass du das völlige Gegenteil von ihr bist – wahnsinnig lieb, wunderschön, auch innerlich ... aber du bist vierzehn, und ich bin fünfunddreißig. Es liegt also in meiner Natur, dass ich verrückt bin... Es hat sich nichts geändert..."

Schmerzliche Tragik, bittersüß...

Sie sah ihn voller Mitleid an. Schillerten vielleicht sogar ihre Augen auf einmal?

„Es tut mir leid...", brachte sie mühsam hervor. „Das wollte ich gar nicht – ich bin manchmal so dumm mit meinen Fragen – –"

Jetzt begriff er erst wirklich, dass sie kurz vor dem Weinen war.

„Josi, es ist alles gut...!"

Sie schluchzte auf.

„Gar nichts ist gut! Gar nichts! Ich bin einfach nur idiotisch und Sie – begraben eine Hoffnung nach der anderen...! Ich richte nur Unsinn an...!"

Er war tief bestürzt, und spontan nahm er sie in die Arme – er konnte nicht anders. Und sie drückte sich an ihn, um Trost für ihren momentanen Schmerz zu finden, den sie aus tiefer *Selbstlosigkeit* hatte...

„Josi...", tröstete er sie zärtlich. „Mach dir doch keine Sorgen... Wirklich... Alles ist gut..."

Sie weinte gegen seine Brust.

„Das sagen Sie *immer*...!"

„Es ist ja auch immer so..."

„Nur, dass lauter begrabene Hoffnungen an den Wegrändern liegen!"

„Das wird noch viele Jungen betreffen, Josi..."

„Ach, ich wünschte, es gäbe auf der Welt überhaupt keine Jungen! Ich wünschte, die Belemniten lebten noch und die Jungen wären ausgestorben!"

Er musste lachen. Ihre aufrichtigen Gefühle waren so süß, so unglaublich berührend...

„Josi...", tröstete er.

Am liebsten hätte er ihr zärtlich einmal über das Haar gestrichen, aber selbst das wagte er nicht.

Sie beruhigte sich wieder und löste sich scheu und befangen wieder von ihm.

„Tut mir leid...", sagte sie leise noch einmal.

„Warum denn?", fragte er zärtlich.

„Dass ich Sie vollgeweint habe, obwohl es *Ihnen* schlecht geht..."

„Mir geht es nicht schlecht, Josi... Und dich in meinen Armen halten zu dürfen, war so wunderschön..."

„Soll ich öfter weinen..."

Er musste lachen.

„Wenn du kannst..."

Nun musste auch sie wider Willen lachen.

„Sie sind so verrückt..."

Sie gingen langsam weiter, eine ganze Weile schweigend.

Schließlich sagte sie, noch immer befangen:

„Wissen Sie ... dass ich jeden Sonntag an Sie gedacht habe? Was Sie wohl machen...?"

„Wirklich?"

„Ja, und ich hab mir *gewünscht*, dass es Ihnen gut gehen möge, und wenn es *mir* gut ging, habe ich ein ganz schlechtes Gewissen bekommen..."

„Josi...", lächelte er zärtlich. „Was soll denn das..."

„Das ist ja das Mindeste, was ich für Sie tun kann."

„Aber das hat doch gar keinen Sinn."

„Was Sie machen, hat auch keinen Sinn."

„Doch, ich liebe dich schließlich ... und meine einzige Schuld ist, dir ein schlechtes Gewissen gemacht zu haben."

„Haben Sie ja gar nicht."

„Aber das hast du doch eben gesagt."

„Ich hätte es ja so oder so bekommen..."

„Aber es ist sinnlos, Josi... Und das *brauchst* du nicht..."

Sie schwieg befangen.

„Sehen Sie?", sagte sie dann. „Ich mache nur dummes Zeug..."

„Ach, Josi – nichts ist wundervoller als alles, was *du* machst... Ich will dich nur nicht leiden sehen..."

„Jetzt wissen Sie, wie es *mir* immer geht."

„Aber Josi, ich bin glücklich! Und selbst wenn ich leiden *sollte*, bin ich noch immer glücklich, weil es mit dir zu tun hat...“

„Das ergibt keinen Sinn...“

„Doch, wir haben schon das Wort ,bittersüß‘ geklärt...“

„Trotzdem ist Leiden immer Leiden.“

„Lass uns jetzt aufhören, Josi. Wir verpassen ja ganz das ganze Schöne.“

„Ja, ich weiß auch nicht. Ich hatte mich so darauf gefreut, Sie wiederzusehen...“

„Wirklich?“

„Ja. Hatte ich.“

„Dann lass uns jetzt einfach umschalten. Kein Leiden mehr...“

„Das sagen Sie so einfach?“

„Ja, weil ich mit dir das Schöne erleben *will*...“

„Zum Beispiel?“

„Zum Beispiel eine fröhliche, unbelastete Josi, die sich über die Natur freut...“

„Und wo ist die? Wie komme ich jetzt dahin?“

„Ich könnte dich abkitzeln...“

„Wehe!“

Sie lachte furchtsam.

„Okay, siehst du – wir haben es geschafft.“

Sie sah ihn lächelnd an.

„Sie sind echt verrückt.“

Er lächelte auch.

„Aber *schön* verrückt...“, fügte sie hinzu. „Gefällt Ihnen meine Kette wirklich?“

„Sie ist unglaublich wunderschön...“

„Ich habe sie von jemandem, der ... na ja, der ein bisschen genauso verrückt ist wie Sie...“

„Ach ja?“

„Ja, er ... sagte, ich könne sie auch in eine Schublade tun. Warum kauft er sie mir dann?“

„Na ja ... Schubladen werden stark unterschätzt... Sie können auch ein Ort für Kostbarkeiten sein...“

Sie warf ihm lächelnd einen Blick zu.

„Das stimmt!“

Nach einer Weile warf sie ihm noch einen zweiten Blick zu.

„Das hätte jetzt außer Ihnen *niemand* gesagt...“
„Woher weißt du das?“
„Das weiß ich einfach. Das liegt in meiner Natur...“
Ihr schüchterner Humor, der sich auf seine Worte zurückbezog, rührte ihn tief. Überhaupt rührte ihn *alles* tief... Auf eine ganz zarte Weise, die ganz die ihre war, hatte sie sich vorsichtig in das Reich der *Romantik* begeben... Er wagte immer wieder fast nicht, zu atmen, zumal sie so unglaublich schön war...

„Aber vielleicht hätte der, der dir die Kette geschenkt hat, das auch sagen können...“
„Ach so... Ja ... der vielleicht auch, das stimmt...“
„Aber wenn er dir *mehr* schenkt, musst du aufpassen. Dann will er was von dir. Also mit der Kette musst du es belassen...“
„Sind Sie eifersüchtig?“, lächelte sie.
Ihre spontane Antwort machte ihn fast für einen Moment sprachlos.
„Kann sein...“, gab er zu. „Ja, vielleicht ein bisschen...“
„Okay, das heißt ... Sie sind *auch* ein bisschen in mich verliebt?“
„Ja, ein bisschen – ich wollte es erst nicht sagen...“
Sie kicherte.
„Ist ja nicht so schlimm...“
„Okay...“

Sie sah ihn unsicher an.
„Ich weiß jetzt nichts mehr zu sagen...“
Ihre zarte Bitte, aus dem ‚Spiel' auszusteigen, berührte ihn sehr.
„Okay, Josi... Guck mal!“
Er drehte sich um.
„Siehst du, da fliegt er noch!“
„Ja...“
„Ich glaube, das war wieder ein Admiral. Oder ein Pfauenauge, ich konnte es nicht so genau sehen...“
Sie sah ihn wie ein Rätsel an.
„Was ist?“, fragte er.
„Sie ... Sie haben das Buch doch *mir* geschenkt...“
„Es gibt ja auch Internet...“, lächelte er.
Noch immer sah sie ihn an.
„Sie haben heimlich – –“
„Nicht heimlich, Josi... Ich schämte mich nur, es zu erwähnen ... aber, ja, ich habe, außer ständig an dich zu denken und sonntags diese Wege

zu gehen, auch ein bisschen Schmetterlinge geübt... Nur ein bisschen. Ist überhaupt nicht der Rede wert. Vielleicht konnte ich mir zehn merken, mehr nicht..."

„Und welche?"

„Na ja ... Admiral kannten wir schon. Dann eben Pfauenauge, Zitronenfalter, ähm, kleiner Fuchs, Kohlweißling, also das sind alles die häufigsten, dann ... Bläuling, aber davon gibt es leider ungefähr hundert Stück, dann Schachbrett –"

„Schachbrett?!"

„Ja, das ist so ein schöner schwarz-weiß gemusterter."

„Oh, den würde ich gern mal sehen!", erwiderte sie zärtlich.

Da war sie wieder – ihre tiefe Liebe zu den Tieren. Er war nicht mehr eifersüchtig, es berührte ihn einfach nur noch...

„Und was noch?", fragte sie dann wieder. „Das waren erst sechs..."

„Sechs erst?"

„Ja, ohne Admiral..."

„Okay... Also ... na ja, da *waren* noch welche..."

„Aha, sie können nur sechs!"

„Nein! Da waren noch welche ... da waren noch ... ah ja, Schwalbenschwanz, sehr groß und ziemlich selten, dann ... Mist, ich konnte sie doch..."

Sie musste lachen.

„*Dachten* Sie jedenfalls!"

„Nein, es ging so lange, bis ich ... warst du nie aufgeregt bei einer Prüfung?"

„Aber das ist doch keine Prüfung!"

„Es gab nie eine strengere Prüferin ... außerdem lenkt es mich ständig ab, dass sie so unglaublich *schön* ist..."

„So ein Blödsinn...", sagte sie verlegen.

„Du willst einfach nur nicht schuld sein, dass ich durchfalle..."

Wieder musste sie lachen.

„Nein?!", erwiderte sie entschieden. „Ich will nur nicht – –"

„Vielleicht liegt es ja nur an der Kette..."

„Das denke ich aber auch!"

„Aber du warst vorher auch –"

„Was sind denn jetzt die anderen fünf?"

„Fünf? Es sind noch vier..."

„Nein fünf! Jetzt sind es fünf... Weil Sie ständig so merkwürdige Sachen sagen...“

„Okay, dann falle ich durch...“

„Blödsinn... Überlegen Sie einfach. Sie schaffen das schon...“

„O je...“, stöhnte er aufrichtig. „Also ... ja, stimmt, Brombeerfalter, wunderschön grün, dann ... Himbeerfalter, Erdbeerfalter, Stachelbeerfalter, Johannisbeerfalter, so, fertig...“

Sie prustete leise.

„Das *glaube* ich Ihnen nicht! Das wäre ja viel zu einfach auf einmal...“

„Okay...“, sagte er schuldbewusst. „Aber den Brombeerfalter gibt es wirklich...“

„Und noch vier...?“, erwiderte sie fast zärtlich.

Nach weiterem Überlegen atmete er hilflos aus.

„Ich schaff's nicht mehr, Josi...“

Sie sah ihn an.

„Macht nichts...“

Er schämte sich trotzdem.

„Ich bin *richtig* stolz auf Sie...“

„Wirklich?“

„Ja, wirklich.“

Berührt barg er sich in ihre Worte...

„Wissen Sie, seitdem wir damit angefangen haben, zuerst mit den Pflanzen, bin ich richtig neugierig geworden. Es ist *doch* ein Unterschied, ob man die Namen kennt oder nicht...“

„Ja, man erkennt alles anders wieder, nicht wahr?“

„Ja...“

„Und man guckt genauer hin – ich jedenfalls...“

„Ja – Sie...“

Er lächelte.

„Du natürlich nicht...“

„Nein, geguckt habe ich immer ganz genau...“

„Ich weiß“, erwiderte er zärtlich.

„Aber es gibt so viel! Außer Pflanzen und Schmetterlingen noch so viel anderes. Wir könnten auch mal eine Vogelexkursion mitmachen. Ich hab schon mal geguckt, die gibt es manchmal, man muss allerdings schon um fünf Uhr da sein...“

„Was?!“

„Ja, das ist wohl die beste Zeit...“

„Ohne mich!", regte sich, mit Hilfe des Humors, seine alte Seele.

Sie schien wirklich enttäuscht.

„Das war ein Witz, Josi... Ich würde das liebend gern machen, mit dir. Mit dir bräuchte ich auch *gar* nicht mehr schlafen..."

„Sie *sollen* ja schlafen! Nur nicht so *lange*. Also gut, ich guck nach, wann die nächste ist und sag es Ihnen, ja?"

„Okay..."

„Und dann gibt es ja auch *Frösche* ... hab ich gesehen, ich meine, dass man offenbar jeden Frosch an seinem Ruf erkennen kann!"

„Okay, fangen die auch so früh an, ich meine, die Exkursionen?"

Sie lachte.

„Da hab ich noch gar nicht geguckt, ob es solche auch gibt."

„Zum Glück...", sagte er humorvoll.

„Sie sind ja ein richtiger Faulenzer!", kommentierte sie.

„Nein, meinte ich auch nicht so..."

„Darf ich noch etwas fragen?"

„Ja...?", erwiderte er wieder etwas furchtsam.

„Also nochmal ... wenn Sie *Bundeskanzler* wären ... ich will mal wissen, was Sie machen würden? Ohne, dass Sie eine Beraterin hätten..."

„Ohne die schöne Beraterin mit dem Kettchen?"

Sie lächelte.

„Genau!"

„Na ja ... vielleicht würde ich genau dasselbe machen wie sie..."

„Das zählt aber mal nicht. Was würden *Sie* machen...?"

Er versank in Nachdenken.

Dann sagte er:

„Ich würde den Steuersatz so erhöhen, dass die ganzen Stinkreichen ihr Geld komplett abgeben müssten, bis auf, sagen wir, eine läppische Million, die sie behalten dürften ... und dann würde ich ... jedem Bettler einen Einzelfallhelfer finanzieren, bis er wieder Wohnung, Arbeit und ein Leben hat, das ihn jeden Tag aufstehen lässt, gerne, meine ich..."

Sie sah ihn tief berührt an, es jagte ihm regelrecht Schauer über den Rücken und mitten in die Seele.

„Und noch...?", fragte sie. „Noch zwei Sachen...?"

„Ich würde idiotische Chefs verbieten. Wenn das *ginge*. Jeden Betrieb enteignen, in dem die Mitarbeiter sagen, wir wollen diesen Chef nicht mehr. Dann ihn den Mitarbeitern selbst übergeben, und die dürften sich dann einen neuen Chef wählen..."

„Das ist ja toll...", staunte sie hingegeben. „Und das letzte?", fragte sie dann fast atemlos.

„Als letztes...", sagte er, in tiefe Gedanken versunken, Gedanken und Empfindungen, „würde ich ... in den Schulen sämtliche Handys verbieten, auch außerhalb für Kinder unter zehn Jahren, mindestens, und dann die schönsten, naturverbundendsten Mädchen aus dem ganzen Reich zusammenrufen und ihnen den Unterricht übergeben... Damit ihre Geschichten und ihre Liebe die Herzen erfüllen ... und nicht der ganze Schrott, der auch *mein* Leben so lange angefüllt und bestimmt hat..."

Sie sah ihn atemlos an, berührt bis ins Innerste, weil er es ganz offensichtlich so ernst gemeint hatte wie nur möglich, und das Märchenhafte daran war dazu überhaupt kein Widerspruch – denn es schien *jenseits* von jeglicher Realität zu liegen und war doch so wahr wie nur irgendetwas...

Verlegen ging sie schweigend weiter.
„Sie sind nicht verrückt...", sagte sie schließlich. „Die Welt ist verrückt... Glauben Sie, dass es noch eine Chance gibt...?"
Er verstand ihre Frage sofort. Und leider sahen jeder seiner drei Punkte wie auch erst recht ihre Punkte sehr kritisch aus.
„Nicht, wenn es nicht mehr Mädchen wie dich gibt, Josi..."
„Und mehr Menschen wie Sie..."
Ihre Antwort erschütterte ihn. Sie hatte ihn überhaupt erst innerhalb von drei Monaten gerettet. Er war wie jeder andere gewesen – *schlimmer* als sehr viele andere.

Lange Zeit gingen sie nun in ihre Gedanken und Empfindungen vertieft. Wie gerne hätte er sie bei der Hand genommen, Hand in Hand, eine zärtliche, scheue Berührung...

„Können Sie nicht", fragte sie schließlich, „versuchen, Bundeskanzler zu *werden*...?"
„Du siehst ja, wie es jetzt läuft... Nach oben kommen immer die, die sich anpassen. Und dann muss man mit weiteren Parteien zusammen regieren. Und selbst dann wird auf einen geschimpft, im Internet, vor den Fernsehern..."
„Also ist es hoffnungslos?"

Ihre Frage schien wie eine Unmöglichkeit. Für ein solches Mädchen *durfte* es keine hoffnungslose Welt geben! Solange *ein* solches Mädchen in der Welt lebte, musste es Hoffnung geben.

„*Wir* könnten versuchen, etwas zu verändern, Josi...“

„Wir? Aber wie?“

„Egal, wo wir anfangen. Wir fangen da an, wo du möchtest. Da fangen wir einfach an...“

„Ich weiß ja selber nicht...“

„Dir wird etwas einfallen!“

„Vielleicht fällt ja auch Ihnen etwas ein.“

„Aber was dir einfällt, ist *richtig*, Josi...“

„Ihres ja auch.“

„Aber deine Gedanken sind noch viel wahrer. Außerdem möchte ich *dir* helfen – und nicht umgekehrt.“

„Meine Ideen sind völlig unrealistisch...“

Nun hatte sie es gesagt. Sich selbst verurteilt. Sich an der Wirklichkeit gemessen – und *jene* als Maßstab genommen. Es schmerzte ihn bis ins Innerste.

„Josi – du hast selbst gesagt: Die Welt ist verrückt. Es geht doch nicht um realistisch und unrealistisch, es geht darum: Wer ist hier eigentlich verrückt? Es geht darum, was *wahr* ist, oder nicht? Ich würde auch nie allein die Kraft haben ... aber für dich und mit dir würde ich alles tun. Noch das Verrückteste... Weil es nicht verrückt *ist*, sondern *wahr*...“

Sie sah ihn an.

„Sie sind so lieb...“

„*Du* bist so lieb, Josi... Du bist so unaussprechlich lieb ... ich bin noch nie jemandem begegnet, der so lieb ist wie du... Deswegen erkennst du die Wahrheit. Denn sie kann nur aus der Liebe geboren werden. Ich glaube, die Liebe *ist* die Wahrheit... Und das alles habe ich nur durch dich gelernt, Josi...“

„Die Liebe ist die Wahrheit...“, murmelte sie. „Aber wieso ist die Welt dann so?“

Er dachte nach. Schließlich konnte er nur bei sich landen.

„Vielleicht ... wurden die meisten Leute irgendwann sehr verletzt ... und haben von da an aufgehört, an die Wahrheit zu glauben...“

„Aber warum?“

„Vielleicht weil sie auch nicht den *Mut* hatten. Weil sie fortan den Weg des geringsten Widerstandes wählten...“

„Des geringsten Widerstandes?“

„Ja, keine Gefühle des Schmerzes mehr. Dafür *überhaupt* wenig Gefühle... Mehr Abstumpfung... Einfach Vor-sich-hin-Leben... Kumpels. Dart-Spiele. Job... Bei Anderen Frau, Haus, Kinder... Aber die *Wahrheit*...? Die interessiert keinen wirklich... Dafür bräuchte man viel zu viel Mut ... und Selbstlosigkeit. Oder aber ein *Mädchen*... Das man hilflos liebt ... und das sie noch *hat*, die Wahrheit...“

„Meine Oma...“, sagte sie verlegen, „sagte mal etwas über die Wahrheit, das ich *schön* fand... Leider habe ich es vergessen... Ob Sie es finden können? Es hatte zu tun mit der Wahrheit, der Lüge und Schuhen...“

„Schuhen?“

„Ja, ich glaube, es waren Schuhe... Oder Stiefel... Es war irgendein Zitat, und ich fand es damals schön... Ob man es noch findet...?“

Ihre zweifache zarte ‚Ob‘-Frage berührte ihn wieder so sehr. Er blieb stehen und holte sein Handy heraus.

„Du meinst jetzt, oder?“

„Mhm...“

Sie sah ihm fast schüchtern zu, während er auf seinem Handy googelte.

„Ja, hier ist es...“

„Haben Sie es?“, fragte sie aufgeregt und trat zu ihm heran.

Er las die Worte vor.

„Es ist von Mark Twain, einem berühmten Schriftsteller, hat er nicht sogar ‚Tom Sawyer‘ geschrieben? Na ja ... die Worte heißen: ‚Eine Lüge ist bereits dreimal um die Erde gelaufen, bevor sich die Wahrheit die Schuhe anzieht.‘“

„Ja, das war es!“

„Okay...“, sagte er zärtlich und steckte das Handy wieder ein.

Sie hing ihren Gedanken nach.

„Und warum *fandest* du es schön?“, fragte er warm.

„Ich weiß nicht... Es ist schwer zu erklären.“

„Selbst das Schwere kannst du hervorragend.“

Sie sah ihn an.

„Finden Sie? Wo denn zum Beispiel...?“

„Immer. Du findest für alles so unglaublich richtige Worte...“

„Wann denn..."

„Ach, immer, Josi! Warum, glaubst du denn, habe ich schon so unglaublich viel von dir gelernt? Weil du so vieles auf den Punkt triffst..."

„Wirklich?"

„Ja, wirklich – während die anderen *gar* nichts treffen, außer immer wieder nur ihre eigene Selbstverliebtheit."

„Selbstverliebtheit? Was für ein komisches Wort..."

„Ja, die Welt *ist* komisch. Nur kann man darüber nicht lachen..."

„Hmm..."

„Nicht ablenken, Josi. Warum fandest du es schön, diese Worte...?"

„Weil ... weil die Wahrheit ... na ja ... sie hat irgendwie keine Chance, ich hatte *Mitleid*..."

„Ja...", erwiderte er mit tiefen Gefühlen. „Aber deshalb fandest du es schön?"

„Nein, nicht nur deshalb... Aber den Rest kann ich nicht erklären..."

Es berührte ihn so sehr. Wieder hatte sie *etwas* empfunden, ohne Worte dafür zu haben – und doch war es wiederum Wahrheit gewesen.

„Vielleicht verstehen Sie es trotzdem...", sagte sie schüchtern.

„Ja, Josi...", sagte er leise. „Das tue ich."

„Dann bin ich froh..."

Ihre schlichten Worte. Es lag so viel Ungesagtes noch dazwischen.

Auch er empfand etwas bei diesen Worten. Das, was *sie* vermutlich empfunden hatte, viel unmittelbarer als er – sodass sie auch diesen Satz wieder *lieben* konnte. Immer war sie viel weiter als er...

„Was denken Sie?", fragte sie vorsichtig.

„Ich denke noch über die Worte nach."

Sie schwieg, um ihn nicht zu stören. Und auch diese zarte Geste berührte ihn wieder.

Ihr Wesen war wie ihre Liebe – zart zurückhaltend, fortwährend...

Und da begriff er auf einmal, dass sie dies auch an der *Wahrheit* geliebt haben musste.

Während die Lüge bereits dreimal um die Welt gelaufen war, zog die Wahrheit erst ihre Schuhe an... Nicht, weil sie so langsam war, sondern weil sie so *aufrichtig* war. So sorgfältig. Sie war langsam, weil sie umso aufrichtiger war, bis ins Letzte. Letztlich war *alles* Aufrichtige langsam, oft vielleicht sogar schüchtern ... wie ein Mädchen. Die Wahrheit war dem Mädchen, war *ihr* so unglaublich ähnlich...

Die Lüge beherrschte die Welt – aber die Wahrheit war wahr... Sie war nur deshalb langsam, weil sie tief und ernst war. Essenziell. Kein Geschäft, kein Spaß, kein Amüsement – es war reine Offenbarung, Konfrontation, *Wahrheit*...

„Die Wahrheit ist einfach *aufrichtig*, Josi... Deshalb braucht sie Zeit. Sie ist ernst, sie kann es sich nicht leisten, irgendwo ungenau zu sein, schlampig, sie empfindet grenzenlose Verantwortung ... und macht sich über alles tiefste Gedanken ... denn da beginnt die Wahrheit erst... Deswegen ist sie immer im Hintertreffen, hat keine Chance, die Lüge und die Oberflächlichkeit sind immer schneller... Und doch ... und doch ist, wenn die Wahrheit schließlich ihren Weg beginnt ... die Zeit der Lüge vorbei, denn man wird *erkennen*, was wahr ist... Die Wahrheit ist langsam ... aber wenn ihre Zeit gekommen ist, dann ist die Zeit der Lüge vorbei...“

Sie hatte fast atemlos zugehört ... und dies setzte sich fort, als er längst geendet hatte. Und schließlich sagte sie, brachte sie hervor:
„Das war genau der ganze *Rest*... Sie haben den ganzen Rest gefunden... Beschrieben...“
„Okay...“, sagte er leise. „Dann bin ich froh, Josi...“
„Sie sind so ein wunderbarer Mensch...“, sagte sie leise.

Ihm blieb, während sie weitergingen, der Atem fast weg. Ihre Worte erschlugen ihn wieder wie ein sanfter Engelsflügel... Womit hatte er das verdient...? Hatte er doch alles, wirklich alles nur von *ihr* gelernt? Was hätte er vor drei Monaten über diesen Satz sagen können? Nichts! Rein gar nichts...! Definitiv nichts. Schüchtern ging er an ihrer Seite und wagte fast nicht zu atmen, schon aus Angst davor nicht, dass doch etwas Unvorteilhaftes ans Licht kommen könnte... Für einen *Moment* in ihren Augen ein wunderbarer Mensch zu sein ... welch ein Traum, welch ein grenzenlos schöner Traum...!

*

„Haben Sie Hunger?“, fragte sie schließlich.
„Ein bisschen.“
„Wollen wir Pause machen?“
„Ja...“
„Hier vielleicht?“

Sie deutete auf einen Baum, der etwas Schatten gab.

„Ja, gerne...“

Etwa hundert Meter weiter kam eine Anhöhe, wo sie das letzte Mal gerastet hatten – an jenem verunglückten Tag, an dem dann auch noch der ältere Herr genau hier vorbeigekommen war...

Er war sich sicher, dass sie ganz bewusst *vorher* Halt hatte machen wollen – und war selbst sehr befangen...

„Sie können sich da anlehnen...“, sagte sie verlegen.

„Und du?“, fragte er scheu. „Dann hast du nichts...“

„Vielleicht ... darf ich ja ... bei *Ihnen*...“

Er konnte fast nicht mehr sprechen. Hilflos sah er sie an.

„Wenn du ... wenn du willst, Josi...“

„Und Sie?“

„Oh Gott, bitte frag mich nicht... Ich könnte wahnsinnig werden, aus Versehen... Allein die *Vorstellung* ist wunderschön...“

„Aber Sie würden es aushalten...?“

„Wie...“

„Na ... keinen Unsinn machen ... und es überhaupt aushalten...?“

„Ja, Josi...“

„Okay...“

Er war fassungslos. Er setzte sich an den Baum und war völlig hilflos. Sie nahm ihren Rucksack ab und kam zu ihm ... ließ sich zögernd nieder und lehnte sich zögernd an ihn...

„Ist bei Ihnen alles in Ordnung?“, fragte sie dann.

„Ja...“, brachte er fast atemlos hervor.

„Wirklich?“

„Ja...“

„Sie ... können Ihren Arm ... ruhig noch etwas mehr ... so wie sonst...“

„Okay...“

In einem Heiligtum hätte er nicht scheuer handeln können. Bis in sein Innerstes hinein kam er sich vor wie mit einem Engel – aber einem zart erotischen Engel... Sie nahm ihm wirklich fast den Atem, mit ihrer bloßen, zarten Präsenz...

Sie holte mit mädchenhafter Anmut die Brotbüchse aus ihrem kleinen Rucksack und reichte sie ihm. Hilflos nahm er ein Brot heraus, dann tat sie dasselbe. Und dann aßen sie, während er sie im Arm halten durfte... Die Welt schien stehenzubleiben...

„Wissen Sie", sagte sie schließlich leise, „dass ich das auch vermisst habe...?"

Er glaubte wirklich zu träumen.

„Obwohl es immer mehr so schieflief, Josi...?"

„Ja."

„Und obwohl du an diesem schlimmen Tag dann auch sofort, als der ältere Herr kam, aufgesprungen bist?"

„Der Tag war einfach – – ich weiß auch nicht... Außerdem, ja, ich *hatte* Angst... Ich hatte Angst ... etwas zu ‚müssen', nicht mehr ‚zurückzukönnen' und so..."

„Und jetzt nicht mehr?"

„Nein. Jetzt weiß ich ... wie Sie sind..."

„Vorher nicht?"

„Nicht genug."

„Du hast völlig Recht. Ich hatte auch diesen furchtbaren Tag..."

„Und es hat mich auch berührt, dass Sie das alles so erzählt haben. Obwohl es ja auch für Sie sehr unangenehm war..."

„Mhm..."

„Jetzt vertraue ich Ihnen *wirklich*..."

Wieder nahm es ihm fast den Atem.

„Okay, Josi...", brachte er hervor.

„Entschuldigung, dass es so *lange* gedauert hat..."

Er war fast hilflos, sie entschuldigte sich noch dafür, dass sie ihn nun so glücklich machte, wie er es überhaupt nicht fassen konnte.

„Vielleicht...", stotterte er fast, „brauchtest du einige Zeit für die Schuhe..."

Sie schien zu lächeln, obwohl er es nicht sah.

„Ja, vielleicht..."

Dann schlug das unvermeidliche Schicksal zu. Der Mann erschien wieder, kam über die Anhöhe – und sie sahen ihn erst, als er auch sie bereits gesehen hatte.

„Was machen wir, Josi?", flüsterte er, um ihr die gesamte Entscheidung zu geben, sofern sie eine hatte.

„Wir bleiben sitzen...", flüsterte sie furchtsam zurück.

Auch ihm schlug das Herz bis zum Hals.

Der Mann kam näher, ließ sie von Zeit zu Zeit aus dem Blick, um sie wieder anzusehen.

Dann blieb er kurz vor ihnen stehen, um den Abstand nicht allzu klein zu machen, und sagte:
„Letzte Zärtlichkeiten, bevor die Tochter flügge wird?"
Er war wie gelähmt. Er wusste nicht, was er sagen sollte.
„So kann man es sagen..."
Es war ihre Stimme, freundlich und lieb wie immer...

Der Mann sah sie etwas verwirrt an – und setzte dann seinen Weg fort.
Einen Abschiedsgruß schien er völlig vergessen zu haben.
Und sie beide schwiegen noch, nachdem er wieder verschwunden war.
Es war ein heftiger Moment gewesen...

„Hätte ich die Wahrheit sagen sollen...?", fragte sie schüchtern, als sie sich von dem Schock erholt hatte.
„Ich weiß nicht...", erwiderte er zögernd.
„Was hätte er *dann* gesagt?"
„Vermutlich noch weniger..."
Sie musste lachen.
„Aber er *hat* nichts mehr gesagt!"
„Vermutlich hätte er es dann bereut, uns *überhaupt* anzusprechen und nicht mit völliger Verachtung zu strafen..."
„Denken Sie?"
„Oder er hätte vielleicht sogar die Polizei gerufen."
„Die Polizei?!"
„Ja, die Nummer deiner Oma hatte er ja nicht..."
„Aber warum sollte er meine Oma oder die Polizei anrufen?"
„Vielleicht, weil er sich für dich verantwortlich gefühlt hätte..."
„Aber ich *brauche* seine Verantwortung nicht!"

„Vermutlich wäre es auch gar nicht um dich gegangen, sondern generell um die Tatsache ... ein Mädchen und ein Mann, sie in seinem Arm..."
„*Okay*...", sagte sie mit einer deutlichen Spur von Unverständnis.
„Letztes Mal haben wir uns ja auch geschämt..."
„Ja, aber diesmal wollten wir wirklich *beide* so sitzen. Und er kam einfach *wieder* vorbei...!"
„Na ja, wir konnten ihn nicht daran hindern..."
„Aber er hätte nichts sagen müssen!"
„Es war ja gar nicht unfreundlich gemeint, was er sagte."
„Aber als ich ihm antwortete, war es ihm schon irgendwie zu viel!"

„Ja – vorgesehen in seiner Vorstellung war nur, dass *ich* geantwortet hätte!"

„*Warum*?"

„Weil er mit dir gar nicht gesprochen hatte..."

„*Okay*..."

Nach einiger Zeit fragte sie wieder:

„Aber trotzdem konnte ich doch *antworten*, oder nicht?"

„Das war in seinem Weltbild oder seiner Frage aber nicht vorgesehen..."

„Warum macht das so einen Unterschied?"

„Weil, wenn du wirklich meine *Tochter* gewesen wärst, du sehr schüchtern gewesen wärst – du hättest dich gar nicht getraut zu antworten."

„Wieso nicht?"

„Weil kein normales Mädchen das mit vierzehn noch gemacht hätte – nur die sehr schüchternen."

„Ach so..."

„Und außerdem hat er ja *über* dich geredet – mit mir über dich. ‚Na, die Tochter wird aber jetzt bald flügge, nicht wahr...?"

„Ja, das stimmt – irgendwie war mir das auch unangenehm... Jetzt, wo Sie es sagen, verstehe ich es besser... Aber Sie sagten, er meine es gar nicht unfreundlich?"

„Nein – wärst du wirklich ein schüchternes Tochter-Mädchen, hätte es dich gar nicht gestört, denn es hätte ja gestimmt. Du hättest es schüchtern noch völlig hingenommen, dass man auch *über* dich redet..."

„Mhm... Okay, ja, vielleicht..."

„Deswegen hast du ihn völlig verwirrt, als du geantwortet hast – denn das passte auf einmal alles nicht mehr. Er weiß wahrscheinlich bis jetzt noch nicht, wie genau es wirklich ist."

Sie musste lachen.

„Geschieht ihm ganz recht!"

Nun musste auch er lachen.

„Ja, wahrscheinlich..."

„Und die *Wahrheit* ist so schlimm", begann sie wieder, „dass er die Polizei gerufen hätte?!"

„Na ja, jedenfalls am liebsten – sozusagen..."

„Wieso? Konnte er uns nicht einfach so sitzen lassen?"

„Na ja, Josi ... es gibt einfach zu viel Missbrauch und so... Arme Mädchen, denen was passiert. Deswegen ist das generell ein Riesenproblem, wenn ein Mann mit einem Mädchen ... und so weiter... Auch wenn er einfach nur so dasitzt... Er konnte ja nicht wissen, dass ... du völlig in Sicherheit bist...“

„Na gut...“

Das musste sie einsehen.

Aber dann fragte sie wieder:

„Wenn es so gewesen wäre – ich meine, wenn wir die Wahrheit gesagt hätten, dann hätte er sich ja *erkundigen* können, wenn er sich so ‚verantwortlich‘ gefühlt hätte! Er hätte fragen können, wie es mir geht und ob alles in Ordnung ist und so...“

„Ja, das stimmt. Aber natürlich wäre dir auch das unangenehm gewesen. Dass er wortlos weitergeht, war vielleicht sogar das Beste, was passieren konnte...“

„So was Blödes!“

Als sie sich etwas beruhigt hatte, fragte sie:

„Gibt es keine *andere* Lösung?“

Wieder spürte er ihre Sorgfalt, ihre tiefe Sehnsucht nach der *Wahrheit*, nach einem Ganzen...

„Ich weiß es nicht...“

„Er hätte *sehen* können, dass alles in Ordnung ist.“

Wieder machte ihn ihre Antwort betroffen. Die Gabe, zu sehen, hatte vielleicht nur sie...

„Wie denn aber, Josi?“

„Na, er hätte doch einfach nur sehen brauchen, dass ich mich wohlfühle?“

„Aber dann weiß er ja noch immer nicht, was *ich* mit dir vorhabe...“

„Ach, ist das alles kompliziert!“

Er lachte.

„Ja, ist es leider...“

„Ist es aber nicht!“, widersprach sie nach kurzem Nachsinnen. „Er hätte Sie einfach nur auch fragen müssen – und an ihrer Antwort hätte er *gehört*, ob Sie was ‚vorhaben‘ oder ob Sie mich lieben – und *wie* Sie mich lieben...“

Er war tief gerührt.

„Aber das wusstest du ja auch erst nach mehreren Wochen und Ängsten ... oder nicht...“

„Ja, vielleicht...", murmelte sie. „Trotzdem geht es ihn nichts an."

„Wenn ich nur ein *bisschen* anders wäre ... hätte er dich vielleicht gerettet, indem er die Polizei gerufen hätte..."

„Ja, vielleicht, vielleicht! Warum muss es alles so kompliziert sein?"

„Es liegt an den Männern. Die Männer sind zu kompliziert – sie können ein Mädchen nicht unbedingt *wirklich* lieben. Vermutlich auch wieder, weil sie es an irgendeinem Punkt ihres Lebens verlernt haben. Oder auch nie gelernt. Wären die Männer nicht so schlimm, *wäre* es nicht so kompliziert..."

„Ja, Sie haben Recht...", lenkte sie ein, noch immer unzufrieden, aber machtlos.

„Aber nur weil es so kompliziert ist, hat es vielleicht auch dieses Besondere... Dass man ... zum Beispiel mehrere Wochen lang Angst haben muss, Bedenken, wie er nun wirklich ist ... es einerseits vielleicht schon schön findet, andererseits aber – – und so weiter... Verstehst du? Es ist ja nicht nur *schwierig* ... es ist ja auch irgendwo vielleicht aufregend oder hat seine eigene Schönheit und eben auch Romantik... Das alles gäbe es gar nicht, wenn ein Mann einem Mädchen gar nichts tun *könnte*..."

„Au weia ... es ist ja noch komplizierter, als ich dachte!"

„Ja!", lachte er. „Und so weit denken die anderen natürlich auch nicht. Die sehen nur die Gefahr, also ist es schlecht... Es *ist* ja auch schlecht, dass so viele Mädchen ... Opfer von irgendwas werden. Deswegen ist das Problem glaube ich gar nicht lösbar. Die Gefahr oder die absolute Ungleichheit ist Teil der Romantik – und leider gibt es unter den Mädchen eben auch Opfer. Und zwar viel, viel mehr, denn die wenigsten Männer können ein Mädchen wirklich *lieben*... Die meisten wollen einfach was anderes ... weil sie denken, dass es mit einem Mädchen leichter ist als mit einer Frau, was ja sicherlich auch stimmt. Ich meine, einem Mädchen was zu tun..."

„Also *musste* der Mann sich verantwortlich fühlen ... hätte es gemusst, wenn er die Wahrheit erfahren hätte?"

„Ich fürchte, ja..."

„Mist..."

„Ja..."

„Vielleicht zieht die Wahrheit *manchmal* ihre Schuhe auch deshalb so langsam an, weil es gar nicht hilfreich ist, dass sie losläuft..."

„Vielleicht leider auch das, ja..."

„Blöd...“
„Ja, ist blöd...“
„Das macht einen richtig unglücklich...“
„Ja...“

„Aber es stimmt trotzdem nicht...“
„Was denn?“
„Dass er es nicht hätte erkennen können. Ich *wusste* ja schließlich auch, dass Sie mir nichts tun! Ich wusste nur nicht, ob Sie nicht ständig neue Hoffnungen haben würden... Deshalb hatte ich Angst... *Das* wollte ich nicht...“
„Okay...“, sagte er berührt. „Aber wie hätte er *mich* so schnell durchschauen können? Ich meine, er? Er hätte ja nur ein paar Sekunden Zeit dafür.“
„Das hätte er doch genauso gespürt – oder spüren können. Es sind ja nicht *alle* Männer schlecht! Er hätte ja nur nach sich gehen brauchen. Hätte er mir was getan? Also...“
Er musste lachen.
„Wenn es so einfach wäre...“
„Er *hätte* es spüren können. Es *ist* einfach...“

Ihre Beharrlichkeit berührte ihn erneut.
„Aber es ist einfach generell ein Tabu, Josi. Man verurteilt es wegen der ganzen Missbrauchsfälle. Man verurteilt es generell. Deswegen wäre ihm die Situation, wenn er die Wahrheit erfahren hätte, sofort unangenehm gewesen – und er hätte gar kein *Interesse* daran gehabt, nun herauszufinden, ob ich dir nichts tue, weil es *trotzdem* verurteilt wird...“
„Das heißt, es *interessiert* gar nicht, wie die einzelne Situation ist...“
„Genau.“
„Na, das ist ja toll...“
„Ich wusste gar nicht, dass du ironisch sein kannst“, sagte er zärtlich.
„Das wusste ich auch nicht – bis jetzt.“

„Wir können einfach nichts dagegen tun, Josi. Deswegen können wir auch überhaupt nicht an die Ostsee fahren. Oder nur mit getrennten Zimmern. Und der Behauptung irgendeiner Verwandtschaft...“
„Sie wollten in *einem* Zimmer mit mir übernachten?“, lächelte sie.
„Ich hab“, stotterte er, „ja gar nicht gesagt, dass wir übernachten würden...“
„Jetzt sagen Sie die Wahrheit!“, erwiderte sie fast schadenfroh.

„Ich weiß nicht, ob ich so weit überhaupt schon gedacht hatte...“
„Aha, aber wenn?“
„Dann wärst du auch in einem Zimmer mit mir sicher gewesen...“
„Aha, okay...“
„Was?“
„Nichts...“
„Hättest du das schlimm gefunden?“
„Ich wollte ja nicht mal mit *irgendwelchen* Zimmern...“
„Okay, ja, stimmt...“

„Aber jetzt, wo es *so* kompliziert ist – –“
„Willst du es erst recht gar nicht mehr ... wir hatten das Thema ja schon geklärt, Josi.“
Sie schwieg – und ihm kamen Zweifel, ob er sie richtig verstanden hatte. Erhebliche Zweifel.
„Josi?“, fragte er fast bestürzt. „Sag nicht ... du würdest es dir jetzt gerade *deshalb* vorstellen können.“
„Und wenn?“
„Das ist kein guter Grund“, sagte er mit einiger Sorge. „Das kann auch sehr nach hinten losgehen...“
„Wie denn?“
„Na ja, indem wir so viele entsprechende Erlebnisse kriegen, dass dir Hören und Sehen vergeht ... und du keinen Wunsch mehr hast, Zeit mit mir zu verbringen, weil es einfach *zu schwierig* wird...“

„Glauben Sie?“
„Allein schon die Möglichkeit kann ich dir nicht zumuten – und mir auch nicht. Ich will dich nicht *deshalb* verlieren...“
„Würden Sie ja nicht...“, murmelte sie.
„Damit ist nicht zu spaßen, Josi. Das hier war nur ein älterer Mann, in der Minderheit – und er hat nicht mal die Wahrheit erfahren. Gegen die wirkliche Verurteilung *mehrerer* Menschen hätten wir überhaupt keine Chance...“
„Wenn Sie das *so* sehen...“
„Wenn wir uns beide völlig lieben würden, würde ich mit dir durch jeden Krieg solcher Art gehen, zwangsläufig, weil wir es müssten. Aber wir müssen so etwas jetzt nicht provozieren, Josi – in Wirklichkeit möchte ich dir *kein* Erlebnis dieser Art zumuten...“

„Trotzdem ist es ungerecht!“

„Ja, die Welt ist ungerecht. Das geht dem Bettler ja nicht anders. Ihn trifft es noch viel schlimmer. Es trifft ständig irgendwelche Leute. Die Welt kümmert sich darum nicht. Und da soll sie bei einem Mann und einem *Mädchen* unterscheiden lernen? Wird sie nicht... Da erst recht nicht...“

Sie schwieg ratlos.

„Und zwar“, ergänzte er, „weil auch die Welt das Mädchen am meisten von allen mag, natürlich viel mehr als den Bettler. Deswegen wird sie bei dem Mädchen überhaupt kein Risiko eingehen – und den Mann in jedem *Fall* verurteilen. Auch aus diesem Grund. Das Mädchen genießt sozusagen bedingungslosen Schutz. Aber auch in dem Sinne bedingungslos, dass es gar nicht gefragt wird...“

„Das ist ja eine tolle Art von ‚Liebe‘...“

„Ich glaube, wir müssen uns damit abfinden, dass ich kein ‚Umgang‘ für dich bin...“

„Was heißt das?“, fragte sie, sich betroffen zu ihm umwendend.

Er drückte sie zärtlich wieder an sich.

„Dass die Welt es nie anders sehen wird, Josi... Lassen wir es nicht darauf ankommt. Ich wäre unendlich gern mit dir an die Ostsee gefahren. Und es ist für mich wie ein Traum, dass du es dir überhaupt nur *vorstellen* konntest, jetzt ... aber ein noch viel größerer Traum ist das hier... Das könnten wir dort nie haben...“

„Außer im Einzelzimmer...“, neckte sie.

„Was wir nicht wirklich kriegen würden.“

„Okay...“, resignierte sie.

„Weißt du“, sagte er nachdenklich, „die Welt weiß überhaupt nicht, wie *sehr* du mich verwandelt hast... Dass hier ein Mensch durch die Liebe zu einem Mädchen *völlig* verwandelt wurde... Sie begreift gar nicht, dass die Begegnung zwischen einem Mann und einem Mädchen auch eine *Heilung* sein könnte ... sie begreift eigentlich *gar* nichts...“

Sie schwieg, innig an ihn angekuschelt.

„Nichts, Josi... All die Stinkreichen, all die schlimmen Chefs, all die Selbstverliebten und Egoisten, überhaupt *alle* ... alle müssten sich einmal in ein Mädchen verlieben, unsterblich ... und sie würden *andere Menschen* werden – und die Welt würde sich völlig verändern...“

„Ja, das wäre schön...“, erwiderte sie leise. „Aber *ich* will dieses Mädchen nicht sein... Ich will nicht, dass die ganze Welt sich in mich verliebt... Mir reichen schon die Jungen, die Sie mir prophezeit haben...“

232

Er lachte leise.

„Ich fürchte, andere Mädchen sind zum Verlieben gar nicht mehr übrig. Mir ist keines begegnet, was mich je so hätte verändern können."

„Dann muss die Welt sich wohl auf andere Weise verändern. Aber wenn wir auch gar nichts tun können? Ich meine, zusammen...?"

Er schwieg ein paar Momente, betroffen von ihrer Antwort. Dann sagte er leise:

„Vielleicht willst du ja in wenigen Wochen schon gar nicht mehr mit mir zusammen sein, Josi..."

„Aber vielleicht ja doch..."

„Vielleicht denken wir dann über die Welt noch einmal nach... Erst einmal reicht es doch, glücklich zu sein, oder? Glück hat die Welt *auch* viel zu wenig..."

„Da haben Sie vielleicht Recht."

Er schwieg fast scheu.

„Hören Sie die Feldlerche?", fragte sie leise.

„Ja..."

„Sie weiß das *Ganze*..."

„Ja..."

„Was sie wohl über uns weiß...?"

„Das weiß ich nicht..."

„Ich auch nicht..."

Angedeutet streichelt er einmal ihren Arm, als Zeichen, dass ihre Antwort ihn berührt hatte.

„Ich weiß nur eines..."

„Und was, Josi?"

„Dass dieser Sommer bisher wunderschön angefangen hat..."

Er hatte das Gefühl, dass seine Liebe und seine Dankbarkeit, beide grenzenlos ... hilflos und scheu zu der Feldlerche aufstiegen, um *mit* ihr zu singen, einzustimmen in ihr Lied...